Inseguendo gli incubi

I.V. Everts

Inseguendo gli Incubi
Titolo originale dell'opera: Chasing Nightmares
Traduzione dall'inglese di Claudia Zorzi & Alberto Diaco
Questa è un'opera di fantasia.
Copyright © 2021 I.V. Everts
Numero di Controllo Library of Congress: 2021900350
Tutti i diritti riservati. Nessuna parte
di questo libro può essere
riprodotta, trasmessa o immagazzinata
in un sistema di recupero
in qualsivoglia forma o mezzo, grafico, elettronico o meccanico
senza previa autorizzazione scritta dell'autrice.

Stampato negli Stati Uniti d'America
A 2 Z Press LLC
PO Box 582
Deleon Springs, FL 32130
bestlittleonlinebookstore.com
sizemore3630@aol.com
440-241-3126
ISBN: 978-1-946908-64-3

DEDICA:

Dedico questo libro alla mia editrice,
Lee Sizemore,
Per il suo sostegno e incoraggiamento.

Indice

Epilogo

Prologo

All'orfanatrofio la campanella suonò due volte per avvisare le quaranta ragazze ospiti che era pronto il pranzo. Il fracasso delle ragazze dell'Orfanatrofio Mercy Home che entravano nella cupa sala da pranzo era assordante. Anche il suono di un piccolo cucchiaino che cadeva per terra provocava un forte eco rimbombante negli alti soffitti.

L'edificio era stato costruito nel 17° secolo ed era stata la residenza del Barone Middleton. Dopo la sua morte, vari aristocratici abitarono nella residenza, fino a che esauriti i fondi andarono via. La casa rimase in stato di completo abbandono per molti anni, fino a che il Comune decise di restaurare la proprietà e di farne un orfanatrofio.

Mercy Home era circondata da una bellissima campagna. La facciata della casa conservava ancora la discreta eleganza tipica del periodo Georgiano. La casa aveva un disperato bisogno di essere ristrutturata. Le guarnizioni dei rubinetti perdevano, le tubature avevano bisogno di essere pulite e le grondaie dovevano essere sostituite. Il custode era in grado di effettuare la maggior parte delle riparazioni, tuttavia sarebbe stato meglio lasciare le altre cose agli esperti. Oltretutto, a causa di uno spiacevole incidente delle infiltrazioni d'acqua avevano fatto marcire il legno trasformandolo in un invitante banchetto per le termiti e per altri insetti.

Lavoravano tutti sodo per continuare a tenere aperto l'orfanatrofio.

I bambini avevano aria fresca e potevano divertirsi a giocare nei fantastici giardini e boschi. Nessuno voleva pensare a dove sarebbero stati trasferiti se il Mercy Home avesse chiuso.

Diversi lunghi tavoli e panche marrone scuro, ciascuno

con otto ragazze, erano gli unici mobili della sala da pranzo. La sala era buia e poco allettante, a causa delle scadenti lampade da parete che, anche in una luminosa giornata estiva in cui rimaneva la luce almeno fino alle nove di sera, facevano poca differenza. Stampe colorate erano state attaccate alle pareti per illuminare la stanza, ma ora erano scolorite e avevano esattamente l'effetto contrario. All'estremità opposta, un'alta finestra a golfo avrebbe dovuto far entrare la luce, ma una grande quercia ne impediva l'ingresso. L'amministrazione dell'orfanotrofio chiese al comune il permesso di tagliare l'albero. Questa richiesta scatenò una grande opposizione e l'avvio di una petizione da parte di coloro che nei paesi circostanti credevano che l'albero dovesse rimanere intatto. La direzione diede solo una rapida occhiata all'elenco dei nomi influenti sulla petizione e capì che era una battaglia persa in partenza.

Oggi la cena era stata servita senza intoppi, ma quando le ragazze ricevettero il pranzo emerse qualche malcontento. La direttrice batté improvvisamente le mani per zittire le ragazze. In passato, i bambini venivano mandati nelle loro stanze senza cibo quando non obbedivano. Servire alle ragazze cibo poco costoso e insipido non era un dispetto; era quello che consentiva il budget. Di tanto in tanto, l'orfanotrofio organizzava una raccolta di soldi, vestiti e libri nei paesi vicini. Spesso, dopo una raccolta, la direzione serviva torta e macedonia di frutta dopo cena. Le ragazze lo avevano sempre considerato un enorme premio.

Mentre le ragazze mangiavano con riluttanza il loro cibo, diversi custodi e volontari giravano per la stanza. Una volontaria, Jane Gimble, vide Christine giocare con il suo cibo. Christine sembrava non volesse mangiare il suo pasto. Jane si avvicinò e disse: 'Christine, perché non mangi?'

'Non ho fame, signorina.'

Anche Eva, la migliore amica di Christine, non stava

mangiando. Non aspettò la domanda di Jane Gimble, ma affermò semplicemente 'Il cibo è disgustoso.'

Le altre sei ragazze al tavolo si lasciarono sfuggire risatine soffocate. Jane le ignorò mentre fissava Eva. 'Dovreste mangiare entrambe qualcosa.'

'Grazie, signorina Gimble. Proveremo a mangiare,' rispose Christine per entrambe. Christine guardò Jane, che le fece l'occhiolino quando se ne andò.

'Non essere così scortese, Eva,' disse Christine in tono sgarbato.

'Perché? Cosa faranno? Mandarmi via? Così mi perderò questo pasto meraviglioso?'

Christine ignorò la brusca risposta. 'La signorina Gimble ha ragione, però. Dovremmo mangiare qualcosa,' disse.

'Mangia tu!' Eva spinse via il suo piatto. 'non vedo l'ora di uscire di qui.'

All'altra estremità del corridoio, Jane Gimble commentò: 'Guarda Christine ed Eva,' rivolgendosi a uno dei custodi.

'Lo so. Sembrano esauste.'

'Com'è possibile che facciano entrambe lo stesso incubo?' chiese Jane Gimble.

'Non ne sono sicuro,' rispose il custode. Jane si chiese se quest'ultimo si interessasse abbastanza delle ragazze, continuando a guardare Christine ed Eva. Promise a sé se stessa di andarle a trovare prima di andare a casa.

Christine ed Eva avevano incubi orribili e dormivano a malapena. Gli incubi erano iniziati un mese prima. L'incubo di Christine si presentò per primo, e poi Eva inspiegabilmente ebbe lo stesso incubo una settimana dopo.

Durante la notte, le loro urla angosciavano così tanto le altre ragazze che l'amministrazione decise di dare a Christine ed Eva una stanza insieme. La piccola stanza aveva un letto a castello, un armadio e una modesta scrivania con una sedia; inoltre, c'era una finestra che si affacciava sull'ingresso del Mercy Home. Christine restava alla finestra per ore e fantasticava che *un investigatore privato in un'auto di lusso entrasse nel vialetto, assunto dai suoi ricchi genitori per trovarla,* ma la macchina e l'investigatore non arrivavano mai.

Jane Gimble bussò alla porta delle ragazze, 'Posso entrare?'

'Naturalmente signorina Gimble.' Christine saltò giù dal letto e si fermò davanti a Jane come se fosse un soldato pronto per l'ispezione della stanza.

'Volevo solo sentire come vanno i tuoi incubi,' disse la signorina Gimble e poi continuò: 'Rilassati Christine, sono qui come amica, non per interrogarti.' Christine sorrise. 'Come stai dormendo?' chiese.

'Non bene. Io ed Eva abbiamo incubi ogni notte. Il dottor Patterson ci ha visitate questa mattina e ha deciso di prescriverci un leggero sonnifero. Lo prenderemo stasera.'

'Ottimo. Se tutto va per il meglio, dormirete entrambe bene,' disse Jane Gimble annuendo con la testa in segno di approvazione.

Anche Christine annuì e si asciugò il sudore nervoso dalle mani sulla gonna. Jane si chiedeva come due ragazze così diverse tra loro andassero così d'accordo.

'Promettimi che mi dirai se hai problemi, Christine,' disse con sincerità la signora Gimble.

'Lo farò. Grazie, signorina Gimble.'

Jane Gimble avrebbe voluto fare di più per aiutare le ragazze. Nel profondo, sentiva che prescrivere farmaci a ragazzine di quindici anni era irresponsabile. Tuttavia, sapeva anche che le ragazze avevano un disperato bisogno di dormire.

1

Dieci anni dopo

Christine si svegliò urlando. Il suo corpo era impietrito dal terrore che provava. Le ci vollero diversi minuti per orientarsi. Diede un'occhiata in basso al suo corpo scoperto e si rese conto di essere rimasta senza coperte. Accese la luce, guardò l'orologio sul comodino e scoprì che erano soltanto le 4:30 del mattino.

'Chris, cosa diavolo è successo? Stai bene?' disse Eva correndo da Christine, che sembrava totalmente confusa.

La maglietta larga di Christine, con un disegno sbiadito della gang di Scooby-Doo, i suoi folti capelli ricci che puntavano in tutte le direzioni, la facevano somigliare a Medusa.

'È ... è successo di nuovo,' disse Christine in tono esasperato.

'Cosa è successo di nuovo? Chris, calmati.' Eva si sedette accanto a lei sul letto.

'Eva, ho avuto l'incubo. Non è possibile, non dopo così tanti anni. Sto prendendo il mio sonnifero.' Christine si lamentò come se Eva potesse magicamente far scomparire l'incubo.

Eva fissò Christine incredula. 'Sei sicura? Come prima, con la luce blu?' la interrogò Eva.

Christine annuì; con le lacrime che le rigavano le guance e il panico negli occhi. Spinse la testa contro il cuscino. I suoi folti e ricci capelli castani le pendevano in ciocche bagnate intorno al viso. Cercò maldestramente di scostare i grovigli di capelli dal suo viso senza successo.

Eva continuò a fissarla. Era preoccupata e spaventata. Improvvisamente, lei si riprese. 'Chris, perché non ti dai una rinfrescata? Ti porto un bicchiere di latte.' Eva era felice di poter fare qualcosa anche se non aveva realmente idea di come poter confortare Christine. Ricordava fin troppo bene gli incubi.

Mentre Eva si recava in cucina, Christine andò in bagno per rinfrescarsi un po' e mettersi una camicia da notte pulita. Quando tornò nella sua camera da letto, Eva era seduta sul bordo del letto con in mano un bicchiere di latte.

'Rimarrai con me finché non mi addormento?' la supplicò Christine.

'Certamente,' la rassicurò Eva.

Dopo aver lasciato l'orfanotrofio, Eva e Christine avevano deciso di condividere un appartamento. Si erano sempre sentite come sorelle e nessun altro comprendeva i loro incubi. Si sentivano al sicuro insieme e condividevano un legame comune.

Eva accarezzò i capelli di Christine più e più volte per calmarla. Quando fu sicura che Christine stesse dormendo, si alzò e tornò nella sua camera da letto. Lì, rimase seduta sul letto sveglia, preoccupandosi per Christine e per quello che poteva aspettarla. Si girò e rigirò per il resto della notte.

Il mattino seguente, Christine si alzò presto. Sapeva che avrebbe dovuto vedere il dottor Patterson per parlare dell'incubo. Il dottor Patterson era rimasto il loro medico anche dopo aver lasciato l'orfanotrofio. Erano convinte che non avrebbero mai potuto permettersi un medico privato.

Non appena Eva entrò in cucina, Christine prese la

borsetta per andare al lavoro. Eva rimase un po' sorpresa. Lei e Christine prendevano sempre un caffè insieme la mattina.

'Ti senti bene? Sei riuscita a dormire un po'?' chiese Eva.

'Si. Voglio fissare un appuntamento con il dottor Patterson per un farmaco più forte,' mormorò frettolosamente Christine.

'Sei sicura che sia la cosa giusta da fare?' disse Eva preoccupata.

'Cos'altro posso fare?'

'Perché non aspetti un po' e vedi cosa succede, gli incubi potrebbero non ripresentarsi,' suggerì Eva.

'Può darsi,' disse Christine con scetticismo.' Devo correre adesso, o farò tardi.' Christine si precipitò fuori dalla porta, lasciando Eva perplessa in piedi accanto alla macchina del caffè. Era ovvio che Christine non volesse parlare dell'incubo.

*****

Quella sera, verso le sette e mezzo, Christine entrò nell'appartamento e sentì il rumore della doccia. Passando, gridò un rapido 'ciao' a Eva.

'Sarò fuori tra un minuto, Chris,' disse Eva.

'Fai con calma, non ho bisogno del bagno, volevo solo salutarti.' Christine si mise un paio di pantaloni comodi e una maglietta. Entrò in soggiorno e accese la televisione.

'Com'è andata la tua giornata?' chiese Eva entrando nella stanza, mentre si asciugava i folti capelli castani e ricci con un grande asciugamano.

'Niente di speciale. Tu?' chiese Christine.

Eva scrollò le spalle. 'Esco con alcuni dei miei colleghi questa sera. Vuoi venire?'

'No, grazie, vorrei guardare un film e di andare a letto

presto.' Il vero motivo per cui Christine non voleva andare era la sua insicurezza. I colleghi di Eva la intimidivano. Eva lavorava per un'agenzia di modelle e i suoi colleghi erano tutti bellissimi e sempre vestiti in maniera appariscente. Christine aveva sempre la sensazione che la stessero giudicando. Non si sentiva mai bella o alla moda come loro.

'Ti andrebbe una partita a Chaser Blazer prima di andare?'

'Certo, perché no?'

Entrambe andarono in cucina, dove Christine prese una pila di riviste.

'Pronti, via!' gridò Eva.

Avevano inventato questo gioco quando vivevano all'orfanotrofio. Nessun altro lo capiva e, dato che le ragazze non volevano spiegarlo, era rimasto il loro gioco.

'Hai deciso se vuoi chiedere un farmaco più forte?' chiese Eva.

Ho paura di assumere altri ma se gli incubi dovessero ritornare, sento di non avere molta scelta,' rispose Christine.

Dopo averci riflettuto un attimo, Eva si trovo d'accordo con Christine; senza dormire non si può stare bene. Era consapevole anche che Christine stesse minimizzando il problema. Eva sapeva bene che Christine sarebbe rimasta sveglia per la maggior parte della notte e probabilmente avrebbe cercato di bere un po' di vino per dormire.

Eva camminò lungo la strada per incontrare i suoi colleghi che erano veramente un gruppo di persone piene di sé, ma conoscevano sempre i ristoranti più carini dove prendere un aperitivo o qualcosa di leggero poiché erano perennemente a dieta. Inoltre, Eva non vedeva l'ora di uscire.

Non appena entrò nel ristorante, notò gli sguardi di approvazione. Bella, ma non arrogante. Sentiva che era suo diritto godere del 'dono' che Dio le aveva fatto. Dio aveva dato ad alcune persone un cervello fantastico; altri erano eccellenti pittori o designer. Tutti avevano usato i loro doni, perché lei non avrebbe dovuto farlo? Pertanto, questo era il modo in cui giustificava l'orgoglio che provava riguardo al suo aspetto fisico.

Il suo collega preferito, Tony, era lì. Lo guardò con occhi curiosi e inclinò la testa verso un gruppo di ragazze dall'aria affamata. Accanto al personale dell'agenzia c'era un gruppo di modelle.

'Non sapevo ci sarebbero state delle modelle,' disse Eva.

'Hanno sentito che saremmo usciti e si sono auto invitate,' rispose Tony con rassegnazione.

Mentre si toglieva il cappotto, Eva osservava le ginocchia e le spalle magre delle modelle e si chiedeva se questa follia di morire di fame sarebbe mai finita. IDC (Il Digiuno Chic) così lo chiamava Eva. Avevano pagato l'affitto, quindi chi era lei per lamentarsi.

Tony, che la notò osservare le modelle, disse: 'Preferisco un aspetto voluttuoso come il tuo. Almeno hai parti del corpo meravigliose.' Tony la faceva sempre sorridere.

Mentre andava verso le modelle, Eva rise all'osservazione di Tony. Come al solito, la conversazione delle modelle riguardava le diete, i casting e chi poteva ottenere il prossimo grande lavoro. Eva fissò il suo bicchiere vuoto e pensò per un attimo di tornare a casa da Christine.

'Signore, complimenti da parte del gentiluomo al bar,' disse il cameriere mentre metteva sul tavolo una fiaschetta piena di virgin daiquiri. Decise di prenderne un bicchiere. Il suo motto nella vita era di non rifiutare mai nulla di gratuito. Alzò il bicchiere.

***

La mattina dopo, Eva si svegliò riposata; erano i sonniferi miracolosi, pensò mentre si guardava lo specchio del bagno. Dopo la doccia, si mise un asciugamano intorno ai capelli ed entrò in cucina. 'Buongiorno. Hai dormito bene?' chiese a Christine.

'Certo,' rispose Christine.

Ignorò il cattivo umore di Christine, e nel frattempo riempì una tazza col caffè appena preparato. Fecero colazione in silenzio, ognuna immersa nei propri pensieri. Eva guardò Christine.

'Cosa?' Christine era irritata.

Eva non si rendeva conto di averla fissata fino a quel momento. *Sai cosa!* rispose seccamente Eva.

Christine si alzò e mise il piatto e la tazza nel lavandino. 'Lascia stare,' disse mentre passava accanto a Eva uscendo.

Eva sapeva che Christine aveva avuto un incubo. Era intrattabile senza otto ore di sonno.

2

La festa

'Hai visto il mio top nero? Ha dei glitter sulle maniche,' gridò Christine verso la stanza di Eva.

'No,' rispose Eva.

Cosa indosserò questa sera? si chiese. *Ho voglia di disdire.* Christine sentì che stava per perdere la calma. Ultimamente non si riconosceva più. Da quando il suo incubo era tornato, era diventata più irritabile. Pensava che l'incubo fosse svanito per sempre. Adesso che era tornato, si sentiva come la quindicenne senza speranza che era al Mercy Home.

'Non essere così teatrale. Perché non ti metti il vestito rosso? Sai che stai benissimo con quello,' disse Eva mentre sbirciava nella stanza di Christine dirigendosi in bagno. Il vestito rosso era perfetto. Era un abito Boho con spalle scoperte, molto aderente e con l'orlo asimmetrico che la faceva sembrare una modella.

'Suppongo di non aver scelta. Altrimenti, dovrò andare in mutande,' disse Christine con un sorrisetto.

'Sono sicura che Marlene lo apprezzerebbe, ma non quanto il dottor Patterson,' osservò Eva.

'Oh, stai zitta,' disse Christine prima di rendersi conto che Eva stesse sorridendo.

I Patterson avevano invitato entrambe le ragazze ad

una festa annuale a casa loro. Una volta all'anno, Marlene Patterson, la moglie del dottor Patterson, le invitava a quella che lei chiamava la sua 'festa speciale.' Chiamava sempre Christine per invitarle, mai Eva. Christine era divertita dall'attenzione mostrata dai Patterson. Era convinta che la considerassero come una figlia.

Questi raduni, però, mettevano in imbarazzo Eva. Sentiva che venivano sfoggiate davanti agli amici del dottor Patterson. Ogni anno il gruppo era lo stesso, per lo più colleghi medici. Cosa avessero a che fare loro due con questo gruppo raffinato, era sempre stato un mistero per Eva.

Quando erano bambine, la 'festa' era sempre di pomeriggio. Non c'erano mai regali, il che turbava Eva. Per lei, una festa non poteva definirsi tale se non c'erano dei regali. 'I regali sono per i compleanni e il Natale,' diceva Christine cercando di persuadere Eva. Tuttavia, questo non avevo impedito ad Eva di continuare a parlarne per i cinque anni successivi.

Quella sera il taxi, prenotato dai Patterson, si fermò davanti all'elegante casa di Fairmont Street, a Knightsbridge, poco prima delle otto. Eva era quella appariscente e portava i capelli sciolti arricciati a spirale. Christine invece portava i lunghi capelli castani ondulati in una coda di cavallo.

'Come sto?' chiese Eva mettendosi in posa da 'modella' fuori dalla villa. Ignorandola, Christine si avvicinò alla porta d'ingresso.

'Calmati, Chris. Sono sicura che al tuo ragazzo 'Doc' non dispiacerà che tu sia un pelo in ritardo,' disse Eva sarcasticamente.

'Sei così infantile,' ribatté Christine e suonò il campanello. Aprì la porta una cameriera vestita con una pulitissima uniforme tradizionale bianca e nera.

'Buonasera. Posso prendere i cappotti?' chiese la cameriera con un forte accento che né Christine né Eva furono in grado di identificare.

Non appena le ragazze si tolsero i cappotti, Marlene Patterson si palesò con un sorriso falso sulle labbra gonfie. Era vestita in modo impeccabile con un abito da sera di Donna Karan con un profondo scollo a V e polsini impreziositi da pietre. Marlene era chic. Non importava cosa indossasse, era meravigliosa.

'Ragazze, che piacere vedervi,' disse mentre mandava loro un bacio. 'Entrate. Tutti gli ospiti sono in biblioteca.' Marlene fece strada.

'Ha subito altri interventi chirurgici?' sussurrò Eva a Christine.

'Smettila,' disse Christine seccamente e, con un gesto, intimò ad Eva di non parlare.

Nell'angolo più a sinistra c'era un gruppo di uomini tra i 65 e i 70 anni. Le loro mogli erano sedute dall'altra parte della stanza su due grandi divani vicino alla finestra.

'Per favore, salutate tutti Christine ed Eva,' disse Marlene.

Con un sorriso imbarazzato sul suo volto, Christine non sapeva se ridere o piangere. Essere al centro dell'attenzione la metteva sempre a disagio. Poi, sentì Eva stringerle la mano e si riprese. 'Buonasera. Sono lieta di rivedervi tutti,' disse.

Gli uomini sorrisero alle ragazze. *Un mercato del bestiame,* pensò Eva, e sorrise. 'Buonasera a tutti,' disse.

Sorrisi educati, ma ipocriti, provenivano dalle signore che si voltarono rapidamente per parlare tra loro dopo la presentazione delle nuove arrivate. Nessuna delle donne sembrava interessata a Christine o Eva.

'Cosa posso portarvi da bere?' chiese Marlene.

'Un gin tonic, per favore,' affermò Christine.

'Un Martini secco per me,' disse Eva.

Marlene fece schioccare le dita verso il cameriere ed

Eva chiese frettolosamente un doppio. Ciò causò delle risate provenienti dall'angolo degli uomini.

'Un pubblico facile,' commentò Eva.

Il dottor Patterson si avvicinò a Eva e Christine e osservò: 'Ogni volta che vi vedo, potrei giurare che siete sempre più affascinanti.'

Sebbene fossero state nella casa molte volte, questa era la prima volta che erano nella biblioteca. 'La sua biblioteca è una stanza davvero incredibile, dottor Patterson,' disse Christine.

'Grazie. Piace molto anche a me.' Il suo petto si gonfiò mentre parlava.

'Bellissima,' affermò Christine mentre passava oltre le file interminabili di libri. Christine rimase molto colpita dai libri considerati rari da trovare. Amava la scrittura.

Mentre Christine ed Eva parlavano con il dottor Patterson, Marlene lasciò le ragazze e suo marito e tornò dalle 'sue' signore. Dopo una breve conversazione, il dottor Patterson tornò dai suoi colleghi, lasciando Christine ed Eva da sole. Rimasero in biblioteca, sorseggiando i loro drink. Il viso di Eva si illuminò quando vide Steve Patterson, il figlio più giovane dei Patterson.

'Buonasera a tutti,' disse mentre strizzava l'occhio agli uomini e si inchinava verso le signore. Aveva ereditato i suoi intensi occhi azzurri dalla signora Patterson e, col suo sorriso malizioso e i folti capelli neri, era impossibile non essere affascinati da lui.

'Steven, tesoro, non sapevo che saresti venuto questa sera,' disse Marlene quasi inciampando quando si precipitò verso suo figlio.

'Sapevo che attendevi ospiti eccezionali, madre. Non ho resistito ad accoglierli io stesso,' rispose. Marlene ignorò la sua osservazione; osservazione che sapeva essere riferita ad Eva. Un cameriere gli portò la birra che aveva chiesto entrando nella stanza.

'La birra è così ordinaria. Abbiamo ricevuto una consegna di un Chianti eccezionale dall'Italia proprio ieri,' disse Marlene ad alta voce, assicurandosi che tutti la sentissero.

'No, grazie, madre. Ho sete e ho bisogno di una birra.' Prese un boccone e fece l'occhiolino ad Eva e Christine.

Le due ragazze ridacchiarono come adolescenti.

'Perché non venite con me a salutare le signore?' Marlene accompagnò le ragazze dall'altra parte della stanza.

'Grazie, Marlene,' rispose Christine, come se essere invitata a unirsi ai conoscenti di Marlene fosse un onore. L'accoglienza delle signore fu distaccata. Non erano inclini a intrattenere ragazze con cui non avevano nulla in comune. Christine ed Eva erano di poco interesse per queste donne di alta classe.

'Come state ragazze? È passata un'eternità dall'ultima volta che vi ho viste,' disse Marlene a Christine ed Eva. Se avesse voluto tenerle vicine alle signore e lontane da Steven, avrebbe dovuto intrattenerle lei stessa.

'Molto bene, grazie,' rispose Christine. Eva si limitò a fare un sorrisetto.

'Come va il lavoro alla Biblioteca Nazionale d'Arte? Da quanto tempo lavori lì?' Fu una sorpresa per Christine che Marlene si ricordasse dove lavorava. Fu una sorpresa ancora più grande che sembrasse sinceramente interessata.

'Da quattro anni,' disse Christine.

'Hmm?' rifletté Marlene.

'Sono stata fortunata a trovare un lavoro subito dopo il college,' continuò Christine, ignara della mancanza di vero interesse di Marlene.

'Sei ancora nel settore della moda, Eva?' fece Marlene.

'Sì. Sono ancora una booker,' rispose Eva.

'Che meraviglia,' disse Marlene con entusiasmo.

'No. Non proprio. Ma lavorare con le persone dell'agenzia mi piace.' dichiarò Eva in maniera asettica. Mantenendo un sorriso educato, Marlene ignorò tutto ciò che Eva disse.

Eva guardò il suo bicchiere vuoto. Finì il suo doppio Martini in tempo record e, ignorando gli sguardi di disapprovazione di Marlene e delle sue amiche, si scusò goffamente e si diresse verso il bar.

'Come ti vanno le cose?' Steven le si avvicinò di soppiatto.

'Alla grande, come ho detto a tua madre,' disse Eva con un sorriso a metà.

Steven rise ad alta voce. 'Una bella ragazza come te non ha bisogno di lamentarsi.'

'E tu? Come va la tua attività di design?' chiese, determinata a distogliere l'attenzione da lei. Aveva una cotta per lui da quando aveva quindici anni.

'Bene,' disse, 'mia madre e mio padre sono inorriditi dal fatto che abbia lasciato la scuola di medicina, ma i miei affari stanno andando bene.'

'Perché hai lasciato la facoltà di medicina? Avevi quasi finito,' osservò Eva mentre mescolava il suo Martini.

'Troppo sangue e ore interminabili. Daulton sta perseguendo il sogno per entrambi. Sta rapidamente diventando famoso nell'ambiente della medicina,' disse Steven.

'Un uomo deve fare quello che un uomo deve fare,' disse Eva cercando di fare un'imitazione di John Wayne che fallì miseramente.

Sentendosi ignorata, Christine pensò che fosse abbastanza e si diresse al bar; ordinò un altro gin tonic prima di unirsi ad Eva e Steven.

'Ciao, Christine. Come stai? Matrimonio in vista ?' chiese Steven.

'Ci stiamo pensando. Eric è in lizza per un'importante promozione e sta lavorando incredibilmente sodo. Dopo la sua promozione, potrà ridurre il suo orario di lavoro e potremo organizzare il matrimonio.'

Sebbene Eric non avesse mai fatto la proposta di matrimonio, era implicito che i due si sarebbero sposati dopo la sua promozione.

'Eccellente! Congratulazioni!' esclamò, e diede a Christine un bacio sulla guancia. 'E tu Eva? Qualche ragazzo?' indagò Steven.

Colta alla sprovvista dalla schiettezza di Steve, Eva si sentì incredibilmente a disagio. Eva e Steve avevano sempre flirtato alle feste, ma non c'erano mai state delle avances dirette.

'Sto ancora cercando,' disse con una pronta risposta.

'Tuo padre ha bisogno di parlare con te, Steven,' lo interruppe Marlene.

'Riuscirà a trovarmi, madre,' rispose con fermezza Steven.

'*Ora*, Steven,' disse Marlene inclinando leggermente la testa all'indietro e strizzando i suoi penetranti occhi azzurri. Un segno che voleva dire: *meglio che tu faccia come dico.*

'Vogliate scusarmi, signore. Mio padre ha richiesto la mia presenza. Spero che riusciremo a recuperare più tardi,' disse Steven con un leggero cenno del capo e si allontanò per unirsi al dottor Patterson e ai suoi colleghi.

La serata procedette lentamente. Eva era annoiata, così si scusò per recarsi nel vasto bagno per gli ospiti e fissò la sua immagine in un grande specchio smussato dorato dello Yorkshire. Si chiedeva cosa stesse facendo a quella festa. Si lavò le mani e se le asciugò in un asciugamano di lino irlandese. 'Ci siamo, faccia coraggiosa,' disse rivolgendosi al suo riflesso.

Mentre tornava alla festa, notò Christine parlare con il

dottor Patterson. *Staranno discutendo del suo incubo,* pensò. Aspettò che finissero. Dopo cinque minuti, il dottor Patterson e Christine si riunirono di nuovo al gruppo. Mentre si avvicinava, sentì un dottore dire: 'È incredibile. Sorprendente.'

'Sta parlando di me?' chiese Eva con curiosità.
Il dottor Patterson aprì le braccia in modo cordiale e disse: 'Si. Tu e Christine siete una gioia per gli occhi.'

'Anche tu sei in terapia?' chiese il dottor Abrahams, uno di loro.

'Be, a volte lo sono, a volte no,' ribatté Eva.

'Eva, per favore,' sussurrò Christine.

Eva vide Steven parlare con le signore che pendevano dalle sue labbra. Non le interessava più né la festa né vedere Steven, e sussurrò all'orecchio di Christine: 'Voglio andare a casa adesso.'

Christine la guardò. Capì che Eva era a disagio.
'Va bene, salutiamo tutti e andiamo,' disse dolcemente Christine alla sua amica.

Mentre lasciavano la villa, Eva si lasciò sfuggire un sospiro di sollievo. 'Sono contenta che sia finita, se ne riparla fra un anno.'

Un taxi le aspettava in strada.

'Perché partecipiamo a questa festa una volta all'anno?' chiese Eva.

'Perché a loro piace vederci. Vogliono sapere come stiamo,' disse Christine, cercando di convincersi che questa fosse la verità.

'Ci invitano ogni anno e, non appena arriviamo, non vedono l'ora che ce ne andiamo,' disse Eva come se Christine non fosse già dolorosamente consapevole della questione.

'Entra in macchina Eva, per favore,' disse Christine.

Durante il viaggio in taxi verso casa, Eva iniziò a lamentarsi, soprattutto di Marlene, del dottor Patterson e degli altri ospiti. Si lamentava di tutti tranne che di Steven, in realtà. Ogni anno si ripeteva la stessa scena. La frustrazione di Eva cresceva quando trascorreva del tempo con tutti loro ed esplodeva nel taxi.

Christine si limitò ad annuire a tutto ciò che Eva disse. Aveva imparato molto tempo fa che Eva non era interessata alla sua opinione e se avesse detto qualcosa, lei si sarebbe arrabbiata ancora di più. Avrebbe iniziato a ricoprirli di insulti. Quindi, le due tornarono a casa in taxi e finalmente Eva si calmò quando arrivarono al loro appartamento.

TAXI

3

Eric e Steve

'Non di nuovo, Eric,' disse sconsolata Christine al suo fidanzato. 'Hai lavorato così tanto negli ultimi due fine settimana. Non vedevo l'ora di trascorrere un po' di tempo insieme.'

'È importante. Si tratta della mia carriera, Christine. Devo essere presente in ufficio per dimostrare loro che sono la persona migliore per l'incarico,' rispose Eric.

'Di quanto tempo hanno bisogno?' chiese Christine.

'Tutto il tempo necessario. Non farmi sentire in colpa, Chris. Adesso devo concentrarmi sulla mia carriera,' affermò con fermezza Eric.

'Cosa intendi, scusa?' chiese Chris. Sentì un dolore allo stomaco. 'Hai mai pensato ai miei sentimenti?'

'Non è quello che volevo dire, e lo sai,' rispose Eric in un tono leggermente più pacato.

'Se non sbaglio, l'hai appena detto,' disse Christine, determinata a mantenere accesa la discussione. Seguì un lungo silenzio.

Alla fine, Eric disse: 'Faremo presto una bella chiacchierata, Chris.'

'Non appena il tuo lavoro lo permetterà,' disse Christine e riattaccò il telefono.

Arrabbiata, si sedette sul divano. Perché era così stacanovista! Un tempo considerava l'ambizione una qualità positiva, ma non così tanto ora che lei ed Eric avevano iniziato a passare sempre meno tempo insieme. Tutto ciò su cui sembrava concentrato era la promozione alla Meditech. Spesso si chiedeva se ci fosse qualcun'altra. Un'altra donna? Non appena quel pensiero le attraversò la mente, lo respinse. Eric era troppo occupato con la sua carriera per gestire due donne. Un'altra donna era quello a cui avrebbe pensato Eva. L'ultima cosa di cui aveva bisogno era la sua opinione. La litigata con Eric era già abbastanza. C'era sempre stato astio tra Eric ed Eva. Christine era stanca di difenderlo. Perché non correva buon sangue tra i due?

Christine si convinse che Eric volesse soltanto provvedere a lei e alla loro futura famiglia. Quando era bambino, il padre di Eric non aveva fatto lo stesso per lui. Desiderava una vita migliore per lei, ma Eva non era d'accordo.

'Un altro fine settimana senza Eric?' chiese Eva entrando nella stanza.

'Cresci un po', Eva. La vita non è fatta solo di feste o di preoccuparsi di avere un bell'aspetto,' Christine si irritò.

'Scusa, accidenti,' disse Eva allontanandosi.

Christine non rispose. Eric si stava allontanando e lei non ci potava fare niente.

***

Christine aveva incontrato Eric per la prima volta in un ristorante di zona vicino alla biblioteca dove lavorava. Il personale della biblioteca aveva l'abitudine di prendere l'aperitivo ed ascoltare la musica il venerdì sera dopo il lavoro. All'inizio, il gruppo era composto solo dalle persone con cui lavorava, ma in qualche modo Eric diventò parte della comitiva. Rimase sbalordita quando lui si sedette accanto a lei per una chiacchierata e si propose di offrirle da bere.

Nessun uomo affascinante come Eric si era mai avvicinato a lei. Era alto con i capelli biondi, gli occhi azzurri e un fisico favoloso. Avrebbe potuto essere un modello. Christine era troppo timida per parlargli ma, con molta insistenza da parte sua, alla fine si lasciò andare e chiacchierarono per ore. Era così immersa nella conversazione che le sembrarono passati solo pochi minuti.

Parlarono di tutto e di più, dai sogni futuri, ai piani familiari, alle loro ambizioni e all'indipendenza finanziaria. Eric la conquistò. Tutto quello che Eva aveva sempre voluto fare da quando aveva compiuto diciotto anni era sposarsi e avere una famiglia. Per rendere il tutto ancora più magico, lei ed Eric fissarono un appuntamento per il fine settimana successivo. Christine era euforica. Quando arrivò a casa, svegliò Eva per raccontarle tutto quello che era successo quella sera.

Ora, tutto sembrava diverso. Eric, che una volta parlava sempre del loro futuro, ora voleva solo lavorare e non passare il tempo con Christine, che ne aveva un tremendo bisogno.

***

Si impose di guardare solamente le vetrine, poiché non poteva permettersi di comprare altri vestiti e scarpe; era consapevole che avrebbe comprato sicuramente qualcosa dopo aver varcato la soglia di un qualunque negozio.

Il suo cellulare squillò. Frugò nella sua borsa strapiena per trovarlo. 'Pronto?'

'Eva? Sono Steve Patterson.'

'Steve, oh, ciao. Come stai?' Eva era contenta di non aver premuto il pulsante 'video' sul cellulare.

19

'Non male, e tu?'

'Molto bene,' disse. Per un momento, pensò che lui potesse vederla arrossire o sentire attraverso il telefono che il suo cuore stava battendo più forte.

'È stato fantastico rivederti l'altra sera,' continuò Steve.

'Si, davvero.' Gesticolava nervosamente non riuscendo a pensare a cosa altro dire.

'Non e' un buon momento?'

'No, no. Non preoccuparti.' Proprio in quel momento, una donna che stava passando accanto ad Eva le disse di spostarsi. Si guardò intorno e si rese conto di trovarsi proprio in mezzo al marciapiede. Si mise in disparte.

'Mi chiedevo se ti andrebbe di bere qualcosa una di queste sere?'

'Va bene,' rispose. Eva si sentiva sciocca perché non sembrava in grado di mettere insieme più di due parole in quel momento.

'Cosa fai domani sera?'

'Non ho programmi. Ci potremmo incontrare da qualche parte in città.' Eva sapeva che si stava dimostrando fin troppo disponibile e si diede un colpetto immaginario sulla testa.

Steve propose un wine bar a Soho verso le otto. Non conosceva quel bar, ma decise che l'avrebbe cercato piuttosto che chiederglielo. Dopo essersi salutati, Eva premette più e più volte il pulsante di fine chiamata per assicurarsi che non potesse più sentirla.

Si appoggiò contro un muro. Lo aveva considerato un flirt innocuo, non si sarebbe mai aspettata che qualcuno come Steve potesse trovarla abbastanza interessante da chiederle di uscire. Era bello, designer di successo proprietario della sua azienda e proveniva da una famiglia influente. Qualsiasi ragazza sarebbe uscita con lui. Sapeva bene che a Marlene sarebbe preso un colpo se avesse saputo che uno dei suoi ragazzi prestava attenzione a lei o a Christine.

***

'Christine, sei a casa?' urlò Eva mentre si precipitava nell'appartamento.

'Sono in cucina,' rispose Christine.

'Mi ha chiamata Steve Patterson e mi ha chiesto un appuntamento.'

'Whoa! Non posso dire di essere sorpresa. Voi due avete sempre avuto un debole l'uno per l'altra,' disse Christine e, senza alzare lo sguardo, continuò a preparare la cena.

'Cosa intendi dire?' chiese Eva. Non voleva far altro che parlare di Steve.

'È sempre stato palese che gli piaci. Si trova sempre a casa dei suoi genitori quando noi siamo lì. Sono sicura che non è per intrattenere gli ospiti dei Patterson,' disse Christine.

Eva senti'un tuffo al cuore. Non riusciva a smettere di fare piroette improvvisate.

'Solo un cieco poteva non accorgersene,' continuò Christine. 'Perché pensi che Marlene si metta sempre in mezzo quando Steve parla con te?'

Eva batté le mani per la contentezza. 'Cosa dovrei indossare?'

'Stai davvero chiedendo la mia opinione?'

'Sì. Steve mi piace e voglio avere un look fantastico!' Eva ancheggiò come una ballerina araba.

'Forse dovresti indossare qualcosa di meno appariscente, farlo fantasticare un po'.'

Dopo averci pensato per un po', Eva disse: 'Hai proprio ragione, Chris. Ho ancora tante cose da fare prima di domani sera. Devo depilarmi le gambe, sistemare le sopracciglia, le unghie e cercare di tenere sotto controllo questo groviglio di ricci che ho sulla testa.'

'Bene, farai meglio ad iniziare.' Christine sorrise e tornò a preparare la cena. Eva corse fuori dalla cucina.

Il giorno successivo, mentre Christine era seduta in cucina a guardare tutto il materiale pubblicitario arrivato, nonostante l'adesivo 'No Pubblicità' sulla cassetta delle lettere, Eva entrò in cucina.

'Cosa ne pensi?' chiese, posando con una mano su un fianco. Indossava un paio di jeans attillati blu scuro con una semplice maglietta bianca e una giacca aderente di pelle nera.

'Fantastico.' Christine guardò Eva e, per un momento, desiderò avere la sua sicurezza.

'Sei sicura?'

'Stai benissimo.'

Eva era stata dal parrucchiere quel pomeriggio e ora i suoi capelli selvaggi le ricadevano sulle spalle come riccioli lucenti. 'Grazie. E il trucco? '

'È perfetto, Eva. Sei meravigliosa. Vai e divertiti.'

Eva baciò Christine sulla guancia e ridacchiò mentre lasciava l'appartamento.

Quando entrò nel locale e vide Steve seduto al bancone, si sentì il cuore in gola. Indossava una maglietta grigio scuro e dei jeans. Eva sorrise. 'Ciao Steve,' disse.

'Eva, ciao.' Mentre la baciava sulla guancia, lei colse il profumo del suo dopobarba e il vago odore virile della sua ruvida giacca di pelle. 'Cosa posso offrirti da bere, un Martini secco?'

'Ti sei ricordato.'

Sorrise e ordinò. Eva non sapeva come rompere il ghiaccio, quindi gli chiese dei suoi genitori. Non era affatto interessata a come stavano il dottor Patterson e Marlene, ma era da tempo che un uomo non la rendeva così nervosa.

'Stanno bene, credo. Li conosci, non sono le persone più loquaci del mondo. E quando parlano, vorresti avere un paio di tappi per le orecchie a portata di mano.' Steve le porse il Martini e lei ne bevve un sorso abbondante. 'Stai benissimo,' le disse.

Eva sentì le sue guance arrossire. Sorrise, maledicendosi per essersi comportata in modo così infantile. 'Sono contento di aver trovato il coraggio di chiederti di uscire,' affermò Steve.

'Tu?' Non sapeva bene come rispondere. Sperava solo che Steve fosse sincero. Bevve un altro sorso del suo Martini per calmarsi. Guardò Steve e provò un irresistibile desiderio di baciarlo. Distolse lo sguardo, spaventata che potesse leggerle nel pensiero.

'Come vanno gli affari?'

'Non mi lamento.'

'Tua madre deve essere orgogliosa di te. I tuoi affari stanno andando bene e hai fatto tutto da solo. Penso che qualsiasi genitore ne sarebbe orgoglioso.'

'Ahh, sbagliato!' disse Steve, puntandole contro il dito indice. 'I genitori normali sarebbero orgogliosi. Nel caso non l'avessi notato, i miei genitori sono tutt'altro che normali.' Bevve un bel sorso di birra e continuò: 'Avevano grandi progetti per me. Avevano pianificato la mia vita prima ancora di concepirmi.' Mentre Steven scherzava sui suoi genitori, Eva riusciva a vedere quanto la loro disapprovazione lo irritasse. 'Hai mangiato?' chiese.

'No.'

'Possiamo cenare nel locale qui accanto. Ho sentito che è il miglior ristorante italiano della città.' Eva annuì e finì il suo drink. 'C'è solo una cosa che devo fare prima di andare.'

Eva prese la sua giacca. Pensava che Steve dovesse fare una telefonata ma invece, mentre lei si stava infilando la giacca, la baciò. Eva rimase senza parole. Quando riordinò i pensieri, alzò lo sguardo verso di lui e senza esitazione, lo baciò a sua volta.

'È meglio andare prima al ristorante...' gli disse Eva all'orecchio. Lui le mise un braccio intorno alla vita e le diede una leggera stretta. Questo piccolo gesto la fece sentire desiderata e lo guardò con un tenero sorriso.

4

Lo studio del Dottor Patterson

Christine si svegliò alle 6:30 del mattino successivo e fece colazione. Lo studio del dottor Patterson avrebbe aperto alle 9. Decise di chiamare dalla biblioteca per fissare un appuntamento. Christine prendeva lo stesso farmaco per dormire da anni ed era consapevole degli effetti a lungo termine e dell'assuefazione.

Eva entrò in cucina con un sorriso smagliante ancora stampato sul viso. 'Allora, tu e Steve Patterson,' disse Christine con un tono quasi severo.
Eva continuò a sorridere. Si sentiva benissimo. Non aveva mai provato questa sensazione prima.

'Lo rivedrai?'

'Si. Steve è incredibile,' disse Eva. 'Tutto quello che voglio fare è rivederlo. Ora capisco perché ti arrabbi così tanto quando non vedi Eric.'

Christine sorrise. Non voleva parlare di Eric. Se le avesse detto che non era sicura riguardo ad Eric, Eva non avrebbe più smesso di parlare. 'È fantastico. Steve è un ragazzo eccezionale.'

'Lo so. Non è meraviglioso?'

'Di sicuro è bello. Ho in programma di vedere il dottor Patterson oggi, riguardo gli incubi,' disse Christine, cambiando argomento.

'Vuoi che venga con te?' chiese Eva.

'Non preoccuparti. Finirò in un batter d'occhio.'

***

Christine si accomodò nella sala d'attesa dello studio del dottor Patterson. Mentre sedeva su un grande divano Chesterfield marrone scuro e fissava *The Lady With a Green Hat* di Jozef Israëls appeso al muro di fronte a lei, pensò *questo posto trasuda ricchezza da tutte le parti*. Per passare il tempo, sfogliò una delle riviste mediche mentre aspettava che Rebecca le facesse sapere che il dottor Patterson era pronto per riceverla.

Christine aveva sempre pensato che Rebecca sarebbe stata più a suo agio a un servizio fotografico piuttosto che in uno studio medico. Era stupita dal fatto che una ragazza come Rebecca non lavorasse per una prestigiosa azienda di moda o cosmetica. Era una bella donna sulla trentina ed era impeccabile con i suoi capelli biondi raccolti in uno chignon. Il trucco, anche se un po' esagerato, era professionale. Quel giorno indossava un tailleur blu gessato che metteva in risalto la sua figura. All'improvviso suonò il citofono sul banco della reception e Rebecca alzò lo sguardo.

'Il dottor Patterson è pronto a riceverti,' annunciò.

Christine balzò in piedi e le sorrise, ma Rebecca non ricambiò. Quando Christine entrò nell'ufficio del dottor Patterson, rimase sorpresa vedendo che quest'ultimo non era da solo. Il dottor Bernard, che era alla festa di qualche giorno prima, era seduto accanto al dottor Patterson.

'Buongiorno, Christine,' il dottor Patterson sorrise mentre la accoglieva. 'Spero non ti dispiaccia se il mio collega, il dottor Bernard, si unisce a noi.'

Christine sorrise, ma si sentì in trappola. Non riusciva

a dire '*no*.' Dopotutto, il dottor Bernard era già lì.

'Il dottor Bernard era alla nostra festa annuale. È un medico di fama mondiale e ha svolto molte ricerche nei settori dei sogni e della mancanza di sonno. Ho pensato che potesse essere una buona idea ascoltare anche la sua opinione.'

Non si aspettava alcuna obbiezione da parte di Christine. Si sentì un attimo più tranquilla pensando a quanto il dottor Patterson si fosse dato da fare per chiedere al suo collega di unirsi a loro per avere anche una seconda opinione. Il dottor Bernard si alzò, andò da Christine e le strinse la mano. 'È bello rivederti, Christine,' disse.

Il dottor Patterson chiese a Christine di accomodarsi su un grande divano in pelle color crema dall'altra parte dell'ufficio. Il dottor Patterson e il dottor Bernard si sedettero invece di fronte a lei su due poltrone color crema.

'Rebecca ti ha offerto qualcosa da bere mentre aspettavi? Gradisci un caffè o un tè?' chiese educatamente il dottor Patterson.

Anche i suoi modi gentili l'aiutarono a mettersi a suo agio. 'No, la ringrazio,' disse Christine.

Il dottore tornò alla sua scrivania e chiese a Rebecca di portare due caffè e una bottiglia di acqua frizzante.

'Il dottor Patterson mi ha informato. Mi ha detto che non hai dormito bene ultimamente,' disse il dottor Bernard.

Christine disse al dottor Bernard che aveva l'incubo da quando aveva quindici anni. 'Ho dormito bene per dieci anni prendendo lo stesso farmaco, ma ora l'incubo è tornato.'

Parlare con il dottor Bernard la faceva sentire a disagio. La verità era che parlare con il dottor Patterson era già abbastanza difficile. Ora, c'erano ben due dottori ad interrogarla.

Il dottor Bernard chiese: 'C'è qualcosa in particolare che puoi dirmi riguardo questi incubi?' Christine guardò il dottor Patterson per cercare sostegno. Si chiese come mai avesse discusso del suo incubo con il dottor Bernard.

'Sei in grado di dirmi qualcosa? Ad esempio, cosa succede nel tuo incubo? Ci sono persone che riconosci?' chiese il dottor Bernard.

'No. È sempre lo stesso. C'è un orribile terremoto e le persone cercano di scappare ma non ci riescono. Vedo le persone intorno a me che vengono schiacciate dagli edifici e cadono nelle crepe create dal terremoto. Quando tutto sembra calmarsi, c'è una luce blu in lontananza che lampeggia nei miei occhi. So di non poterle sfuggire. Rimango lì terrorizzata mentre la luce blu che è in lontananza inizia ad essere sempre più vicina. So che non posso sfuggirle. Rimango lì, in preda al panico finché la luce blu è ovunque. Poi mi sveglio.'

'Riconosci qualcuno nell'incubo?'

'No. Nessun volto familiare. Sono solo persone.' Parlare dell'incubo era brutto quasi quanto viverlo. Christine si sentì improvvisamente esausta.

La porta si aprì ed entrò Rebecca con i caffè. 'C'è qualcos'altro di cui ha bisogno, dottor Patterson?' chiese.

'No, grazie, Rebecca. È tutto.' Il dottor Patterson prendendo il caffè osservava Christine.

'Ovviamente, hai bisogno di aiuto. Sono incredibilmente contento che tu sia venuta.' Il dottor Patterson annuì in segno di assenso. Christine non rispose.

Mentre il dottor Patterson e il dottor Bernard sorseggiavano i loro caffè, il dottor Patterson accennò che il dottor Bernard voleva ipnotizzarla. Christine si irrigidì e affondò le unghie nella sedia. Tutto ciò che riusciva a sentire era il tintinnio del cucchiaino che ruotava nella tazza di caffè. La faceva impazzire. Il suo primo istinto fu di calciargli via la tazza di caffè dalle mani.

Dopo aver bevuto un piccolo sorso, il dottore disse a Christine che attraverso l'ipnosi sarebbero stati in grado di capire la radice del problema.

'Ipnotizzarmi? Non sto nascondendo nulla. Ho sempre detto la verità,' disse Christine. Perché il dottor Patterson la stava mettendo in difficoltà?

'Non pensiamo che tu stia nascondendo qualcosa. Ma potrebbe esserci qualcosa che non ricordi o non ti rendi conto di aver nascosto nei meandri della tua memoria.' Il dottor Bernard continuò: 'La ricerca ha fatto molta strada. Oggigiorno, possiamo capire meglio i motivi per cui le persone soffrono di incubi o disturbi del sonno. Esistono una serie di possibilità per aiutare le persone ad affrontare gli incubi e altri problemi relativi al sonno. Alcuni traggono beneficio dalla psicoterapia, la terapia cognitivo comportamentale, per essere più specifici. Questa può essere di grande aiuto nel modificare i modelli di pensiero negativi.'

'Non ne sono sicura. Non mi piace l'idea di essere ipnotizzata,' sussurrò Christine. Aveva scambiato solo poche parole con il dottor Bernard a casa del dottor Patterson. Non sapeva niente di lui.

Il dottor Patterson le lanciò uno sguardo gelido. 'Il dottor Bernard ci sta facendo un grande favore prendendo parte alla nostra seduta. Spero che tu lo capisca, Christine.'

Trattenne le lacrime mentre ascoltava le parole paternaalistiche del dottor Patterson. Perché si stava comportando così? Erano state così tante le volte che aveva parlato con lui dei suoi incubi e gli aveva chiesto perché fossero così orribili. Perché non poteva mostrarle compassione adesso? Perché stava cercando in modo così aggressivo di convincerla a sottoporsi all' ipnosi? Non era abituata ad essere trattata così. Tutto quello che voleva fare era scappare da quella stanza. Invece, sussurrò: 'Ci penserò su. Apprezzo il suo aiuto, dottor Patterson, e mi dispiace se sembro ingrata.' Christine non aveva altro da dire e si limitò a fissare i due dottori.

'Bene, per oggi è tutto,' disse il dottor Patterson e si

alzò dirigendosi verso la sua scrivania. 'Ti prescriverò un farmaco aggiuntivo. Quando deciderai di sottoporti ad una seduta ipnotica, chiamami pure.' Scrisse una ricetta e la lasciò sulla sua scrivania per Christine.

Lei raccolse la ricetta e, mentre si avviava verso la porta, il dottor Patterson la richiamò. 'Non ho intenzione di crearti problemi. Sono fermamente convinto che sia tu che Eva possiate trarre beneficio dall'ipnosi; anche i suoi incubi potrebbero ripresentarsi. Christine, sai che puoi fidarti di me.'

All'improvviso Christine si rese conto che non si fidava né del dottor Matthew Patterson né del dottor Ronald Bernard. 'Mi fido di lei, dottor Patterson.' Ringraziò il dottor Patterson e il dottor Bernard per il loro tempo e lasciò lo studio il più rapidamente possibile.

Durante il viaggio in autobus verso casa, pensò a ciò che aveva detto il dottor Patterson. All'inizio era arrabbiata. Ora il dottor Patterson era convinto che lei avesse problemi psicologici. La conosceva da tanto tempo e non avrebbe dovuto pensarlo. Non ne aveva mai parlato prima.

Ma poi pensò, *forse ha ragione lui*. Forse aveva delle buone ragioni per volerla sottoporre all'ipnosi. Forse avrebbe potuto davvero risolvere tutto. Si convinse che il dottor Patterson sapeva cosa stesse facendo. Diamine, ha persino invitato il dottor Bernard, che era un esperto in questo campo, a visitarla. Il suo istinto precedentemente sospettoso stava svanendo. L'insicurezza era sempre stata una difficoltà per Christine.

'Sembra che non sia molto entusiasta, Matthew.' Ronald Bernard chiuse la sua valigetta.

'Non preoccuparti, Ronald. In qualche modo, convincerò Christine che questa è la cosa giusta da fare. Si è sempre fidata di me.'

'Va bene.' Il dottor Bernard prese la valigetta e il cappotto e si avviò alla porta. 'Dobbiamo portare a termine tutte le ricerche. Stanno diventando obsolete.'

***

Christine uscì prima dal lavoro quel giorno. Non c'era molta gente in biblioteca e il suo supervisore le disse che poteva approfittare del periodo di tranquillità. Mentre entrava nel suo appartamento, il suo telefono squillò.

'Christine, sono Matthew Patterson.' Ogni volta che il dottor Patterson si annunciava con il suo nome e cognome, significava che era di ottimo umore.

'Salve, dottor Patterson.' Sembrava strano ricevere una sua telefonata dopo il loro incontro al suo studio. Non si aspettava di sentirlo e cominciò ad agitarsi.

'Ti ho chiamata per scusarmi per questa mattina. Devo essere sembrato impaziente, ma desidero solo il meglio per te. Devi credermi.'

'Dr. Patterson, come le ho detto, mi fido di lei e della sua opinione.'

'Eccellente! Perché ho bisogno di scavare più a fondo per capire perché voi ragazze facciatelo stesso incubo. Prometto che non ti verrà fatto del male, Christine. Ti voglio bene come una figlia.' Fece una breve pausa. 'Questa mattina non mi sentivo bene per via del mal di testa. Ho chiesto al dottor Bernard di venire nel mio ufficio per incontrarti. Ero un po' imbarazzato perché sembrava che il dottor Bernard avesse messo a disposizione il suo tempo prezioso per niente. Se ho ferito i tuoi sentimenti, per favore accetta le mie scuse.'

'La ringrazio, dottor Patterson. Ha ragione. Mi scuso per aver dubitato della sua opinione. Prenderò in considerazione l'ipnosi.'

'Grandioso!' disse il dottor Patterson. Riattaccò, ma non si sentì sollevata. Aveva bisogno di sfogarsi con qualcuno, e telefonò a Eric.

'Ciao, Eric. Puoi venire da me questa sera? Mi piacerebbe vederti.'

'Certamente. Anch'io ho bisogno di parlarti,' disse. Christine sentì un peso nello stomaco. Il suo tono non era per niente rassicurante. La loro relazione era diventata una strada a senso unico con lei che faceva progetti e lui che li annullava. 'Sarò da te alle 8.' Prima che lei potesse salutarlo, mise giù il telefono. Si sentì molto fragile. L'incubo era tornato e il dottor Patterson era così impaziente riguardo l'ipnosi. Aveva bisogno del sostegno di Eric.

Christine guardò l'orologio; erano già le sette. Si precipitò a fare la doccia. Voleva essere sicura di avere un aspetto incantevole. Mentre faceva la doccia, pensò alla sua giornata.

Si chiese di nuovo: *perché il dottor Patterson desiderava fare questi test? E perché sembrava così impaziente che lei vedesse il dottor Bernard?* Non aveva mai parlato a lei o ad Eva di un altro dottore.

Voleva scacciare i suoi pensieri deprimenti e iniziò a insaponarsi il corpo. Dopo essersi vestita, entrò in soggiorno; aveva ancora venti minuti. Si alzò più volte per guardarsi allo specchio. Alle otto in punto il campanello suonò. Eric era sempre puntuale. Christine si fiondò ad aprire la porta.

'Ciao Eric,' disse. 'Sono molto contenta che tu sia qui. Mi sei mancato.' Lo prese per mano e andarono in soggiorno. 'Posso offrirti qualcosa da bere?'

Eric non disse niente. Christine iniziò ad allarmarsi e quando era nervosa, le sue mani sudavano. Eric si sedette sulla sedia ispirata a Napoleone III invece di sedere accanto a lei sul divano.

'Va tutto bene? È successo qualcosa in ufficio?'

'No. Non l'ufficio ...' iniziò a dire. Christine si spinse in avanti sul divano, cercando di avvicinarsi a lui. Provò a toccargli la mano, ma lui la respinse. 'So di aver lavorato molto e di non aver passato molto tempo con te ultimamente. Ho pensato alla nostra relazione e ho concluso che, sebbene abbia lavorato per molte ore e non abbiamo trascorso del tempo insieme, non mi sei mancata.'

Christine poteva sentire il suo stomaco rigirarsi. 'Cosa intendi?'

'Non è giusto che continuiamo a vederci. Ti meriti qualcuno che possa passare più tempo con te.'

Christine non riuscì a trattenere le lacrime. 'E il tuo lavoro? Capisco che non puoi vedermi a causa del tuo lavoro.' Stava cercando disperatamente di non cadere a pezzi. Non poteva succedere.

'No. C'è di più. Chris, mi dispiace, ma non ti amo più.'

'Per favore, Eric. Non lasciarmi. Sai che farei qualsiasi cosa per te. Posso aspettare. Possiamo prenderci un po' di tempo e vedere come vanno le cose tra qualche mese.' Lo prese per un braccio per cercare di fermarlo. 'Per favore, Eric. Resta con me. Dimmi cosa vuoi che faccia e lo farò.' Si sentiva disperata e impotente.

'Christine, ho preso la mia decisione.'

'Ma ti amo, Eric. Cosa farò senza di te?'

'Christine, ti prego. Sono sicuro che te la caverai e ti dimenticherai di me.' Detto ciò, allontanò il braccio. Christine lo guardò negli occhi. Non era dispiaciuto per lei. I suoi occhi erano freddi. Si diresse verso la porta e, senza salutare, se ne andò.

La porta d'ingresso sbatté. Christine fissò la porta incredula. Si sentì nauseata e corse in bagno. Si sedette sul pavimento piangendo e chiedendosi, *Cosa è appena successo? Stiamo insieme tre anni. Come ha potuto lasciarmi così?* Entrò in camera da letto e si buttò di peso sul letto. Fissando il flacone dei suoi nuovi sonniferi, decise di prenderne uno. *Nessun dolore*, pensò.

5

Dopo la rottura

Christine si svegliò presto il mattino seguente dopo un sonno irrequieto. Indossò un maglione caldo e si diresse in cucina. Eva stava già facendo colazione. Christine non aveva voglia di parlare. Non voleva sentirsi dire *te l'avevo detto* da Eva, a cui non era mai piaciuto Eric. Christine esitò per diversi istanti fuori dalla cucina, ma si rese conto che prima o poi avrebbe dovuto affrontare Eva.

'Cosa ti è successo? Hai un aspetto orribile,' disse Eva, alzando lo sguardo dalla sua ciotola di cereali.

'Grazie.' Christine aprì il frigorifero, si versò un bicchiere di succo d'arancia e si sedette a tavola.

'Beh, cosa è successo? Nessuno avrebbe quell'aspetto senza un buon motivo.'

'Eric mi ha lasciata,' disse Christine. Eva stava seduta dritta sulla sedia e fissava Christine senza dire una parola. 'È venuto qui la scorsa notte, mi ha detto che non mi ama più e cinque minuti dopo era fuori dalla porta. Dopo tre anni, avrebbe potuto dedicare più tempo a spezzarmi il cuore.'

'Quel ragazzo non ti ha mai trattata bene. Non mi sorprenderebbe se avesse già un'altra.' Eva si stava arrabbiando, noncurante del fatto che Christine non avesse bisogno di sentire quelle osservazioni in quel momento.

'Lo amo,' disse Christine, i suoi occhi si riempirono di lacrime. 'Pensavo che ci saremmo sposati dopo la sua promozione.'

'Lo so,' disse Eva. 'Sono così dispiaciuta. Non te lo meriti.'

Christine si sentiva come se le fosse stata succhiata via l'anima. Tutto ciò che restava di lei era una ragazzina triste e debole. 'Ti dispiace telefonare in biblioteca per dirgli che non ci andrò? Torno a letto.' Christine se ne andò senza attendere una risposta.

'Certo.' Eva voleva aiutarla. Molti pensieri le passarono per la mente. Perché quella mattina era stata così priva di tatto con Christine? Avrebbe voluto essere più simile a lei, che era sempre comprensiva e mai critica. Era contenta che Eric se ne fosse andato. Ora, avrebbe potuto trovare qualcuno che la amasse davvero. Eric non meritava Christine.

***

Quando Eva uscì dall'appartamento, il suo cellulare squillò. Vide il numero di Steve sul display. 'Buongiorno splendore,' la salutò.

'Buongiorno a te.'

'Sei libera stasera? Mi piacerebbe vederti!'

'Beh...,' disse Eva, 'Eric ha rotto con Christine ieri sera. Mi piacerebbe vederti, ma penso di dover stare a casa e prendermi cura di lei.' Fece una breve pausa. 'Che ne dici di domani sera?'

'Domani sera è perfetto. Posso passare a prenderti verso le sette?'

'Ottimo. Mi dispiace per stasera.'

'Non ti preoccupare. Vuol dire che mi mancherai un altro giorno. Per favore, di a Christine che le sono vicino.'

Eva si sentiva combattuta. Da un lato si stava

innamorando, ma dall'altro il dolore di Christine era troppo per ignorarlo. Eva non era mai stata innamorata di nessuno come lo era Christine di Eric. Erano così diverse. Christine voleva un marito e dei figli. Avvicinarsi a chiunque era uno dei problemi di Eva. Steve era diverso, però. Era convinta che le cose sarebbero andate bene per loro. Se lo sentiva.

***

Quando Eva tornò dal lavoro, entrò direttamente nella camera da letto di Christine. Christine dormiva. Eva vide il flacone di sonniferi accanto al suo letto.

'Christine ...,' sussurrò. Nessuna risposta. Eva pensò che i sonniferi l'avrebbero tenuta addormentata per il resto della serata. Controllò l'orologio. Erano solo le 18:30.

Christine si svegliò verso le 19:30. Grazie ai suoi nuovi sonniferi, aveva dormito tutto il giorno. Sentì la testa pesante mentre barcollava fuori dal letto e usò il muro come sostegno per recarsi in bagno. Era come se la sua testa fosse una frazione di secondo indietro rispetto ai suoi movimenti. Sapeva di aver preso troppi sonniferi ma, al momento, non poteva importargliene di meno. Ogni volta che pensava a Eric, si disperava. Si sentiva male; soprattutto quando si ricordava dei suoi occhi gelidi.

Rimase a fissare la doccia per un momento e poi decise che avrebbe richiesto troppa energia. Così, invece, andò in cucina. Aprì una bottiglia di vino che era in cima al frigorifero. Prese un grande bicchiere dalla credenza e versò il vino fino all'orlo. Ricominciò a piangere quando si sedette sul divano. *Cosa era successo? Perché aveva cambiato idea?*

Eva, che stava ascoltando la musica a letto, entrò in soggiorno. Si sedette accanto a Christine sul divano e le mise un braccio sulla spalla. 'Come stai?' chiese.

'Come pensi che stia? Sono stata mollata da un uomo

che conosco a malapena.'

'Cosa intendi?'

'Non lo so.' Christine scrollò le spalle. 'Era così freddo la scorsa notte che quasi non lo riconoscevo. È come se avesse premuto un pulsante e io non esistessi più.' Christine si fermò e si asciugò il naso. 'Proprio così.' Schioccò le dita. 'In cinque minuti; nessuna spiegazione e nemmeno la minima considerazione per i miei sentimenti.' Christine iniziò a piangere così forte che le spalle e il petto le tremarono. Era ferita nel profondo del suo essere.

'Mi dispiace così tanto, Chris. Davvero.'

'Ha detto che quando lavorava a tutte le ore, non sentiva la mia mancanza. Cosa significa?' Christine cercò di parlare nonostante i singhiozzi.

Eva la osservava e si sentiva male per lei.

'È stata sua la decisione di lavorare tutte quelle ore e non passare del tempo insieme, non mia.'

'Non è colpa tua, Chris. Niente di tutto questo è colpa tua.'

'Forse avrei dovuto tormentarlo di meno, o forse incoraggiarlo di più.'

'Smettila, Chris. Sei la persona più affettuosa che conosca. Se non riesce a vederlo, allora il problema è suo.'

'Pensavo fosse quello giusto.'

'Troverai qualcun altro. Qualcuno che ti apprezzerà e vedrà che persona meravigliosa sei,' disse Eva. Si sentiva ridicola. Sembrava un tale cliché, ma era la pura verità. Christine avrebbe potuto avere di meglio.

'Voglio tornare a letto adesso.'

'Cucinerò qualcosa, ti chiamo quando è pronto.' Eva preparò il riso con pollo al curry mentre Christine rimase a letto, non voleva o non poteva mangiare. Quando Eva entrò in camera per controllarla, si sedette sul bordo del letto. Christine non aveva detto ad Eva che aveva già preso diversi sonniferi e ne prese altri due. Si addormentò velocemente.

'Andrà meglio, tesoro. Vedrai. Troverai qualcuno che ti ama veramente,' sussurrò Eva. Si assicurò che Christine dormisse profondamente e spense la luce. Decise di telefonare a Steve ed entrò in soggiorno.

Mentre era seduta sul divano, pensò a tutte le piccole liti che aveva avuto con Eric nel corso degli anni. Lei ed Eric cominciarono a litigare nel momento in cui si guardarono l'un l'altra. A Eva non era mai piaciuto. Pensava che fosse un uomo arrogante e narcisista che non avrebbe mai amato nessuno tranne sé stesso. Era sicura che un giorno Christine l'avrebbe capito, anche se non fosse stata in grado di farlo oggi.

'Pronto?' rispose Steve al telefono.

'Ciao, sono io. Volevo solo sentire la tua voce.'

'Come sta Christine?' chiese Steve.

'Adesso è a letto e dorme, ma non sta molto bene. Immagino che dopo tre anni non ti aspetti che qualcuno rompa un fidanzamento in cinque minuti dicendo che non gli manchi così tanto quando non ti vede.' Più ci pensava, più si arrabbiava. 'Penso che questo sia ciò che infastidisca di più Christine. Non capisce perché Eric abbia cambiato idea dall'oggi al domani. '

'É quello che ha detto?'

'Sì. Non è disgustoso? '

'Lo è. Tuttavia, non c'è mai un buon modo per terminare una relazione, specialmente dopo così tanti anni,' disse Steve.

'È ridicolo. Dopo tre anni, ti aspetteresti di avere un po' più di rispetto, *non mi manchi più di tanto*. E tutto questo in cinque minuti. È un vero idiota,' disse Eva. Era infastidita dal fatto che Steve sembrava giustificare il comportamento di Eric.

'Suppongo che tu abbia ragione.'

'Non ho mai avuto una relazione così duratura, e tu?'
Nel momento in cui pose la domanda, si sentì sciocca. Era stata troppo diretta?

'La mia relazione più lunga è stata di due anni e mezzo. Eravamo entrambi giovani. Ci siamo conosciuti quando avevamo diciannove anni. A ventidue anni, capimmo che la nostra relazione non sarebbe andata da nessuna parte e concordammo di comune accordo che sarebbe stato meglio se ognuno fosse andato per la propria strada. E tu?'

'Penso sia stata di otto mesi. Mi piaceva passare del tempo con lui, ma non sono mai stata veramente innamorata. Ho pensato che sarebbe stato meglio finirla piuttosto che trascinarsi nella speranza che le cose cambiassero.'

'Beh, sono contento che tu l'abbia mollato,' disse Steve.

Eva rise. 'Sei cattivo, Steve Patterson, ma mi piace.' Voleva davvero stare con lui in quel momento. Voleva sentire le sue braccia intorno a lei. 'Christine dorme profondamente. So che è tardi, ma mi piacerebbe davvero venire da te.'

'La mia porta è sempre aperta per te,' rispose Steve.

'Dammi un'ora di tempo.' Eva mise giù il telefono e corse in camera sua e preparò un borsone.

6

Le pillole

Matthew Patterson stava lavorando nel suo studio, come faceva sempre quando tornava dall'ufficio. Sebbene il suo studio fosse più piccolo delle altre stanze della casa, era uno spazio bellissimo. Le pareti erano dipinte di un verde intenso. Un'imponente scrivania di mogano occupava la maggior parte della stanza. Una parete era una libreria incassata zeppa di libri e pubblicazioni di medicina. Sulla parete opposta c'era una collezione di dipinti di valore. Matthew Patterson stava controllando le bollette quando sentì bussare alla sua porta.

'Sì,' rispose come al solito. Marlene Patterson entrò. 'Sì, Marlene. Cosa vuoi?' Non alzò lo sguardo dalle sue scartoffie mentre parlava con sua moglie.

'Dobbiamo parlare.'

'Non puoi aspettare fino a domani? Sono occupato.'

'No. Ho bisogno di parlarti adesso e ti sarei grata se potessi prestare attenzione.' Marlene si sedette sul divanetto in pelle di fronte alla scrivania. 'Non sarei qui se non fosse importante.'

Marlene era abituata ai modi di Matthew: alla sua maleducazione, per essere onesti. Non la sconvolgeva. Lui le aveva dato la vita che lei aveva sempre desiderato. Aveva il rispetto e l'ammirazione che derivano dall'essere la moglie di uno dei medici più importanti del Paese. La verità era che non aveva mai avuto bisogno dell'amore di un uomo ed era contenta. Aveva aiutato Matthew ad arrivare dove era adesso e sentiva di meritare tutto ciò che lui le aveva dato. 'Rita Thompson mi ha telefonato stamattina. Mi ha detto di aver visto Steve in città insieme ad Eva Williams.'

Quando Marlene menzionava Eva o Christine, usava sempre nome e cognome. Matthew lasciò cadere immediatamente la penna e guardò sua moglie. 'Con la nostra Eva?' chiese.

'È quello che ho detto Matthew. Eva Williams.'

Matthew Patterson conosceva i sentimenti di sua moglie nei confronti delle ragazze. Permetteva loro di entrare a casa sua solo perché glielo chiedeva suo marito. 'Questa è stata l'unica volta che sono stati visti insieme?' chiese con rabbia.

'Come faccio a saperlo? Smettila di farmi domande ridicole. Questo è il motivo per cui sono qui a parlare con te.' Sapeva che suo marito era un genio, ma a volte faceva domande che solo uno stupido avrebbe fatto. 'Non possiamo dire a Steven che non vogliamo che esca con lei. Sai com'è fatto. Continuerà a uscire con lei per farci un dispetto. Quel ragazzo è sempre stato un problema. Avremmo dovuto mandarlo alla scuola militare.'

'Non ci posso credere!' gridò Matthew sbattendo il pugno sul tavolo.

'Non arrabbiarti così tanto, Matthew,' disse Marlene in tono pacato. Marlene, tuttavia, si divertiva segretamente a vedere Matthew arrabbiato. Amava vederlo spinto al limite. La faceva sentire in controllo.

'Non ti arrabbiare?' Era furioso. 'Vieni nel mio ufficio dicendomi che mio figlio esce con una delle ragazze, e mi dici di non arrabbiarmi!' La sua faccia era rossa di rabbia. 'Sai cosa significa?' Matthew stava urlando adesso.

'So benissimo cosa significa e sono sicura che possiamo fare qualcosa per impedirlo.' Marlene parlò con calma a suo marito.

'Tipo cosa?'

'Matthew, per favore. Devi calmarti. Non risolvi nulla con questo atteggiamento.' Matthew si appoggiò allo schienale della sedia e guardò sua moglie.

'Rita mi ha anche detto che Annabel Malmesbury è tornata in città dai suoi viaggi,' disse Marlene con un sorriso subdolo sul viso. 'Ti ricordi i Malmesbury?' chiese senza aspettarsi una risposta. 'Sono una famiglia rispettata e influente. Annabel è una bellissima giovane donna che, secondo Rita, sta cercando di sistemarsi. Organizzerò una cena dove potrà incontrare Steven. Naturalmente, parlerò ad Annabel della disponibilità di Steven e lascerò che la natura faccia il suo corso.'

Marlene aveva elaborato l'intero piano nella sua testa. Le sarebbe piaciuto se Steve si fosse fidanzato con qualcuno che proveniva da una famiglia così influente. Avrebbe migliorato anche il suo status.

'Spero che tu abbia ragione, Marlene.' Matthew si era calmato un po' ma era ancora molto agitato.

'È impossibile che scopra qualcosa. Lascia fare a me, Matthew Patterson. Ti ho mai deluso?' Marlene si alzò dal suo posto e andò alla porta.

'Hum,' Matthew non stava più prestando attenzione a sua moglie. Stava fissando la sua scrivania, rimuginando su ciò che sua moglie gli aveva appena detto.

***

Eva arrivò a casa di Steve tardi quella sera. Il suo appartamento era ad Ainger Road, a Primrose Hill; pur non essendo in centro, era comunque un quartiere benestante. Il suo appartamento era semplice, ma molto spazioso. C'erano due piani, con due camere da letto al piano di sopra; ognuna con il proprio bagno. C'era una splendida terrazza che si affacciava sul canale. Rimase colpita dall'appartamento, anche se preferiva le case più tradizionali.

Eva rimase seduta in silenzio in soggiorno per un po' e alla fine guardò Steve e disse: 'Non posso credere che Eric sia riuscito a ferire così tanto Christine.'

Steve si sedette accanto a lei e la prese tra le braccia. Eva ricordava il suo odore e poteva sentire quella speciale sensazione di attrazione prendere il sopravvento. Si tirò indietro, guardò Steve e poi lo baciò appassionatamente.

Dopo essersi baciati per un po', Steve le disse: 'C'è un posto più comodo in casa.' Eva lo guardò profondamente negli occhi. E proseguirono con la loro serata….

***

Eva si svegliò urlando il giorno dopo. Stava tremando. Adesso era il suo turno. L'incubo era tornato. Non rispose a Steven. Era ancora scossa e non riusciva a trovare le parole.

'Vado in cucina a prendere qualcosa da bere,' disse dopo pochi secondi.

'Nessun problema. Ci penso io. Stai a letto,' si offrì Steve.

'No, no. Va bene. Ho bisogno di alzarmi; altrimenti non mi riaddormenterò mai più.' Afferrò la camicetta dalla sedia accanto al letto e andò in cucina. Aprì il frigo per prendere del latte. Mentre versava il latte in un bicchiere, si rese conto che questa era la prima volta che aveva un incubo da quando prendeva i suoi sonniferi. Sentiva di avere il respiro corto e le spalle irrigidite. Cosa avrebbe fatto adesso? Pensava ai problemi di Christine e si sentiva malissimo per non averla sostenuta di più. Eva non si sarebbe mai aspettata che anche il suo incubo si sarebbe ripresentato. Più ci pensava, più si preoccupava. Decise che anche lei aveva bisogno di vedere il dottor Patterson per qualcosa di più forte. Sapeva che le pillole che stava prendendo adesso erano già pesanti. Qualcosa di più forte avrebbe probabilmente influenzato notevolmente la sua vita quotidiana.

'Va tutto bene?' chiese Steve mentre entrava in cucina.

'Ho avuto un incubo.'

Steve si sedette accanto a lei e la prese tra le braccia. 'Mi prenderò cura di te e mi assicurerò che non ti succeda nulla. Quell'incubo ti ha davvero spaventata, non è vero?' La teneva d'occhio.

'Sì,' sussurrò, cercando di evitare il contatto con gli occhi.

'Gli incubi non sono niente di cui essere imbarazzati.' Steve continuò a guardarla mentre versava l'acqua in un bicchiere. 'Per lo più, sono un riflesso di qualcosa che sta succedendo nella tua vita. Probabilmente c'è un problema o qualcosa che ti ha turbato.'

'Può darsi,' disse facendo un sorriso convinto. 'Dovresti tornare a letto. Sarò lì tra un paio di minuti.' Voleva Steve e i suoi occhi indagatori lontani da lei. 'Veramente. Sto bene. Succede. Mi sono solo spaventata quando non ho riconosciuto dove fossi.'

'Sei sicura?'

'Steve, non mi va di parlarne adesso. Penso che sia meglio che torni a dormire. Dobbiamo entrambi alzarci presto,' disse seccata.

Annuì e tornò in camera da letto. 'Ben fatto, Eva, ora l'hai allontanato,' sussurrò a sé stessa. Posò il bicchiere nel lavandino e lo seguì in camera da letto.

Steve la guardò quando entrò. 'Puoi raccontarmi tutto, Eva,' disse e le baciò il collo.

'Forse un'altra volta.' Posò la testa sul suo petto.

Rimase sveglia a lungo. Poteva sentire il respiro regolare di Steve. Stava già dormendo.

***

Matthew Patterson si svegliò presto e si sedette sul bordo del suo enorme letto. Strisciò i piedi sul pavimento, cercando le sue pantofole. Dopo aver fatto la doccia e bevuto un bicchiere di succo d'arancia, uscì di casa. 'Faremo un'altra sosta prima di andare in ufficio,' disse al suo autista. L'autista annuì.

Raramente andava a trovare le ragazze nel loro appartamento, ma questa volta sentiva che era necessario. Doveva scoprire cosa stesse succedendo e in qualche modo convincere Eva a smettere di vedere Steven. Non poteva permettergli di uscire con lei. Percorsero Burrows Road a Kensal Green. Era una strada ordinaria con case normali, la maggior parte delle quali era stata trasformata in appartamenti. Ricordò quando viveva in una strada più o meno come quella e quanto l'avesse odiate.

L'autista si fermò davanti all'appartamento e aprì la portiera della macchina. Il dottor Patterson si avvicinò alla porta e suonò il campanello. Guardò l'orologio. Erano quasi le 7. Dopo aver suonato il campanello più volte, non ci fu ancora nessuna risposta. Prese il cellulare e digitò il numero di Christine.

'Pronto ...,' rispose una voce assonnata.

'Christine. Buongiorno. Sono il dottor Patterson. Spero di non averti svegliata.'

'Dr. Patterson?' La voce di Christine era molto debole.

'Stai bene, Christine...? Sono fuori dalla tua porta. Volevo sapere come stai. Posso entrare?'

Christine non rispose. Poteva solo sentire il suo respiro affannoso e si rese conto che c'era qualcosa che non andava.

Tirò fuori il suo portachiavi d'oro, a cui erano attaccate circa dodici chiavi. Faticò a trovare la chiave dell'appartamento. Dopo diversi tentativi, finalmente la trovò e aprì la porta. Corse nell'appartamento, cercando Christine.

Era sul suo letto con la cornetta del telefono sul cuscino accanto a lei. Era quasi priva di sensi. Il dottor Patterson prese il flacone di sonniferi dal comodino e capì subito che Christine aveva preso troppe pillole. La prese in braccio e la portò di corsa in bagno. Mise Christine nella vasca e aprì il rubinetto dell'acqua fredda.

Christine stava lentamente riprendendo i sensi. 'Freddo ...,' mormorò.

'Lo so, Christine. Ma devi restare sveglia. Quante pillole hai preso?' Il dottor Patterson la stava scuotendo afferrandola per le spalle.

'Non lo so,' sussurrò.

'Christine....,' il dottor Patterson riprovò. '*Quante*?' La scosse violentemente e Christine sbatté accidentalmente la testa contro le piastrelle nere del muro.

'Non lo so ... forse sei.'

Il dottor Patterson scosse la testa e tenne Christine sotto l'acqua corrente fredda. Prese il cellulare e chiamò un'ambulanza. Quando sentì la sirena sulla strada, corse alla porta d'ingresso, lasciando Christine sotto l'acqua fredda.

'Da questa parte,' disse ai paramedici e si presentò. 'È in bagno. Ha preso troppi sonniferi. È cosciente, ma a malapena. Ho bisogno che la portiate all'Ospedale di Hampstead e le facciate una lavanda gastrica.'

I paramedici si precipitarono in bagno. Tirarono fuori Christine dalla vasca, la misero sulla barella e la caricarono sull'ambulanza.

'Dr. Patterson, dov'è il dottor Patterson?' borbottò Christine.

Il dottor Patterson era appoggiato allo stipite. Ignorò le

sue grida; i suoi occhi erano freddi come il ghiaccio. Quando i paramedici furono lontani, il dottor Patterson tornò dentro.

Aprì tutte le porte e chiamò Eva. Quando si rese conto che Eva non era nell'appartamento, tornò alla sua macchina, prese il telefono e chiamò suo figlio, Daulton.

'Daulton, sono tuo padre,' disse. E, senza aspettare una risposta da suo figlio, continuò: 'Christine Rhodes è su un'ambulanza diretta all'Ospedale di Hampstead. Ha preso una dose eccessiva di *Zolpidem*. Ho bisogno che tu ti prenda cura di lei prima che arrivi io. Hai capito? Non lasciare che nessun altro dottore si avvicini a lei!'

'Sono piuttosto impegnato con i miei pazienti, papá,' rispose Daulton.' L'Ospedale di Middlesex non è più vicino a casa sua?'

'Daulton, non ho intenzione di discutere con te ora. Vai *subito* da quella ragazza!' Il dottor Patterson mise giù il telefono.

7

L'ospedale

Eva distese le sue lunghe gambe fino all'altro lato del letto. Si rese conto che Steve si era già alzato. 'Steve?' gridò, 'Dove sei?'

'Sono in soggiorno,' urlò di rimando. Lo sentì camminare verso la camera da letto.

'Vieni accanto a me.' Toccò il letto vicino a lei.

Steve sorrise, si sdraiò e la prese tra le braccia. Rimasero lì per diversi minuti con le braccia strette l'uno all'altra. 'Come stai questa mattina? Sei riuscita a riaddormentarti?' le chiese, accarezzandola dolcemente.

'Sì,' disse e si accoccolò più vicino. Amava la sicurezza del petto di Steve. Si sentiva come una bambina, protetta e al sicuro. Quella fu la prima volta nella sua vita che provò questa sensazione. Si sentiva come se niente potesse toccarla. Steve si sarebbe preso cura di lei, ad ogni costo.

'Ti preparo un caffè?' chiese Steve.

Eva annuì. Guardò l'orologio e sospirò. Doveva prepararsi; altrimenti sarebbe arrivata in ritardo al lavoro. Guardò Steve, strisciò sul suo petto e iniziò ad accarezzarlo. 'Forse dovremmo dire che stiamo male e stare a letto tutto il giorno?'

'Penso che sia la migliore idea che tu abbia mai avuto.'

Le fece il solletico. Lei sussultò e ridacchiò. Cadde sulla schiena, ridendo, e lo pregò di smetterla. Lui la guardò negli occhi e la baciò appassionatamente.

'Prima di continuare,' disse, 'facciamo quelle telefonate.'

Eva prese la sua borsetta dalla sedia vicino al letto e accese il cellulare.

'Puoi usare il mio telefono,' disse Steve.

'No. È meglio se uso il mio. Il mio ufficio ha il display identificativo delle chiamate.' Gli lanciò uno sguardo furbo. Quando accese il telefono, vide immediatamente un messaggio. 'Oh mio Dio, ho un messaggio da parte di tuo padre.' Si guardò intorno come se il dottor Patterson fosse nella stanza e si coprì rapidamente. Mentre leggeva il messaggio, il suo viso divenne pallido.

'Eva, che succede?' chiese Steve.

'Devo andare all'Ospedale di Hampstead. Christine ha preso troppe pillole.

'Ti ci porto io.' Steve balzò immediatamente in piedi e prese le chiavi.

'Sarei dovuta restare con lei,' disse Eva mentre correvano alla Land Rover di Steve. 'Non avrei mai dovuto lasciarla. Sapevo che era estremamente fragile. Avrei dovuto essere lì per lei.'

'Non è colpa tua,' disse Steve, cercando di calmarla.

'*Sì, lo so,* ma avrei potuto impedirlo!' Eva guardò fuori dal finestrino. La città era già sveglia e il traffico cominciava a farsi intenso. Pensò a Christine e a quanto lei fosse stata egoista a lasciarla da sola. Passarono alcuni minuti. 'Mi dispiace, Steve. Non volevo risponderti male, ma Christine è tutto quello che ho. Lei è come una sorella per me.'

'Capisco,' disse tenendo gli occhi fissi sulla strada. Le mise una mano sulla gamba.

Arrivati all'ospedale, Eva chiese a Steve di lasciarla

all'ingresso. Non aveva la pazienza di cercare un parcheggio con lui. Aveva bisogno di vedere Christine. Steve accostò e lasciò scendere Eva dalla macchina. Corse dentro, cercando disperatamente il banco informazioni.

'Mia sorella è stata ricoverata questa mattina. Christine Rhodes….' Eva sapeva che non le avrebbero mai permesso di vedere Christine se avesse detto loro che era solo una coinquilina.

L'addetta alla reception guardò il computer. 'È nella stanza 503, ala F5.'

Senza rispondere, Eva corse all'ascensore. Mentre premeva il pulsante di chiamata, si sentì così preoccupata che le venne la nausea. 'Christine, cosa hai fatto?' si chiese ad alta voce. Eva vide il dottor Patterson e suo figlio Daulton in piedi nel corridoio quando uscì dall'ascensore.

'Dottor Patterson!' gridò. Entrambi gli uomini si voltarono. 'Dov'è Christine? Sta bene?'

Matthew Patterson prese Eva per il braccio e la accompagnò alla sedie a parete di plastica grigia. 'Si sta ancora riprendendo dalla lavanda gastrica, ma sta bene.'

'Cosa è successo?' Eva stava piangendo.

'Ha preso troppi sonniferi. Non si è resa conto di quanto siano forti.' Il dottor Patterson era molto calmo. 'Gliel'avevo detto. Sono andato a trovarla stamattina e l'ho trovata addormentata sul suo letto.' Non aveva altra scelta che dire a Eva la verità. Prima o poi avrebbe scoperto che era stato lui a chiamare l'ambulanza.

'Grazie a Dio lei era lì.' Eva si asciugò le lacrime dagli occhi. 'Quando potrò vederla?'

'Penso che sarà pronta per una breve visita tra circa mezz'ora,' le disse Daulton.

'Grazie, Daulton. Grazie per esserti preso cura di lei,' disse Eva. Alzò lo sguardo verso Daulton che torreggiava davanti a lei a braccia conserte.

'Prego.'

Mentre Eva parlava con Daulton, arrivò Steve e si diresse verso di loro. 'Steven?' Matthew Patterson sembrò sorpreso. 'Cosa ci fai qui?'

Steve si avvicinò a suo padre e suo fratello e li salutò. Entrambi gli fecero un cenno silenzioso. 'Ho portato Eva in ospedale. Era troppo sconvolta per guidare da sola,' rispose Steve con calma a suo padre.

'Perché diavolo vi siete incontrati così presto stamattina?' chiese Matthew Patterson strizzando gli occhi.

Steve non rispose. Guardò Eva. 'Stai bene?' le chiese, e l'abbracciò.

Eva gli sorrise affettuosamente. Il dottor Patterson sentì la mascella serrarsi quando li vide insieme. Doveva fare qualcosa, e presto. Le informazioni di sua moglie erano corrette. La relazione tra Steven ed Eva era molto più avanzata di quanto temessero.

'Dottor Patterson,' Daulton alzò lo sguardo quando riconobbe la voce di una delle sue infermiere. 'La signorina Rhodes è pronta per il controllo.'

Daulton Patterson entrò nella stanza di Christine. Eva camminava su e giù per il corridoio dell'ospedale, mordendosi le unghie.

'Steven, prima che me ne dimentichi, tua madre vuole che tu venga a cena da noi giovedì sera,' disse il dottor Patterson.

'Non sono sicuro di essere libero.'

Matthew mise la mano sulla spalla di suo figlio. 'Conosci tua madre, Steven. Farai meglio a non deluderla.'

'Ci proverò,' rispose Steven distrattamente.

Daulton uscì dalla stanza. 'Adesso puoi vederla,' disse a Eva. 'Ma solo per cinque minuti. È ancora molto debole.'

Eva corse nella stanza. Iniziò a piangere quando vide Christine nel letto d'ospedale. I suoi capelli castani ondulati erano tirati indietro e i suoi occhi erano gonfi e rossi. Sembrava così fragile e debole. 'Christine, cosa hai fatto?' chiese Eva.

Una lacrima cadde sul viso di Christine. 'Il dolore non si fermava. Volevo solo dormire e dimenticare.'

'Queste cose richiedono tempo, Chris. Sei uscita con Eric per tre anni. Il dolore non se ne andrà dall'oggi al domani,' disse Eva, stringendo forte la mano di Christine.

'Tutto quello che voglio è crearmi una famiglia e avere un posto in cui mi senta casa. Sto chiedendo troppo alla vita? Sto chiedendo l'impossibile?'

'Chris, sono io la tua famiglia,' disse Eva. 'Sei tutto quello che ho ... non posso perderti. Cosa farei senza di te, Chris?' Eva diventava più emotiva ad ogni parola. Christine iniziò a singhiozzare in modo incontrollabile. Eva l'abbracciò e la fece dondolare lentamente avanti e indietro. 'Ci saremo sempre l'una per l'altra, Chris; qualunque cosa accada.'

Christine si calmò e guardò Eva con occhi innocenti. 'Ho paura, Eva. Non so perché, ma ho paura. Sta andando tutto storto.'

'Andrà tutto bene. Te lo prometto. Insieme supereremo tutto.' Si guardarono l'un l'altra e, per la prima volta nella loro vita, si resero conto di non essere sole. Potevano contare l'una sull'altra.

***

Daulton Patterson entrò nella stanza. 'Eva, Christine ha bisogno di riposare adesso. Puoi venire a trovarla di nuovo questa sera.'

'Quando potrà tornare a casa?'

'Stiamo facendo alcuni esami. Se è tutto a posto, potrà tornare a casa domani mattina.'

'Verrò a trovarti questa sera, Chris. E domani, quando

53

tornerai a casa, ti riempirò di attenzioni e farò tutto quello che vuoi.'

'Potresti pentirti di averlo detto,' disse Christine riuscendo a sorridere.

Eva si chinò e baciò Christine sulla guancia. 'Ci vediamo più tardi.'

Christine le prese la mano, 'Grazie ...'

Eva uscì dalla stanza nel corridoio dell'ospedale. Matthew Patterson era ancora lì e le si avvicinò non appena la vide. 'Mi dispiace così tanto, Eva. Stai bene?' Le chiese e le diede un abbraccio con un po' di imbarazzo.

'Sto bene, dottor Patterson,' rispose. 'Sono solo veramente contenta che si stia riprendendo.'

'Anch'io,' rispose il dottor Patterson, 'Vai a casa e riposati un po'. Ti scriverò un certificato medico per il lavoro.'

Eva aspettò che il dottor Patterson le desse il certificato e guardò Steve, che era in piedi vicino alla finestra. Gli sorrise. 'Ti accompagno a casa,' disse e la cinse con un braccio mentre se ne andavano.

Matthew Patterson li osservò. 'Steven,' chiamò, 'non dimenticare che tua madre vuole vederti a cena giovedì.' Steve non rispose e continuò a camminare.

'Daulton,' Matthew Patterson si avvicinò a suo figlio, 'assicurati che nessun altro dottore si avvicini a Christine.'

'Perché no?' chiese suo figlio, sorpreso.

'Fa come ti chiedo,' ordinò il dottor Patterson.

'Farò del mio meglio, papà.'

'No, Daulton,' Matthew afferrò il figlio per il braccio, 'questa non è una richiesta; è un *ordine*.'

Daulton guardò suo padre negli occhi. 'Certo, papà. Capisco.'

'Bravo ragazzo.' Matthew diede una pacca sulla spalla a suo figlio e si diresse verso gli ascensori.

Daulton fissò suo padre mentre si allontanava. Voleva

gridargli dietro che anche lui era un medico di successo e che meritava un po' di rispetto. Daulton non era mai stato in grado di tenere testa ai suoi genitori. Aveva passato la vita a fare quello che volevano loro e aveva lavorato duramente per ottenere la loro approvazione. Aveva frequentava le scuole scelte da loro, gli amici scelti da loro, si era iscritto ai country club approvati da loro e si era specializzato nel campo preferito da loro.

Daulton realizzò che, qualunque cosa avesse fatto, non avrebbe mai ricevuto l'approvazione che desiderava così disperatamente. Quando suo padre gli ordinò di eseguire ciò che aveva chiesto, sentì che stava perdendo la pazienza. Sapeva che prima o poi avrebbe dovuto confrontarsi con i suoi genitori.

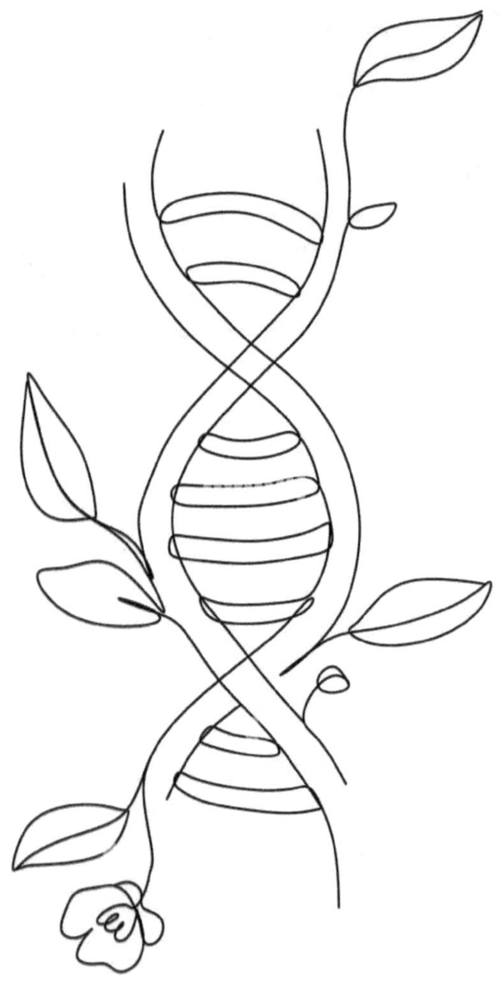

8

Di nuovo a casa

Eva era in cucina e stava preparando dei panini. Steve la osservava. Lei lo percepì e si voltò.

'Hai una famiglia strana.'

'Cosa vorresti dire?' disse Steve con finta sorpresa sul viso.

'Daulton riuscirebbe ad essere più freddo e impersonale?'

'Non è così male. Daulton è come mio padre. Entrambi sono devoti al loro lavoro. Sta rapidamente diventando un rinomato medico e, come mio padre, vive per il lavoro. Il fatto è che Daulton ama davvero aiutare il prossimo, ma non riesce ad essere empatico.'

'Sì, a proposito. Non è strano?' disse Eva con una faccia perplessa. 'Daulton che si prende cura di Christine. Non è specializzato in ginecologia? Inoltre, perché l'Ospedale di Hampstead? Il Middlesex è molto più vicino.'

'Probabilmente lo ha richiesto mio padre. Si è sempre interessato molto a voi due.'

'Lo so. Perché pensi che sia così?' Eva chiese, più a se stessa che a Steve.

'Penso che vi veda entrambe quasi come figlie.'

'Non credo proprio. Christine, forse. Ma non io. Ad

essere onesti, non credo nemmeno che io gli piaccia,' rispose Eva.

Steve scoppiò a ridere. 'Benvenuta nel fantastico mondo genitoriale dei Patterson.'

Eva mise sul tavolo una tazza di caffè e un tramezzino al tonno per Steve. 'Come ti senti?' chiese lui. 'Non hai proprio dormito bene la notte scorsa.'

'Sto bene,' disse Eva. 'Ho sofferto parecchio di incubi da bambina. Adesso sono tornati. Quindi, se hai intenzione di rimanere con me, è meglio che ti ci abitui. Forse è stato solo un episodio.' Mangiarono senza parlare.

'Forse dovresti vedere qualcuno specializzato in quel campo.'

'Non ne sono sicura,' rispose Eva. 'Penso che sia solo una di quelle cose passeggere. Passerà.' Si alzò dalla sedia e mise la tazza e il piatto nel lavandino.

'Penso che dovresti parlare con mio padre. Ha molti contatti e potrebbe essere in grado di indirizzarti da uno specialista.'

'Magari lo farò.' Eva non aveva intenzione di chiedere aiuto al dottor Paterson. Non voleva parlare con Steve dei suoi incubi. Doveva conoscerlo meglio prima di farlo. Il pensiero di parlargli degli incubi era già abbastanza terribile, parlargli di Chris era impensabile in quel momento. Non voleva più pensarci. Guardò Steve. Sembrava ignaro della sua tensione.

***

Eva mise dei fiori freschi nella camera da letto di Christine e appese un cartellone, *Bentornata a casa*. Sentì squillare il telefono e andò in soggiorno per rispondere.

'Eva, sono io. Daulton mi ha detto che posso tornare a casa. Prenderò un taxi; dovrei arrivare tra una ventina di minuti.'

'Posso venire a prenderti.'

'Stai tranquilla. C'è molto traffico. Prenderò il taxi.'

'Va bene, ci vediamo fra poco.'

Quando Eva sentì una macchina fermarsi fuori dall'appartamento, si precipitò alla finestra. Vide il tassista aiutare Christine a scendere dall'auto. Corse ad aprire. Prima ancora che Christine potesse suonare il campanello, Eva aveva già aperto la porta. Christine entrò e la abbracciò.

'Ti accompagno in camera tua. Puoi rilassarti, mi prenderò io cura di te. Sono in ferie tutta la settimana libera, quindi sono tutta tua,' disse Eva e baciò Christine sulla guancia.

'Whoa! Non era necessario tutto questo,' disse mentre guardava il cartellone e i fiori.

'Bello, no? Ti preparo qualcosa da bere. Cosa ti piacerebbe?'

'Del tè. Ma prima, voglio fare una doccia nel mio bagno. Voglio togliermi questo odore di ospedale di dosso. Dammi dieci minuti.' Christine entrò in bagno.

Il bagno, come il resto della casa, aveva un disperato bisogno di essere ristrutturato. Entrò nella grande vasca da bagno e chiuse la tenda bianca. Il bagno poteva essere vecchio, pensò, ma la pressione dell'acqua era eccezionale; un vero vantaggio a Londra.

Rimase in piedi per alcuni minuti, lasciando che l'acqua calda le scorresse sul corpo. Si costrinse a chiudere la manopola. Sarebbe potuta rimanere sotto l'acqua corrente per ore. Sebbene si sentisse ancora debole, la doccia le aveva fatto bene. Entrò nella sua camera da letto, annusò i fiori che Eva aveva messo sul tavolo e poi si sdraiò sul letto. Eva entrò con tè e biscotti e si sedette accanto a lei.

'Non ho cercato di suicidarmi,' disse Christine.

'Oh ...?' fu tutto ciò che Eva riuscì a dire.

'Non temere. È importante che te lo dica. Ho esagerato con i sonniferi. Volevo solo dormire. Ogni volta che mi svegliavo, mi sentivo nauseata dal dolore.' Christine bevve un sorso di tè fumante al lampone. 'Volevo solo alleviare il dolore. Non dovrei davvero tenere quei sonniferi vicino al mio letto. Sono troppo a portata di mano.' Christine guardò il flacone sul suo comodino. 'Eric mi ha ferita molto, ma non abbastanza da suicidarmi. Mi sento già meglio. Ho pianto così tanto quando stavamo insieme. Le innumerevoli volte che ha disdetto all'ultimo minuto, il modo freddo in cui mi trattava ultimamente e il suo egoismo mi hanno fatta disperare così tanto. Una parte di me si aspettava che avrebbe annullato il nostro fidanzamento. Ed è così che ha fatto,' Christine fece una pausa ed esitò. 'È stato così crudele. Non ha mostrato la minima compassione. Penso che sia quello che mi ha ferita di più. Era come se non significassi nulla per lui come persona. Non gli importava quanto mi avesse ferito. Era quasi come se avesse cancellato un abbonamento per telefono.'

'Stai meglio senza di lui.'

'Vorrei poterlo credere. Mi mancherà avere una relazione e il pensiero di poter avere una famiglia presto,' disse Christine, mentre finiva il suo tè.

'Troverai qualcuno di gran lunga migliore con cui averla.'

'Facile da dire per te. Ci sono sempre uomini che ti corrono dietro,' disse Christine.

'Si certo. E sono sempre malintenzionati,' rispose Eva storcendo la bocca. Christine ridacchiò. 'Sai cosa dovremmo fare?' Eva balzò in piedi dal letto, rovesciando un po' di tè sulla camicetta. Lo asciugò distrattamente. 'Dovremmo andare da un parrucchiere di lusso e farci acconciare i capelli. Chris, dovresti fare qualcosa con i tuoi capelli e non portare sempre la coda. Ho collezionato così tanti punti all'agenzia e possiamo usarli per andare in un salone esclusivo.'

'Uhm, non ne sono molto sicura. Mi piace tenere i capelli raccolti. A differenza tua, non sono così entusiasta dell'asciugatura con il phon.'

'Ma hai dei bei capelli. Non dovresti nasconderli. Andiamo, Chris. Facciamolo. Sarà divertente.' Eva era davvero contenta.

'Ti farò sapere. I miei capelli non sono in cima alla mia lista delle priorità,' disse Christine mentre si rannicchiava sotto le coperte. Eva la fece sorridere e allo stesso tempo la infastidi'. Cosa le ha fatto pensare a un taglio di capelli in un momento come questo? Per Eva, vestiti e trucco erano essenziali. Erano la cura per quasi tutto. Era un bene che avesse anche un cuore d'oro.

'Ti lascerò riposare per un po'. Se hai bisogno di qualcosa, urla,' disse Eva mentre sprimacciava i cuscini di Christine. Uscendo dalla stanza, mandò un bacio a Christine.

9

La cena

Steve era immobile davanti a casa dei suoi genitori e temeva la serata che lo aspettava. Alzò lo sguardo e vide che le luci erano accese in tutta la le stanze. A sua madre piaceva sprecare soldi. Fairmont Street, a Knightsbridge era eccezionale; cinque gradini, circondati da conifere ornamentali tenute in modo impeccabile, conducevano all'imponente porta di legno di quercia. Avrebbe dovuto essere entusiasta di essere cresciuto in questa magnifica proprietà, ma la casa gli dava i brividi. Suonò il campanello e la porta fu aperta da una delle cameriere di sua madre.

'Buonasera, signor Patterson. Posso prendere il cappotto?' chiese senza guardarlo negli occhi.

'Grazie, Maria.' Rimase un momento nell'atrio e fece un respiro profondo. Guardò l'imponente lampadario sopra la sua testa e si augurò buona fortuna.

'Per favore mi segua' disse la cameriera e lo accompagnò alla sala dei ricevimenti, come se non sapesse dove fosse.

Entrando nel salone, vide che sua madre aveva invitato altri ospiti. Marlene si alzò; sembrava spaventosamente magra nel suo morbido abito rosa di Chanel. 'Signori, questo è mio figlio più piccolo, Steven. Vieni, Steven. Lascia che ti presenti.' Lo prese per mano e lo accompagnò verso gli altri ospiti. 'Il signore e la signora Malmesbury e la loro affascinante figlia, Annabel.' Steve strinse loro la mano.

'Loro sono il dottor e la signora Thompson, il signore e la signora Devonshire e, ultimo, ma non meno importante, tuo fratello Daulton.' Tutti nella stanza si lasciarono sfuggire una risata educata.

'Buonasera a tutti,' disse Steve, molto a disagio. Non aveva idea del perché sua madre avesse invitato altre persone a cena. Se lo avesse saputo, non si sarebbe presentato.

'Steven, cosa ti piacerebbe bere?' chiese suo padre. Steve si guardò intorno e vide che tutti stavano bevendo vino.

'Prendo un bicchiere di vino.'

Suo padre si avvicinò all'angolo bar, versò il vino e gli porse il bicchiere. 'Stasera beviamo uno *Château Rayas*. È considerato uno dei 12 vini rossi che *bisogna* assolutamente bere prima di morire. Non sono uno che parla di soldi ma, figlio mio, questo non è economico.'

Steve stava diventando sempre più sospettoso. I suoi genitori non erano mai così allegri ed erano passati anni dall'ultima volta che aveva visto suo padre versare da bere per qualcun altro oltre che se stesso.

L'atmosfera nella stanza era sfarzosa quanto la stanza stessa. Steve non aveva mai capito perché qualcuno volesse vivere in una stanza che sembrava un museo. I mobili erano per lo più antichi in stile rococò Luigi XV. Il grande comò francese decorato mostrava una serie di vasi di cristallo italiani. Da bambino, Steve aveva sempre odiato questa stanza e ricordava bene un episodio specifico:

'Steven, stupido bambino, cosa hai fatto?' Steve si alzò e rimase immobile a guardare il viso arrabbiato di sua madre.

'Hai idea di quanto mi sia costato quel piatto antico?'

'*No,*' disse Steve, a voce bassissima.
'*Parla. Non riesco a sentirti quando borbotti.*'
'*Mi dispiace mamma. È stato un incidente.*'
'*Questo è il problema con te. Tutto è un incidente. Sei il bambino più maldestro del mondo.*'
'*Mi dispiace così tanto, mamma. Per favore, non arrabbiarti*', disse, le lacrime gli rigavano il viso.
'*Vattene, Steven. Non ti voglio vedere.*'

Non gli parlò per due settimane dopo lo sfortunato episodio. Sebbene apprezzasse i bellissimi oggetti d'antiquariato, non si sentì mai più a suo agio in quella stanza dopo quell'episodio. Fece sempre in modo di comprare mobili e stoviglie di cui non gli importava nulla; si potevano rompere tranquillamente.

***

'Stavamo discutendo degli affascinanti viaggi di Annabel, Steven.' Steven ritornò in sé quando sentì il suo nome. 'È appena tornata da un viaggio di un anno in giro per il mondo,' continuò pretenziosamente sua madre.

'Steven ama viaggiare. È rimasto particolarmente colpito da Roma. Sei mai stata a Roma?' chiese il dottor Patterson ad Annabel.

'Si,' disse. 'È una città meravigliosa; un po' frenetica per i miei gusti, ma i musei, le gallerie d'arte e le affascinanti stradine compensano. Sono stata lì circa sei settimane, ma sono sicura di non aver ancora visto nemmeno la metà dei suoi tesori.' Annabel parlò con un accento quasi aristocratico. 'Quanto tempo ti sei fermato a Roma?' chiese a Steve.

'Circa tre settimane; quando avevo ventidue anni.'

'Che meraviglia,' strillò Annabel. 'Dove alloggiavi?'

'Sono stato con un amico a Trastevere.'

'Pittoresco. Adoro Trastevere.'

Steve sorrise. *Che donna orribile*, pensò; *così falsa. Non c'era da stupirsi che sua madre la ritenesse fantastica.*

'Dovresti presentare Annabel ad alcuni dei tuoi amici. È stata via così a lungo che le farebbe bene conoscere persone nuove,' interruppe Marlene. 'Potresti mostrarle alcuni dei nuovi meravigliosi ristoranti che hanno aperto in città.'

L'arcano fu finalmente svelato. Sua madre stava cercando di incastrarlo con questa donna. *Come sarebbe uscito da questa situazione?* Stava cercando una soluzione. Sua madre non aveva intenzione di arrendersi e continuava a guardarlo. Steve sapeva di essere alle strette. 'Sì. Mi piacerebbe far vedere ad Annabel dei bei ristoranti nuovi dove mangiare. Tuttavia, non sono molto ben informato.' Guardò Daulton. 'Daulton, dovresti portare Annabel in alcuni locali alla moda. Tu sì che sei al passo coi tempi.' Steven vide sua madre esplodere di rabbia.

Non appena si accorse che gli ospiti la stavano guardando, cambiò espressione e continuò: 'Bene, Annabel, sono sicura che uno dei miei figli, se non entrambi, ti farà da guida.' Annabel sorrise educatamente. Era talmente arrogante che ignorava il fatto che Steve l'avesse rifiutata.

Il resto della serata fu una tortura per Steve. Sua madre lo aveva messo accanto ad Annabel a tavola. Lei annoiò Steve con le storie dei suoi viaggi, che non erano altro che una lunga serie di soggiorni in hotel a 5 stelle e cene in ristoranti esclusivi. Non aveva sperimentato nulla di reale in nessuno dei Paesi che aveva visitato.

Sarebbe dovuta restare a casa, pensò Steve, mentre parlava delle meraviglie di Parigi. Tutto quello che doveva fare era acquistare una guida e avrebbe avuto le stesse informazioni.

'Mi dispiace signori, ma domani mi dovrò svegliare molto presto,' disse Steve e si alzò. Sua madre lo accompagnò alla porta e, mentre un valletto recuperava il suo cappotto, espresse tutta la sua frustrazione.

'Steven, Annabel è una ragazza fantastica. La sua famiglia è molto rispettata. Ho fatto tanta fatica per organizzare una cena in modo che voi due poteste incontrarvi e ti comporti da ingrato.'

Steve guardò sua madre, sorpreso. 'Mamma, non ti ho chiesto di organizzare niente. Inoltre, sono in grado di trovarmi le ragazze da solo.'

'Davvero? Non ho mai visto nessuna prova.'

Steve baciò sua madre sulla guancia e decise di non discutere con lei. Aveva imparato presto nella vita che discutere con sua madre era inutile. Capì che la sua missione era quella di trovargli una ragazza adatta. Era sorpreso; tuttavia, non era più concentrata su Daulton. Daulton era molto più 'vendibile' di lui.

Quando Steve uscì di casa all'aria aperta, emise un sospiro profondo. Sapeva che non era finita qui. Marlene non era una donna che si arrendeva facilmente. Era sicuro che avrebbe incontrato Annabel molte altre volte.

10

L'incontro con Eric

Marlene Patterson stava facendo colazione. Attese pazientemente che Matthew si unisse a lei. Aveva bisogno di parlare con lui. La sala per la colazione era sul retro della casa. Le enormi porte finestre si affacciavano sul curatissimo giardino. La stanza non era mai utilizzata per gli ospiti. Ogni volta che avevano ospiti che restavano per la notte, il che era raro, servivano la colazione nell'ampia sala da pranzo.

'Portami un altro po' di caffé,' ordinò Marlene alla nuova cameriera che aveva assunto due settimane prima.

'Certamente, signora. Subito.'

A Marlene piacevano tutte le sue cameriere. Erano accondiscententi e non parlavano mai delle condizioni in cui vivevano o del denaro. In passato aveva avuto a che fare con una serie di cameriere che avevano rischiesto aumenti di stipendio o stanze più grandi. Alcune di loro avevano persino cercato di criticare il modo in cui Marlene gestiva la casa. Marlene non tollerava che le cameriere esprimessero un'opinione. Le licenziava immediatamente. La nuova cameriera le portò una tazza di caffè, evitando il contatto visivo con lei.

Matthew finalmente venne a fare colazione e si sedette senza salutare la moglie. Marlene seguì attentamente il marito con gli occhi. Lasciò che bevesse un sorso di succo prima di parlare con lui. Mentre sedevano entrambi in silenzio, la cameriera portò la colazione a Matthew. Ossessionato dalla salute e dalla sua dieta, mangiava solo frutta fresca al mattino. Come Marlene, Matthew non salutò la cameriera e iniziò a mangiare.

'Matthew, dobbiamo fare qualcosa riguardo a Steven. È ovvio che non è interessato ad Annabel, e sono certa che il motivo abbia a che fare con quella orribile Eva Williams.'

'Cosa suggerisci di fare?' chiese Matthew, infastidito.

'Speravo che tu proponessi qualcosa. È anche tuo figlio. Penso che ci sia più in gioco per te che per me.' Marlene rispose con calma, ma la sua voce era minacciosa. Matthew guardò sua moglie e sospirò profondamente. 'Non puoi aspettarti che me ne occupi da sola.' Marlene rivolse a Matthew un sorriso gelido. 'Inoltre, se non fosse per me, non sapresti nemmeno che esce con quella ragazza così ordinaria.'

'Capisco. Che cosa posso fare? Potrei mandarlo alla casa di campagna con la scusa che lì i lavori hanno bisogno di supervisione. Almeno starebbe via per qualche settimana, e forse si dimenticherebbe di lei,' suggerì Matthew.

'Qualunque cosa, purché smetta di vederla immediatamente.' Marlene si versò dell'altro caffè, che probabilmente era tutto ciò che avrebbe ingerito quel giorno. 'Abbiamo lavorato troppo duramente e ci siamo sacrificati troppo per lasciare che lei rovini tutto adesso,' disse.

Matthew concordava con sua moglie. La guardò. Non importava quanto non volesse più vivere insieme a lei , sapeva che senza di lei non avrebbe mai raggiunto la fama e la fortuna che aveva.

'A proposito,' disse Marlene. 'Incontrerò Eric oggi pomeriggio.'

Matthew rivolse a Marlene un sorriso più caloroso possibile e si alzò. 'Parlerò con Steven oggi. Porgi i miei saluti a Eric.'

Marlene annuì mentre suo marito usciva dalla stanza. Si sedette e si guardò intorno. Ripensò ai giorni in cui gareggiava nei concorsi di bellezza. Il giorno in cui Marlene si rese conto di essere bella, decise che avrebbe cercato un marito ricco, o almeno un marito con un grande potenziale. Marlene aveva lavorato duramente per arrivare dove era adesso. Non avrebbe permesso ad Eva Williams di distruggere tutto. Eva Williams andava fermata a qualunque costo.

***

Christine si sentiva meglio. Erano passate diverse settimane da quando Eric l'aveva lasciata. Aveva persino ricominciato a mangiare. Durante le prime settimane dopo la rottura, non riusciva a mangiare e aveva perso sei chili. I vestiti le stavano larghi e pensò che fosse ora di comprarne dei nuovi.

Christine voleva andare a fare shopping dopo il lavoro. Le piaceva fare acquisti da sola, in questo modo non finiva per comprare qualcosa in cui non si sentiva a suo agio o seguire gli altri in negozi che non le piacevano. Pensava che uno dei centri commerciali sarebbe stato un ottimo punto di partenza.

La National Art Library dove lavorava era vicino a Knightsbridge, a pochi passi dai negozi. Era una bellissima giornata di primavera e non vedeva l'ora di fare una passeggiata. Passò davanti a un furgone dei gelati e decise di concedersene uno.

'Prendo un cono al cioccolato, per favore.'

'Puoi aggiungere un altro gusto,' disse il gelataio, disinteressato.

'No grazie. Non mi piace mischiare niente con il

cioccolato. È perfetto da solo.'

'Come vuoi,' rispose il gelataio, e le porse il cono. Camminando tra i negozi, si rese conto che stava canticchiando una canzone che aveva sentito alla radio quel giorno. Per la prima volta dopo settimane, si sentiva bene.

Comprò diverse gonne, top e pantaloni e decise che aveva bisogno di nuove scarpe da abbinare a tutti quegli splendidi look. Uscì dal centro commerciale e si diresse verso un piccolo negozio di scarpe nascosto in una delle strette strade laterali.

Entrando nel negozio, fu piacevolmente sopraffatta dall'odore della pelle nuova. Il negozio era accogliente e piccolo, ma non angusto. C'erano molte scarpe e stivali esposti su grandi tavoli di legno scuro parzialmente ricoperti da lussuosi tessuti colorati.

Immediatamente, gli occhi di Christine furono attratti da un paio di stivali di pelle rossa. Il rosso era un color ciliegia e si intravedeva un disegno appena accennato con delle foglie. Sapeva che quegli adorabili stivali rossi la stavano chiamando mentre si avvicinava a loro in trance.

'Ciao, bellezze,' disse prendendo uno degli stivali. La pelle era morbida. Guardò sotto gli stivali e vide che erano della sua taglia. Si precipitò verso il lussuoso divano viola scuro per provarli. Li infilò ai piedi, riusciva a malapena a sentirli. Le calzavano a pennello. Era come se fossero stati fatti per lei. Prima ancora di guardarsi allo specchio, sapeva già che doveva comprarli, indipendentemente dal prezzo. Una commessa, che notò il suo entusiasmo, le si avvicinò.

'Non sono meravigliosi? Sono arrivati solo ieri.'

'Da sogno,' rispose Christine senza staccare gli occhi dagli stivali. 'Non sono proprio il mio stile, ma li adoro. 'Si fanno notare' disse la commessa. 'Li prendo,' disse con un sorriso smagliante. 'Vorrei anche dare un'occhiata alle altre scarpe'.

La commessa la trattò come una principessa. Stava già pensando alla sua commissione sulla vendita. Christine comprò altre due paia di scarpe, meno appariscenti e più nel suo stile. Uno era un paio di scarpe eleganti aperte, di pelle nera e le altre, delle scarpe di pelle marrone con zeppa.

'Arrivederci, signora Rhodes.' La commessa lesse il suo nome sulla sua carta di credito. 'Spero di rivederla presto.' Si sentì come una donna mondana di Hollywood quando lasciò il negozio con buste piene di vestiti e scarpe.

Andò alla Stazione della metropolitana di Knightsbridge. Girò l'angolo sulla strada principale e il suo cuore si fermò. Eric era in piedi dall'altra parte della strada. Era ovvio che stesse aspettando qualcuno, perché continuava a controllare l'orologio e aveva l'aria impaziente. Doveva aver visto la persona che stava per incontrare, perché il suo viso si illuminò. Christine seguì la direzione dei suoi occhi e rimase scioccata nel vedere Marlene Patterson camminare verso di lui. Eric baciò Marlene su entrambe le guance e chiamò un taxi. Parlavano come vecchi amici. Vide Marlene ridere per qualcosa che aveva detto Eric. Un taxi si fermò. Eric aprì la porta e seguì Marlene all'interno.

Christine rimase impietrita, incapace di muoversi. Era difficile vederlo per la prima volta dopo la loro rottura. Era come se il mondo intorno a lei non esistesse. Non sentiva nessuno dei rumori e non badava alle persone che le passavano accanto. Ritornò in sé quando qualcuno la spinse. Christine si mise di lato e si appoggiò al muro.

'Stai bene?' le chiese una signora con grandi occhiali da sole e un trench arancione brillante. 'Sembra che tu abbia visto un fantasma.'

'Sì, grazie.' Christine sorrise per la scelta delle parole della signora. 'Sto bene. Sono solo un po' stordita.'

'Se lo dici tu.' La signora si allontanò e si voltò ancora una volta per controllarla.

Christine appoggiò la testa contro l'edificio per un altro paio di minuti per tenere sotto controllo il suo respiro. Sapeva che prima o poi doveva vederlo. Avrebbe solo voluto essere più preparata.

Quando si sentì più calma, prese le buste, entrò nel parco e si diresse verso la biblioteca. Una volta nel parco, trovò una panchina vuota e si sedette. Pensò a ciò che aveva appena visto. Eric e Marlene ...?

***

'Bene, bene. Qualcuno ha avuto una bella giornata,' disse Eva quando vide Christine entrare dalla porta del soggiorno carica come un asino da soma. 'Lascia che ti aiuti con quelle.'

'Grazie, Eva. Non sapevo che fare shopping potesse essere così stancante.'

'Non è lo shopping,' rispose Eva. 'Ma riportare a casa le dannate buste.' Eva era in piedi con le mani sui fianchi. Dovette controllarsi per non aprire subito tutte le buste. Christine vide lo sguardo sul suo viso e tirò fuori gli stivali rossi. Brillava d'orgoglio mentre li teneva in mano.

'Questi non sono solamente stivali; sono i miei bambini!.'

'Whoa! Devi lasciarmeli prendere in prestito un giorno.'

'Forse potrai fargli da babysitter quando saranno un po' più grandi. Per ora, devono restare con la loro mamma,' disse Christine e abbracciò uno degli stivali. 'È successa una cosa divertente. Ho visto Eric in città oggi.'

'Non è divertente. È spaventoso.'

Christine ignorò la sua osservazione e continuò a raccontare ad Eva che l'aveva visto all'angolo di Main Street ad aspettare qualcuno.

'E..?'

'E' venuto fuori che stava aspettando Marlene Patterson.'

'Marlene Patterson? Stai scherzando?' disse Eva con un'espressione dubbiosa.

'Non scherzo. Sono sicura al cento percento. La cosa bizzarra è che non ricordo di averli mai presentati. Eric non è mai voluto venire quando siamo stati invitati dai Patterson e non ha mai detto di conoscere Marlene. Non pensi che sia un po' strano?'

'Beh, forse si sono conosciuti dopo che ci siamo lasciati.'

'Non credo proprio. Marlene non sembra il tipo di persona da comportarsi in modo amichevole con qualcuno con lo status sociale di Eric.'

'Cosa intendi per amichevole?' chiese Eva.

'Quando si sono incontrati, si sono baciati sulla guancia e Marlene ha riso ad alta voce per qualcosa che ha detto Eric. Marlene Patterson si comporterebbe così solo con qualcuno che conosce bene, o con qualcuno particolarmente importante. Non credo che in due settimane Marlene faccia amicizia con qualcuno. Quella donna è più impegnata della regina d'Inghilterra.'

Rimasero entrambe in silenzio per diversi minuti. Eva pensò a Marlene ed Eric. Doveva ammettere che non si sarebbe mai aspettata quei due insieme. Sicuramente, dovevano essersi incontrati dopo che Eric aveva rotto con Christine. Eva cercava di trovare una spiegazione, ma la vicenda non aveva assolutamente senso.

'Voglio mostrarti cos'altro ho comprato,' disse Christine con entusiasmo.

'Grandioso. Fammi vedere cos'altro posso prendere in prestito oltre agli stivali!' ridacchiò Eva...

Dopo che Christine mostrò a Eva tutti i suoi nuovi

acquisti, entrò nella sua camera e iniziò ad appendere i suoi nuovi vestiti. Mentre lo faceva, pensò ad Eric. In un certo senso, era sempre stato troppo bello per essere vero.

11

La residenza estiva

Steve stava aspettando Eva in quello che era diventato il loro ristorante cinese preferito. L'ammirava mentre entrava dalla porta con indosso un semplice paio di pantaloni color crema e un top. La grande cintura di pelle marrone scuro che le pendeva sui fianchi si intonava alla sua borsetta. I suoi lunghi capelli castani e ricci incorniciavano il suo viso radioso. Si avvicinò al tavolo e lo baciò sulla bocca.

'Ciao, bellissima,' disse, e la baciò anche lui.

Si sedette di fronte a lui e prese immediatamente il menù. 'Non so perché sto guardando il menù. Ordiniamo sempre la stessa cosa,' disse.

'Perché cambiare.'

'Hai ragione.' Si guardò intorno e fece un cenno a uno dei camerieri. Dopo aver ordinato, Eva mise la mano su quella di Steve. 'Sono così felice che tu mi abbia invitato a pranzare fuori. Ero annoiata a morte in ufficio. Alcuni giorni amo il mio lavoro, e altri giorni ho voglia di saltare giù dalla finestra.' Bevve un grande sorso di birra cinese Tsingtao e si leccò le labbra soddisfatta. 'Com'è stata la cena l'altra sera dai tuoi genitori?'

'No-io-sa,' disse. 'Mia madre ha cercato di scaricarmi la figlia di uno dei suoi amici.'

'Davvero?' Eva era tutta orecchie. 'Chi è?'

'Si chiama Annabel Malmesbury. Ha viaggiato in giro per il mondo. E quando dico viaggiare, intendo passare da un hotel a 5 stelle all'altro. Mia madre vuole che la presenti ai miei amici.'

'Forse dovresti presentarla a me,' disse Eva semi-seria.

'Bene, bene, interessante, signorina Williams. Non sapevo che fossi una tipa gelosa.'

'Non sono gelosa. Sono un'amica, no? '

'Sei più di un'amica, e lo sai,' disse Steve stringendole la mano.

'Davvero?' Eva guardò negli occhi Steve, fremendo sempre di più. *Mio Dio*, pensò, *lo adoro*. Gli lasciò la mano quando la cameriera mise sul tavolo i cesti di bambù pieni di deliziosi dim-sum.

'Salvo per un pelo,' disse lei con un grande sorriso che mostrava i suoi denti perfetti.

Pranzarono in silenzio. Entrambi si avventarono sul cibo come se non avessero mangiato nulla da giorni. Dopo diverse portate, Eva mise giù le bacchette e si mise le mani sullo stomaco. 'Non mangerò mai più.'

'Ho già sentito questa frase. Finirò io quel che resta,' disse Steve, svuotando tutti i cestini nel suo piatto. 'Sarebbe un peccato se lo buttassero.'

Non appena Steve svuotò i cestini, arrivò la cameriera e raccolse tutti i cestini e il piatto di Eva.

'Questo è ciò che amo dei cinesi,' disse Steve, masticando. 'Non appena prendi l'ultimo pezzo e prima ancora che lo metti in bocca, hanno già pulito i piatti.'

Quando ebbe finito, prese un tovagliolo. 'Devo andare fuori città per un paio di settimane,' disse mentre si puliva le mani.

'Dove andrai?'

'I miei genitori vogliono che vada nella nostra casa di

campagna. Verranno degli operai per sostituire alcune parti del tetto della rimessa per le barche.'

'Perché devi andare lì? Non hanno il personale per quello?'

'Di solito si, ma questa volta mio padre vuole che un membro della nostra famiglia sia lì per supervisionare il lavoro.' Steve mise di nuovo il tovagliolo nel cestino. 'Dato che sono l'unico che può lavorare da casa, immagino che quel membro della famiglia debba essere io. Spero che sia solo per un paio di settimane.'

'I tuoi genitori sono strani. Cosa diavolo ne sai tu della costruzione dei tetti. Con tutto il personale che hanno, hanno bisogno che il figlio lasci la sua attività per sovrintendere a lavori di cui non sa nulla?' Eva aveva un'espressione sul viso che diceva *Cosa significa tutto questo?*

Non le piaceva quello che sentiva. Prima, presentano un'altra ragazza a Steve, e ora questo. Era evidente che dietro a tutto questo c'era Marlene.

'Non ti arrabbiare. Puoi venire a trovarmi per un paio di giorni,' disse Steve. 'Il tempo è bello e la casa è abbastanza grande.'

'Potrei…. non è vero?' disse, inclinando la testa.

Steve le prese la mano e la baciò.

'Allora è deciso. Avevo paura di stare lì da solo per tutto quel tempo. La casa è troppo grande per una persona. Ci sono sei camere da letto soltanto nella casa principale.'

Gli occhi di Eva si spalancarono. 'Può venire anche Chris? Le piacerebbe così tanto. Così, quando devi supervisionare i costruttori, non mi annoierò e Chris avrà una meritata pausa.'

'Penso che sia un'idea meravigliosa. Ho sempre sognato di andare in vacanza con due donne.'

'Stai calmo,' disse Eva e gli diede uno schiaffetto sulla testa.

Eva rientrò nel suo appartamento chiamando Christine.

'Sono nella vasca da bagno,' rispose Christine.

'Posso entrare?'

'Se proprio devi.' Eva si godette il profumo rilassante di lavanda che riempiva la stanza mentre entrava. Christine era seduta in un mare di schiuma. 'Cosa c'è di così importante da non poter aspettare dieci minuti?' chiese.

'Potresti prendere qualche giorno di ferie la prossima settimana?'

Christine non poté fare a meno di sorridere quando vide il viso felice ed eccitato di Eva. 'Forse ... dipende?'

'Steve deve andare nella casa di campagna dei Patterson per supervisionare i lavori lì e possiamo andare con lui. Abbiamo visto una foto della casa, ricordi? Possiamo goderci i primi raggi di sole primaverili e fare lunghe passeggiate nella foresta.'

'Sei sicura di volere che venga con voi? Non voglio essere il terzo incomodo,' disse Christine.

'Ma stai scherzando? Steve lavorerà, mentre e io e te faremo finta di essere donne dell'alta società. Per favore. Per favore!' supplicò Eva. 'Non andiamo fuori città da anni.'

'Va bene,' disse Christine, 'Ma per favore parla con Steve per assicurarti che sia d'accordo.'

'L'ho già fatto,' disse Eva compiaciuta, 'ed è entusiasta. Sta organizzando il viaggio mentre parliamo.'

***

Misero le valigie nel bagagliaio della loro auto gialla a noleggio. Tutte le auto a noleggio erano di un giallo brillante. Questo le rendeva riconoscibili. 'Casa in campagna, arriviamo!' gridò Eva fuori dal finestrino.

Christine aveva portato con sé una delle sue cassette

preferite. La loro macchina aveva solo un vecchio lettore di cassette. Nessuna delle due voleva sostituirlo. A volte le cassette si bloccavano e dovevano forzarle fuori con un coltello. Avevano imparato a maneggiare il mangianastri con grande cautela.

Christine prese la cassetta dalla borsa e la inserì con accortezza nel mangianastri. *Into the Great Wide Open* di Tom Petty suonò a tutto volume dagli altoparlanti. Sapevano tutte le parole della canzone a memoria e cantavano a squarciagola. Raggiunsero rapidamente l'autostrada e Christine stava rilassata al volante. Si sentiva bene. E, per la prima volta da quando Eric l'aveva lasciata, era ottimista riguardo al futuro.

Eva non vedeva l'ora di rivedere Steve. Era partito la settimana prima e, sebbene le telefonasse tutti i giorni, era impaziente di vederlo. Voleva sentire i suoi baci e le sue grandi braccia intorno a lei.

'Non vedi l'ora di vedere Steve?' chiese Christine.

'Mi stai leggendo nel pensiero?'

'Voi due siete una coppia meravigliosa.'

'Lo penso anch'io,' disse Eva. 'Non ho mai incontrato nessuno come lui. Mi tratta come una principessa e non devo mai fingere di essere ciò che non sono. Anche se dico o faccio qualcosa di idiota, mi ama comunque.'

'Amore. Aaah,' la prese in giro Christine.

'Beh, non abbiamo ancora usato la parola che inizia per A, ma per me lo è.'

'Sono contenta per te,' rispose Christine.

'Mi dispiace, Christine. Deve essere difficile per te.'

'A volte ... ma mi sento meglio. E solo perché sono stata ferita, questo non significa che tu non possa essere felice.' Christine girò la testa verso Eva e sorrise.

'Grazie,' disse Eva dolcemente. Guardò fuori dal finestrino la bellissima campagna. Le dolci colline erano di un verde brillante. All'improvviso, provò un senso di insicurezza. La sua vita era perfetta in quel momento. Aveva paura che le sarebbe stato portato via tutto. Cercò di scrollarsi di dosso quella sensazione orribile e cambiò la cassetta: *Saturday Night Fever*. Un po' di disco music la rallegrava sempre. Christine le sorrise e, contemporaneamente, entrambe le ragazze iniziarono a muovere il braccio su e giù a tempo di musica.

***

Arrivarono alla casa di campagna nel Cotswold nel tardo pomeriggio. C'era un cartello sulla strada che diceva 'Beatus Vista,' in latino 'Bella vista.' Giunsero a destinazione proprio mentre il sole stava tramontando. Il cielo stava cominciando a diventare di un caldo arancione. La casa era in stile georgiano con un panorama spettacolare. C'era una vasta gamma di fienili in pietra tradizionali intorno a un cortile. Parcheggiarono l'auto davanti alla casa e aprirono il bagagliaio per prendere le valigie.

Steve arrivò di corsa da dietro la casa. 'Ciao. Benvenute,' gridò da lontano.

Sia Christine che Eva alzarono lo sguardo e lo salutarono con la mano. 'Avete trovato subito la casa?' chiese e si avvicinò per baciare Eva. Era raggiante di felicità.

'Ciao Christine,' disse Steve e la baciò sulla guancia. 'Sono molto contento che tu sia qui. Sono sicuro che ti piacerà. Questo è il periodo migliore dell'anno per venire qui.' Prese entrambe le valigie. 'Belle giornate, serate fresche e, soprattutto, nessun turista in vista. Venite,' disse, 'vi farò fare un tour della casa.'

Christine ed Eva rimasero immobili per un istante, osservando la bellissima casa e i dintorni. 'Oh mio Dio,' disse Christine, 'È meravigliosa.'

Corsero a raggiungere Steve, che stava aprendo la

porta principale. Mentre entravano, non potevano credere ai loro occhi. La casa sembrava tradizionale fuori, ma l'interno era stato completamente ristrutturato. La casa aveva tre saloni da ricevimento, tutti arredati con gusto tutti avevano una splendida vista attraverso le grandi finestre. il che le rendeva molto accoglienti. La cucina open-space aveva un'enorme isola, una confortevole sala per la colazione. Le porte a due ante che si aprivano su una romantica terrazza.

'I tuoi genitori devono venire qui spesso,' disse Eva a Steve.

'È quello che si potrebbe pensare, ma in realtà non vengono qui da tanto tempo. Venivamo spesso qui quando Daulton e io eravamo ragazzini, fino all'età di dieci anni. Dopodiché, ci trasferivamo qui per un po' solo quando la città diventava troppo calda per mia madre.'

'Che peccato,' disse Christine. 'Che peccato lasciare questa proprietà incustodita.'

'Beh, ci sono il signore e la signora Theakston. Sono stati i custodi sin da quando mi ricordi. Vivono in uno dei cottage più avanti.'

'Venite,' disse Steve, 'vi mostro le camere da letto. Al primo piano, la camera da letto principale ha un bagno privato e una cabina armadio. Ci sono altre quattro camere da letto al primo piano e tre bagni. Il secondo piano ha una grande mansarda, dove io e Daulton giocavamo quando pioveva.'

Eva strinse la mano di Christine mentre camminavano verso una delle due grandi scale di legno nel corridoio che portava alle camere da letto. Christine sorrise e ricambiò la stretta.

'Questa è la tua stanza, Christine. La signora Theakston l'ha preparata oggi,' disse Steve mentre entrava in una grande e bella camera da letto con vista sulle colline e sul ruscello alla fine della proprietà.

'Whoa! Fantástico,' disse Christine a Steve. C'era un bel letto in legno di betulla con un'enorme testiera in pelle. Il letto era abbastanza grande da consentire ad almeno tre persone di dormire comodamente. Mentre passava sopra il tappeto, le sue scarpe ci affondarono dentro. Non vedeva l'ora di essere a piedi nudi. Accanto al letto c'era un cassettone coordinato con sopra un grande specchio di legno. Due bellissime sedie in pelle con poggiapiedi erano state posizionate perfettamente davanti alla finestra per ammirare la vista del lago.

'Qui c'è il bagno,' disse Steve e aprì una porta accanto alla camera da letto.

Christine seguì Steve in bagno. La stanza era dipinta di un giallo caldo e aveva un'antica vasca indipendente anche qui posizionata per godersi il panorama verso le colline che si vedevano attraverso la grande finestra. Il pavimento era in marmo e si abbinava alla parte superiore del mobile bagno. C'erano pile di soffici asciugamani e un invitante accappatoio. Christine era senza parole.

'Adesso ti mostro la tua stanza.' Steve fece l'occhiolino a Eva.

'Va bene.' Si sentiva come una ragazzina in un negozio di giocattoli e lo seguì, quasi saltellando.

'Va bene, principessa,' disse quando arrivarono dall'altra parte del corridoio. 'Questo è il tuo boudoir.'

Eva batté le mani per l'eccitazione! Rimase senza parole quando entrò nella grande camera da letto principale. 'Steve, è bellissima! Non ho mai dormito in un letto a baldacchino,' disse, mentre faceva scivolare le mani sulle morbide lenzuola rosso scuro. A sinistra c'era un camino in pietra naturale. Eva fece il giro della stanza, aprendo tutte le porte. La sua camera aveva anche un balcone con vista sul lago.

'C'è una cabina armadio?' non riuscì a trattenersi dal

ridacchiare. Questo era il posto più straordinario che avesse mai visto.

Andò alla porta successiva e l'aprì. Portava alla camera da letto adiacente. La richiuse velocemente e passò alla porta accanto, il bagno. Questo aveva una vasca idromassaggio al centro della stanza, una doccia separata e un enorme mobile bagno con due lavandini 'per lui e per lei.'

'Amo questa casa,' disse Eva a Steve. 'Questa camera da letto è fantastica.'

Steve la prese tra le braccia. 'Sono contento che ti piaccia, poiché ho intenzione di trascorrere molto tempo con te qui.'

'Cosa vuole dire, signor Patterson?' disse Eva spalancando gli occhi. 'Sta suggerendo di condividere questa stanza con me?'

Steve rise e la baciò appassionatamente. La guardò e le accarezzò i capelli. 'Ti amo,' sussurrò Eva. Sentendosi arrossire, cercò di allontanarsi, ma lui la tirò indietro.

'Anch'io ti amo,' disse, e la baciò di nuovo.

Eva si sentì stordita. L'uomo dei suoi sogni le aveva detto di amarla, la casa meravigliosa, gli splendidi dintorni… Poteva sentire le sue ginocchia indebolirsi.

'Penso di aver bisogno di sedermi.' Mentre lei si avvicinava a una delle sedie, lui le diede una pacca sul sedere.

'Aaaah,' rise lei….

'Devo andare in città per comprare altri rifornimenti per gli operai,' disse Steve. 'Sentiti libera di esplorare la casa e i giardini.'

'Starai via a lungo?'

'Circa un'ora, credo. Ci vediamo dopo.' Steve la baciò dolcemente sulle labbra.

12

La sistemazione

Dopo aver disfatto i bagagli, Eva bussò alla porta di Christine. Entrò e saltò sul letto accanto a lei.

'Non è straordinario? Non posso credere che siamo qui. Guarda che vista.'

'È sorprendente,' disse Eva. Per un momento rimasero distese l'una accanto all'altra, guardando fuori dalla finestra. Gli ultimi raggi di sole della giornata erano scomparsi. Eva guardò Christine con un sorriso malizioso. 'Ti andrebbe di esplorare il resto della casa? Steve è andato in città a fare rifornimenti per gli operai. Possiamo curiosare e aprire tutte le credenze.'

'Sei malvagia. Ma mi piace l'idea.' Christine saltò giù dal letto e si mise le scarpe.

'Andiamo, Sherlock.' Eva afferrò Christine per il braccio. Aprirono tutte le porte del pianerottolo. C'erano altre quattro camere da letto. Sebbene tutte le stanze fossero stupende, era evidente che Steve aveva dato loro le stanze migliori della casa.

Entrarono in soggiorno e si lasciarono cadere sulle due sedie di pelle davanti al caminetto. Entrambe le sedie erano rivestite di morbida pelle con due poggiapiedi coordinati di fronte ad esse.

Si alzarono e oltrepassarono il grande tavolo della sala da pranzo circondato da dodici poltrone in noce americano con lo schienale arcuato ed entrarono in cucina. Tutto sembrava intatto.

'Andiamo fuori,' disse Eva e aprì le grandi porte che conducevano al patio.

'Oh mio Dio! Guarda qui!' gridò Eva. 'C'è anche un caminetto fuori. È fantastico.'

'Splendido! Magari potremmo mangiare qui questa sera,' suggerì Christine.

Si sedettero su una delle panche in teak. 'Dicono che i soldi non fanno la felicità, ma avere tutto questo mi farebbe sicuramente essere sempre felice,' disse Eva.

'Non capisco perché il dottore e la signora Patterson non vengono qui più spesso.'

Eva scrollò le spalle. In questo momento non poteva importarle di meno dei Patterson. 'Diamo un'occhiata e vediamo se c'è del vino in questa casa.' Eva balzò in piedi ed entrò.

Christine stava osservando il panorama. Si sentiva tranquilla ed era felice di aver deciso di venire.

Eva trovò una bottiglia di vino rosso: mentre iniziarono a sorseggiarlo, sentirono un'auto e un cane che abbaiava.

'Chi è?' chiese Christine.

'Non saprei,' Eva alzò le spalle e si versò un altro bicchiere di vino.

Christine si alzò per dare un'occhiata, quando un Golden Retriever sbucò correndo felice da dietro l'angolo. Il cane scodinzolava così forte che tutto il suo corpo tremava.

'Vieni qui, cagnolino,' lo chiamò Christine. Senza esitazione, le saltò sopra; quasi rovesciando il vino.

'Max, vieni qui!' Sentirono la voce di un uomo.

'Scusate, signore. Ama stare al centro dell'attenzione,'

gridò l'uomo mentre si avvicinava alla casa.

'Nessun problema. È adorabile,' gridò in risposta Christine.

Quando l'uomo si avvicinò alla casa, si fermò improvvisamente. 'Non ci credo,' sussurrò. Aveva una strana espressione di shock e sorpresa sul viso. Christine ed Eva guardarono l'uomo e poi si voltarono verso la casa, aspettandosi qualcuno dietro di loro.

'Harry, vedo che hai conosciuto Eva e Christine,' disse Steve. L'uomo era ancora immobile. 'Harry?' chiese Steve. 'Stai bene?'

Harry tornò in sé. Si avvicinò alle ragazze e strinse loro la mano. 'Piacere di conoscervi entrambe,' disse. Le guardò per un paio di secondi, poi si voltò repentinamente e si allontanò.

'Cos'è questa storia? Hai visto come ci ha guardate?'

'Si. Che uomo strano.' disse Eva

'Harry?' La interruppe Steve. 'Assolutamente no. È un bravo ragazzo. È con noi da quando aveva diciotto anni. Lo conosco da sempre.'

***

'Steven, sono tua madre.' Marlene era seduta nella sua soleggiata veranda vittoriana; le cui foto sono state pubblicate in molte riviste. Marlene amava ostentare la sua ricchezza. Piuttosto che sedersi su una delle sedie rilassanti, ampie e comode, Marlene era seduta su una sedia da pranzo. Non sopportava di sgualcire i vestiti.

'Buongiorno, madre,' rispose Steve, un po' sorpreso dalla telefonata di sua madre. Gli telefonava raramente.

'Come procedono i lavori nella casa di campagna?'

'Benissimo. Harry ha tutto sotto controllo.' Era un po' perplesso dall'interesse di sua madre per qualsiasi lavoro svolto nella casa di campagna.

'Oh, bene. Come sta Harry?' chiese, con falso interesse.

'Molto bene.'

'Spero che tu non ti stia annoiando troppo da solo. Ho parlato con Annabel Malmesbury ieri sera. Mi ha telefonato per ringraziarmi della cena, che donna meravigliosa e sofisticata. Le ho suggerito di venire lì a casa a farti visita. Dopotutto, il tempo è meraviglioso e lei si godrebbe il paesaggio.'

Steve sospirò. Quindi, era questo il piano di sua madre. 'Mamma, mi dispiace, ma ho già invitato Eva e Christine.'

'*Cosa* hai fatto?'

'Ho invitato Eva e Christine.'

'Beh, temo che dovrai annullare la loro visita.'

'È un po' tardi per farlo, madre. Sono già qui.'

'Capisci che la casa di campagna *non* è un hotel. Non mi piace avere estranei nella mia casa per le vacanze.'

'Mamma, per favore. Prima di tutto, Eva e Christine non sono certo estranee. Le conosci da molto più tempo di Annabel Malmesbury. E, in secondo luogo, non passi mai del tempo qui. Che differenza fa?' disse Steve.

'La proprietà è mia. Io, *non tu*, decido io chi invitare,' continuò Marlene.

'Bene, come ho detto, mamma, sono già qui. Non ho intenzione di mandarle via. Qual è il tuo problema con Eva e Christine comunque? Sei tu quella che le invita sempre a casa *tua*.'

'Come ti ho detto prima Steven, decido io cosa fare con le mie proprietà. Quando avrai le tue proprietà, potrai invitare chi vorrai.'

'Penso che tu sia irragionevole. Eva e Christine resteranno qui fino a domenica,' disse Steve, in modo deciso. 'Se vuoi scusarmi, madre, Harry ha bisogno di aiuto con il tetto. Parleremo quando tornerò in città.'

Steve mise giù il telefono e scosse la testa, a volte sua madre era insopportabile.

Marlene fissò il telefono. Suo figlio le aveva riattaccato? Era furiosa. Chiamò la linea privata di suo marito in studio.

'Sono con un paziente,' rispose.

'Non mi interessa, Matthew. Ho bisogno di parlarti *adesso*.' Sentì Matthew scusarsi con il suo paziente. Pochi secondi dopo, rispose alla chiamata da un'altra stanza.

'Cosa c'è di così urgente da non poter aspettare quindici minuti, Marlene?'

'Steven ha invitato Eva Williams e Christine Rhodes nella casa di campagna.' Marlene parlò velocemente ma a voce bassa. A Matthew era chiaro che stava per esplodere.

'Bene, gli hai detto che è inaccettabile?'

'Certo che l'ho fatto. Ma sono già lì. Sono arrivate ieri sera e resteranno fino a domenica. Quel ragazzo è davvero fuori controllo. Te l'avevo detto che avremmo dovuto tenerlo d'occhio mentre cresceva. È sempre stato una mina vagante. Non avremmo mai dovuto lasciarlo abbandonare la scuola di medicina. *Tu* lo hai sempre viziato troppo. Avresti dovuto tagliargli i fondi quando era giovane.'

'Oh, quindi ora è tutta colpa mia. Lascia che ti ricordi che è anche tuo figlio e, inoltre, pensi che mi avrebbe ascoltato?' Matthew poteva sentire la rabbia crescere dentro di lui. Non aveva mai voluto essere coinvolto nell'educazione dei loro figli. Quando avevano deciso di avere figli, lo disse molto chiaramente a Marlene. Avrebbe fornito i soldi per il numero di dipendenti e tate di cui Marlene aveva bisogno e avrebbe pagato per le scuole migliori. Il resto dipendeva da lei. 'Penso che dovremmo lasciarlo stare. Se interferiamo, Steven potrebbe diventare più ostinato. Ora, se non c'è nient'altro Marlene, ho dei pazienti.'

Dopo aver messo giù il telefono, si passò una mano tra i folti capelli grigi. Questa sera doveva parlare con Marlene.

Non gli importava come, ma doveva sistemare quel ragazzo.

***

Eva e Christine dormirono fino a tardi la mattina seguente e furono svegliate dal sole che filtrava dalle finestre delle loro camere intorno alle dieci. Eva si guardò intorno e si stiracchiò come un gatto. Si alzò ed entrò nel bellissimo bagno. L'idromassaggio sembrava molto invitante, ma aveva un disperato bisogno di una tazza di caffè. Non poteva fare nulla senza caffeina. Indossò un paio di jeans e una camicetta azzurra, prese un maglione color crema e se lo mise intorno alla vita. Andò in camera di Christine e bussò alla porta. Nessuna risposta. Aprì la porta e guardò dentro. Il letto era vuoto e ben rifatto. Eva sorrise. Christine era così ordinata. Scese le scale e la vide seduta nel patio con una grande tazza di caffè. 'Buongiorno. Sei sveglia da tanto?'

'No, una ventina di minuti. C'è del caffè in cucina.'

'*Caffè*, la parola magica.'

Tornò con una grande tazza di caffè fumante; Christine aveva appoggiato le gambe sul tavolo e si era accoccolata sulla grande sedia di vimini.

'Non è meraviglioso svegliarsi qui? Non potrei mai stancarmi di questa vista,' disse Christine

'È eccezionale.'

Dal nulla, Max si precipitò saltando verso di loro. Sembrava che non si sarebbe fermato. Entrambe le ragazze lanciarono un urlo. Scoppiarono a ridere quando il cane si fermò bruscamente proprio di fronte a loro.

Eva fece lo stesso errore che aveva fatto Christine e chiamò il cane. Saltò accanto a lei sul divanetto. Le leccò il viso ed Eva ridacchiò come una bambina. 'Smettila di baciarmi. Ho già un ragazzo,' disse mentre cercava di spingere via il cane.

'Adorabile,' disse Christine, ridendo.

92

'Prova a baciarlo.'

'Max,' sentirono Harry chiamare il cane da lontano.

'Va tutto bene, Harry. È con noi,' gridò Christine.

Harry corse a casa. 'Mi dispiace tanto. Max è un po' un dongiovanni.' Entrambe le ragazze sorrisero alla sua osservazione. 'Mi dispiace se ieri vi ho fatto sentire a disagio. È solo che somigliate a qualcuno che conoscevo,' disse Harry scusandosi.

Christine ed Eva gli fecero un cenno dicendo che era tutto a posto. 'Max può restare con noi? Andremo a fare una passeggiata tra un po'. Forse potrebbe farci da guida?' chiese Eva.

'Va bene, ma se si agita troppo, fatemelo sapere e lo metterò al guinzaglio. Buona giornata.' Harry rivolse loro un caldo sorriso e se ne andò.

'Beh, almeno il tuo padrone sapeva di essersi comportato in modo molto strano,' disse Eva al cane.

13

Il cottage

Steve aveva parlato alle ragazze del sentiero tra le colline. Dopo aver preso il caffè, andarono a fare una passeggiata. Max, ovviamente consapevole che qualcosa stava per succedere, stava abbaiando. Camminarono Insieme lungo il bellissimo sentiero.

'Mi dispiace davvero parlarne di nuovo, ma sei stata assolutamente onesta riguardo all'assunzione dei sonniferi per sbaglio?' chiese Eva.

Christine si fermò e guardò il lago. 'Non avevo davvero idea che quelle pillole fossero così forti. Penso di averne prese cinque o sei, e nemmeno contemporaneamente. Forse è stato il vino? Sono stata incredibilmente fortunata che il dottor Patterson stava venendo a trovarmi.'

'Mi dispiace così tanto di essere andata a dormire da Steve. Non mi perdonerò mai per questo.'

'Non preoccuparti,' la rassicurò Christine. 'Sto bene adesso.'

'Sì. Grazie a Dio. A proposito del dottor Patterson, almeno serve a qualcosa,' affermò Eva.

Christine sorrise e non disse niente per un po'. 'C'è un'altra cosa che mi tormenta. Come è entrato in casa nostra?'

Eva si fermò e guardò Christine. Non ci aveva pensato

prima d'ora. 'Forse ho lasciato la porta aperta?' Stava cercando disperatamente di ricordare.

'No. Ricordo chiaramente di aver chiuso la porta a chiave. Ho molti difetti, ma dimenticare di chiudere a chiave la porta non è uno di questi.'

'Allora come è entrato in casa?' chiese Eva.

Christine fece un'alzata di spalle. 'È stato lui a trovarci l'appartamento, ricordi? Forse ha tenuto una copia delle chiavi quando ci siamo trasferite?'

'Non essere sciocca. Questa è la cosa più inquietante che abbia mai sentito.'

'Avevamo solo diciotto anni. Forse pensava che fossimo troppo giovani e voleva tenerci d'occhio. Ma avrebbe dovuto dircelo. Assicuriamoci di cambiare le serrature quando torniamo. Non mi piace l'idea che possa entrare nel nostro appartamento quando vuole,' disse Christine.

'Accidenti, forse ha anche frugato tra i nostri cassetti!'

'Sicuro. Viene regolarmente a controllare la tua biancheria intima,' disse Christine e rise ad alta voce.

'Disgustoso. Smettila.' Eva fece una smorfia di disgusto con la lingua.

***

Christine ed Eva trascorsero la maggior parte della giornata passeggiando e giocando in giardino con Max. Adoravano stare all'aperto tutto il giorno. Trovarono alcune riviste in casa e decisero di giocare al loro gioco, Chaser Blazer. E, dopo che Steve grigliò loro la cena e due bottiglie di vino più tardi, tutti e tre stavano sbadigliando. Christine guardò l'orologio, erano solo le nove e mezza. 'So che è presto, ma sono distrutta. Vado a dormire,' disse.

'Credo che ti seguiremo tra poco,' disse Eva. Si alzò e diede a Christine un bacio sulla guancia.

'Buonanotte, Steve.'

'Notte, Chris. Dormi bene.'

Eva e Steve rimasero nel patio davanti al caminetto. Si sentiva benissimo tra le sue braccia, fissando il fuoco. Era estremamente felice e rilassata. Dopo mezz'ora, Steve le chiese se volesse andare a dormire. Lei annuì, quasi sollevata.

Dopo essersi lavati i denti, si sdraiarono a letto guardandosi l'un l'altro per circa cinque minuti. Erano entrambi molto stanchi e si addormentarono...

***

Durante la notte Eva e Steve si svegliarono di soprassalto. Sentirono un urlo spaventoso provenire dalla camera di Christine. Steve saltò giù dal letto in preda al panico. Anche Eva saltò giù dal letto e corse immediatamente fuori dalla porta. Christine era seduta sul lato del letto. Sembrava una ragazzina. Era alta ma il letto era così immenso che i suoi piedi non toccavano il pavimento.

'Stai bene?' chiese Eva e l'abbracciò.

'Non capisco. Questa sera ho preso un sonnifero. Non dovrebbe accadere con i nuovi sonniferi. *Non può* succedere. Cosa farò adesso?' disse Christine in lacrime.

'Cosa è successo?' chiese Steve stordito e confuso.

'Niente, solo un incubo,' disse Eva senza staccare gli occhi da Christine. 'Puoi portare a Chris un bicchiere d'acqua?'

Lui annuì. Uscì dal bagno e le porse il bicchiere. Christine sorrise quasi in segno di scusa.

'Torna a letto, Steve. Sarò lì tra un minuto.'

Christine fece un respiro profondo e disse a Eva che si sentiva meglio. 'Avrò bisogno di parlare di nuovo con il dottor Patterson,' disse.

'È successo anche a me l'altra sera,' disse Eva. 'Ero da

97

Steve la notte che tu ... beh, lo sai già.'

'Davvero? E avevi preso il tuo sonnifero?'

Eva annuì. 'Non dormo mai fuori casa senza prendere le mie pillole. Dobbiamo entrambe parlare con il dottor Patterson non appena torniamo. Forse può prescriverci qualcos'altro.'

'Sì,' disse Christine. 'E forse nel frattempo possiamo chiedergli di ridarci indietro la nostra chiave.'

Eva rise. 'Cerca di dormire un pochino,' disse e baciò Christine sulla testa.

'Ci deve essere qualcosa nell'acqua,' disse Steve quando Eva rientrò nella stanza.

'Cosa c'è nell'acqua?'

'Beh, entrambe soffrite di gravi incubi.'

'Sì, dev'essere l'acqua.' Eva non ne voleva parlare e entrò di nuovo nel letto. Spense la luce e si raggomitolò tra le braccia di Steve. Era nervosa all'idea di addormentarsi e, sebbene avesse preso un altro sonnifero, le ci volle molto tempo per ricadere in un sonno irrequieto.

***

'Perché non esplorate i dintorni questo pomeriggio?' Suggerì Steve a Eva e Christine. Avevano finito di pranzare ed erano seduti nel patio a godersi il panorama. 'C'è un grande cottage per gli ospiti e dietro il garage c'è un sentiero che conduce lì. Vi lascio un mazzo di chiavi. In questo modo, potrete riposarvi e godervi la fantastica vista dall'alto.'

Christine guardò Eva. Non riusciva a fare escursioni troppo lunghe. 'È una lunga camminata?' chiese.

'No. Sono solo una ventina di minuti.' Steve disse loro che avrebbe lavorato sul tetto e se avessero avuto bisogno di lui lo avrebbero potuto chiamare sul cellulare.

'È un bravo ragazzo.'

'Lo so.' Rispose Eva con espressione sognante. 'Sono davvero fortunata ad aver trovato un uomo così eccezionale.'

'Certamente lo sei. Se non ti volessi bene così tanto, sarei gelosa.'

'Troverai qualcuno che ti meriti, Christine. È solo questione di tempo.'

Christine balzò in piedi dal suo posto. Era pronta per una bella passeggiata.

'Vado a mettere le scarpe comode e a prendere una bottiglia d'acqua,' disse Eva entrando in casa.

Trovarono il sentiero dietro il garage e camminarono attraverso il grande bosco; gli alberi di cedro e salice torreggiavano attorno a loro. I fiori primaverili erano spuntati e coprivano il terreno come un tappeto. Dopo cinque minuti, Eva iniziò a lamentarsi. Steve non aveva detto che la camminata di venti minuti era in salita, rendendo l'escursione molto più pesante del previsto.

Christine cercò di calmarla dicendole che la camminata era perfetta per tonificare le gambe e i glutei. Aspettò che Eva, che ansimava dietro di lei, la raggiungesse. 'Non è bellissimo? Guarda dietro di te,' disse Christine.

Eva si voltò indietro a guardare il paesaggio. Stettero immobili e ammirarono insieme lo splendido scenario. Christine fece un respiro profondo, inalando l'aria fresca. 'Non sembra reale. Viviamo solo a cinque ore da qui e mi sento come se fossi in un altro paese.'

'Non avrei mai immaginato che sarebbe stato così bello,' rispose Eva. Bevve un sorso d'acqua e continuò a camminare alla ricerca del cottage degli ospiti. Christine la seguì lentamente su per la collina, lasciando alle spalle il panorama suggestivo. Camminarono per altri dieci minuti quando videro i contorni di un cottage. Il cottage con il tetto di paglia era in cima al sentiero boscoso. Dall'esterno sembrava una tradizionale casa in legno di quercia verde con tetto di paglia e rose rampicanti.

Eva cercò la chiave e ne provò diverse prima di trovare quella giusta. Aprì la porta ed entrò nel piccolo soggiorno. Un camino in pietra occupava quasi un'intera parete. La casetta era arredata con mobili rustici in legno. Le pareti erano state lasciate senza decorazioni per mostrare la naturale bellezza del legno. Per quanto romantico potesse sembrare l'esterno, l'interno era stato trascurato per molti anni. C'era uno spesso strato di polvere ovunque.

Salirono le scale cigolanti e arrivarono all'ampio spazio al piano di sopra. C'erano solo una grande scrivania e diversi schedari.

'Qualcuno deve averlo usato come ufficio,' osservò Eva.

'Probabilmente il dottor Patterson. Anche in questa bella casa in questo posto meraviglioso, probabilmente voleva lavorare.'

'Non lo avresti fatto anche tu? Per scappare da Marlene?' disse Eva.

'Faresti meglio ad iniziare ad apprezzare quella donna. Potrebbe diventare tua suocera e sarai costretta a vederla regolarmente.'

'Stai cercando di farmi star male? Quella donna è terribile,' disse Eva con un'espressione orribile sul viso.

Christine rise ed ebbe un attacco di tosse per tutta la polvere intorno. 'Immagina di pianificare il tuo matrimonio insieme a lei; alla ricerca di quel vestito perfetto. Dovresti iniziare ad abituarti a chiamarla 'mamma.'' Eva si mise due dita in bocca come per vomitare.

Christine si avvicinò all'imponente scrivania in legno di ciliegio. Si affacciava sulle colline. La sedia in mogano rivestita in pelle sembrava invitante e Christine si sedette, ignorando la polvere. 'Hai bisogno di nuove prescrizioni?' chiese, facendo finta di essere il dottor Patterson. Christine si girò sulla grande sedia e cercò di aprire alcuni cassetti della scrivania. Erano tutti chiusi a chiave. 'Il dottor Patterson deve avere dei segreti,' disse. 'Perché dovrebbe tenere tutti i suoi cassetti chiusi a chiave in una casa che non visita mai?'

'Forse aspettavano *me*.' Eva si avvicinò con le chiavi. 'Forse una di queste piccole chiavi apre i cassetti?' Eva provò diverse chiavi finché una girò. Guardò Christine con uno sguardo furbo sul viso.

'Eva, non sono sicura che dovremmo farlo.'

'*Che cosa*? Mi lasci provare tutte queste chiavi e non dici niente. Poi, quando trovo quella giusta, all'improvviso hai una coscienza? Aprirò il cassetto, che ti piaccia o no.'

Eva aprì il cassetto. Era pieno di archivi cartacei. Il fascicolo in cima alla pila si chiamava *Santa Tecla, Cile*. Eva lo aprì e vide quello che sembrava un giovane dottor Patterson.

'Guarda qui' gridò e tirò fuori una foto di un gruppo di persone sorridenti in piedi fuori da un edificio che sembrava un ospedale. Nella foto c'era sia gente del posto che stranieri.

Christine prese la foto e guardò più da vicino. 'Sono sicura che questo sia il dottor Patterson. Doveva essere sulla trentina.'

Il dottor Patterson era in piedi un gradino più in alto rispetto a tre donne incinte. Sorrideva, e le sue mani erano appoggiate sulle spalle della donna in piedi al centro. La donna aveva lunghi capelli mossi castano scuro e un sorriso felice. In piedi accanto a lui c'era un uomo con grossi occhiali da sole e capelli rossi che puntavano in tutte le direzioni.

'Chi è questa?' chiese Eva, indicando la donna incinta. Lo chiese più a sé stessa che a Christine. 'Il dottor Patterson aveva una relazione?'

'Non ti sembra familiare?' chiese Eva a Christine, che annuì in segno di assenso.

Le due ragazze si guardarono. Christine si alzò, prese

la foto e si è avvicinò alla finestra per vedere meglio alla luce del sole.

'Forse Steve saprà chi è.'

'Può darsi, ma poi dovremo dirgli che abbiamo frugato nella scrivania di suo padre.'

'Ottima osservazione,' disse Eva annuendo lentamente e inarcando le sopracciglia. 'Forse ci sono più foto nelle altre cartelle.' Eva le aprì ed esaminò i documenti.

'Ci sono molte informazioni su donne incinta in questo file. Non sapevo che il dottor Patterson lavorasse in ginecologia in passato. Guarda tutti questi nomi.'

Tutte le donne avevano avuto aborti spontanei; le cartelle mostravano dettagliatamente le date per ciascuna. I documenti erano stati archiviati in ordine cronologico, a seconda di quando avevano abortito.

'Questo è ridicolo,' disse Eva e fece cenno a Christine di avvicinarsi. 'Qui si dice che una donna di nome Teresa Santiago ha abortito a dieci giorni. Le donne sapevano davvero di essere incinta a dieci giorni? Sono sicura che a quei tempi non potevi andare in farmacia per comprare un test di gravidanza. Pensavo che prima si dovesse saltare un ciclo perché una donna si rendesse conto di essere incinta?' Eva continuò a leggere. 'Guarda questo. Ecco una ragazza di diciotto anni che ha abortito a dodici giorni.'

'Quando è successo?' Christine chiese.

'Fammi vedere.' Eva continuò a esaminare il file. 'Circa venti o trent'anni fa.' Sentirono sbattere una porta al piano di sotto.

'Presto! Metti via tutto!' sussurrò Christine con voce spaventata.

'*Va bene, va bene,*' disse Eva. Gettò di nuovo i file nel cassetto e lo chiuse a chiave. Entrambe corsero alla finestra e fecero finta di ammirare il panorama mentre cercavano di riprendere fiato.

La porta dello studio si aprì. 'Cosa ci fate qui voi due?'

Eva si voltò e vide Daulton lì in piedi. 'Ciao, Daulton,' disse con un grande sorriso sul viso. Eva era sempre stata più disinvolta di Christine, che ancora non riusciva a voltarsi. 'Steve ci ha suggerito di venire qui. Ha detto che era una bella camminata. Ci ha dato le chiavi del cottage in modo che potessimo riposarci e goderci il panorama.'

'Dovreste tornare alla casa principale,' disse Daulton.

'Scusa, Daulton. Non avevamo idea che non ci fosse permesso di stare qui.' Christine finalmente si voltò.

Fece cenno alle ragazze di uscire dalla stanza. 'Vi riaccompagno a casa.'

'C'è una strada?' chiese Eva.

'Certo che c'è. Non ti aspettavi che mio padre sarebbe venuto qui a piedi, vero?'

Eva guardò Christine con un'espressione che indicava *te l'avevo detto*. Quel gran viziato non farebbe alcun esercizio fisico non necessario. Lei e Christine andarono alla macchina di Daulton. Si sentivano come due studentesse cattive che erano state sgridate dal preside. Non dissero una parola durante l'intero viaggio di ritorno alla casa principale. La tensione era agonizzante e Christine si lasciò sfuggire un sospiro di sollievo quando riconobbe la strada d'ingresso alla casa principale. Daulton parcheggiò la sua macchina accanto alla loro macchina.

'Dov'è Steven?'

'Non sono sicura. Penso che sia con Harry,' disse Eva.

'Mi sento da schifo. Mi sento come un'intrusa,' sussurrò Christine quando Daulton si allontanò.

'Un'intrusa, no; una ladra, forse,' disse Eva tirando fuori la foto di gruppo dalla tasca dei pantaloni.

'Oh no! Perché l'hai presa?' disse Christine e si guardò intorno freneticamente.

'C'è qualcosa di strano in questa foto. Non sono sicura

di cosa, ma voglio dargli un'occhiata per bene a casa.'

'Eva, sbarazzati di quella foto. Potrebbe esserci qualcosa di familiare in quella donna, ma non hai il diritto di prenderla. Inoltre, se il dottor Patterson scoprisse che manca, saprà che siamo state noi.'

'Chris, rilassati. Non è successo niente.'

14

La fotografia

Christine si fermò di colpo.

'Non è vero, Eva. Altrimenti, non avresti preso quella foto.'

'Aaaah, vedi,' disse Eva, puntando un dito in faccia a Christine, 'lo senti anche tu.'

'Forse c'è qualcosa di familiare, Eva, ma non è il momento di parlarne. Per l'amor del cielo, siamo ospiti a casa del tuo ragazzo e abbiamo appena rovistato nella scrivania di suo padre e gli abbiamo rubato una delle sue foto.'

Eva rimise la foto in tasca e abbottonò la tasca per assicurarsi che la foto non cadesse.

Christine scomparve nella sua stanza nella speranza di non dover affrontare Daulton. Eva sedette fuori nel patio, aspettando Steve. Che diavolo ci faceva Daulton qui? E perché era venuto al cottage prima di vedere Steve? Moriva dalla voglia di tirare fuori la foto dalla tasca e studiarla. Era sicura di riconoscere altre persone in essa. Tamburellò nervosamente i piedi sul tavolo di fronte a lei. Poteva sentire i latrati eccitati di Max. Arrivò correndo da dietro l'angolo e, come al solito, le saltò addosso senza fermarsi.

'Calmati, bello. Uno di questi giorni ti spezzerai il collo,' gli disse e lo abbracciò forte.

Steve e Daulton attraversarono il prato ben curato fino alla casa. Steve la salutò quando la vide seduta nel patio. Lei ricambiò il saluto, lieta di vederlo. Daulton gridò a Harry di tenere il cane lontano dalla casa principale. Max era troppo eccitato anche solo per prestargli attenzione. Eva spinse via il cane. Max capì che la festa era finita e corse a casa.

'Harry sa che è meglio non lasciare quel cane in giro per casa,' si lamentò Daulton con Steve.

Steve ignorò suo fratello e sorrise ad Eva. 'Ti è piaciuta la passeggiata?'

'È stata fantastica,' disse Eva eccitata. 'A proposito, avresti potuto dirci che c'era una strada che portava al cottage.'

Steve rise, 'E impedirti di fare quella bella e sana camminata?'

'Mi scuso per essere entrata nel cottage,' disse Eva a Steve, ignorando Daulton.

'Sciocchezze,' Steve agitò la mano. 'Ti ho dato le chiavi, no? Non c'è niente in quella casa oltre alla polvere e una vista fantastica.'

'Lo studio di papà è lì,' disse Daulton. 'Non credo che dovremmo lasciare liberi gli estranei lì dentro.'

'Per favore, Daulton. *Lo studio di papá*,' Steve imitò Daulton. 'Papà non viene qui da anni e, per di più, Eva e Christine non sono proprio delle estranee.'

'Tuttavia, è proprietà di nostro padre e, come tale, la sua privacy dovrebbe essere rispettata,' predicò Daulton.

Eva cominciò a sentirsi a disagio e disse a Steve che sarebbe andata nella sua stanza per rinfrescarsi. Lo baciò sulle labbra e corse di sopra.

'Cosa ci fai qui?' chiese Steve a Daulton senza guardarlo in faccia. 'L'ultima volta che sei stato qui avevi diciotto anni. Ora, all'improvviso, eccoti qua; proprio quando ci sono anche Eva e Christine. Ti ha mandato nostra madre?'

'Non ti devo alcuna spiegazione,' rispose Daulton.

'Ti fermi qui? Chiederò a Sarah di cucinare per una persona in più.'

'Resterò per un paio di giorni. Ho lavorato molto ultimamente e penso che qualche giorno di riposo mi farà bene.'

Steve si alzò senza rispondere a suo fratello e rientrò in casa. Sapeva per certo che sua madre aveva costretto Daulton a controllarlo. Steve entrò in camera da letto, dove Eva era sdraiata sul letto, e stava sfogliando una vecchia rivista.

'Forse Christine e io dovremmo andarcene,' disse a Steve. 'Non voglio che ti metta nei guai per averci invitate qui.'

Steve si sedette sul letto accanto a Eva. 'È vero quello che ti ho detto, Eva. Ti amo e voglio stare con te. Se mio fratello o qualcuno nella mia famiglia non è d'accordo, allora sono problemi loro.' Le mise una mano sul braccio. 'Daulton non aveva il diritto di parlarti in quel modo. Ora, facciamo qualcosa di divertente.' Steve si alzò, andò in bagno e accese la vasca idromassaggio. 'Io e te faremo un bel bagno caldo insieme. Vado in cucina a prendere una bottiglia di vino e, quando torno, mi aspetto di trovarti nella vasca.'

'Sì, signore,' fece il saluto militare e corse in bagno.

***

'Sei arrivato?' chiese Matthew Patterson a suo figlio. 'Eva e Christine sono ancora lì?'

'Si. Potrebbe non significare niente,' disse Daulton. 'Ma quando sono arrivato, sono andato direttamente al cottage come hai detto, e ho trovato Christine ed Eva nel tuo studio.'

'*Cosa* ...?' gridò Matthew Patterson così forte che Daulton dovette allontanare la cornetta dall'orecchio. 'Cosa diavolo stavano facendo lì?'

'Hanno camminato dalla casa principale e hanno usato il cottage per riposarsi. Quando sono arrivato, erano di sopra a godersi la vista dalla finestra.'

'Quello stupido di tuo fratello deve avergli dato le chiavi.' Matthew Patterson era furioso. 'A volte penso che sia stato scambiato in ospedale.'

Daulton non rispose. Sapeva di non dover parlare con suo padre quando era arrabbiato.

'Daulton, ascoltami attentamente. Quando arrivi al cottage, sali al piano di sopra e scopri se nel portachiavi c'è una chiave che apre i cassetti della mia scrivania. Devi andare subito al cottage e controllare.'

Prima che Daulton potesse rispondere, suo padre aveva già messo giù il telefono. Daulton prese le chiavi dalla cucina e si avviò alla macchina. Si allontanò, lasciandosi dietro una nuvola di polvere.

Daulton salì le scale che portavano al vecchio studio di suo padre. Provò diverse chiavi finché una di esse non aprì i cassetti. Prima di controllare il contenuto del cassetto, prese il cellulare e telefonò a suo padre.

'Una delle chiavi apre i cassetti,' disse senza salutare suo padre.

'Quale cartella è in cima alle altre?' chiese il dottor Patterson.

Daulton tirò fuori il primo fascicolo e lesse il nome sulla copertina. 'Si chiama *Santa Tecla, Cile*.'

'%$#*^ !.' Poteva sentire suo padre imprecare dall'altra parte del telefono. 'Quando torni in città, ho bisogno che porti quel fascicolo con te. Dovrebbe esserci anche una cartella con l'etichetta *Jennifer Earl*. Ho bisogno che tu porti anche quella. Prendili ora e torna subito in città,' ordinò suo padre.

'Stavo pensando di restare un paio di giorni?' cercò di dire Daulton; anche se sapeva che suo padre era furibondo e per nulla interessato a ciò che qualcun altro voleva.

'Non discutere con me, figliolo. È estremamente importante. Portami subito i fascicoli.' Detto questo, Matthew Patterson sbatté giù il telefono.

Daulton sospirò. Era confuso e infastidito. Gli dispiaceva dover lasciare il cottage. Aveva dimenticato quanto fosse bello. Promise a sé stesso di tornare presto. Andò alla sua macchina e partì.

Sarah, la moglie di Harry, stava preparando la cena nella casa principale quando Christine entrò in cucina.

'Che mi venga un colpo! Oh mio Dio! Non mangiamo così tanto.'

'A quanto pare il signor Daulton ha deciso di non restare, dopotutto. È tornato in città, lasciandomi con tutta la spesa,' rispose Sarah senza alzare lo sguardo.

Sarah si voltò per prendere un'altra busta della spesa dal piano di lavoro e fissò Christine incredula. 'Che diavolo ...,' disse.

Christine sorrise leggermente imbarazzata. 'Ho avuto lo stesso effetto su tuo marito.'

'Scusami cara. Mi ricordi solo qualcuno.'

'Chi?' Christine era incuriosita.

'Oh...' rispose Sarah, ignorando la domanda di Christine con un gesto della mano, 'una persona che conoscevo molti, molti anni fa.' Christine rimase un po' delusa. 'Posso offrirti qualcosa?' chiese Sarah, cambiando rapidamente argomento.

***

Daulton si recò a casa dei suoi genitori e parcheggiò la macchina dietro la Mercedes di suo padre. Prese le cartelle dal sedile del passeggero e si avvicinò alla casa. Suonò il campanello e aspettò con impazienza che una delle cameriere aprisse la porta.

'Dov'è mio padre?' chiese, entrando in casa, ignorando la domestica.

'Il dottor Patterson è al piano di sopra nel suo studio,' rispose timidamente lei.

Corse di sopra e bussò alla porta. Sentì un irritato 'Sì,' provenire dalla stanza. Daulton aprì la porta ed entrò. Fu sorpreso di vedere anche sua madre nello studio. Non capitava spesso che i suoi genitori passassero del tempo insieme, tranne che in occasioni ufficiali.

'Mamma,' Daulton si avvicinò a sua madre e la baciò.

'Ciao, tesoro,' lo salutò sua madre.

'Mi hai portato i fascicoli?' chiese Matthew. Non aveva tempo per i convenevoli.

Daulton si avvicinò alla scrivania di suo padre e gli mise davanti i due fascicoli. Matthew aprì immediatamente le cartelle, facendo scorrere le dita tra i documenti, guardando ogni pagina all'interno. Quando ebbe terminato, prese il file denominato *Santa Tecla, Cile*, e continuò il controllo. Stava diventando ansioso e passò in rassegna i documenti una seconda volta.

'Sei sicuro di non aver lasciato cadere nulla?' chiese a Daulton senza alzare lo sguardo.

'Sì. Ho preso i fascicoli come mi avevi detto,' rispose Daulton.

Matthew guardò sua moglie. 'Manca la foto.'

'Sei sicuro?' gli chiese.

'Mi hai appena visto esaminare i fascicoli due volte.'

'Pensi che l'abbiano presa loro?'

'E chi sennò?!' scattò.

'Di cosa state parlando?' Daulton interruppe i suoi genitori.

'Niente, tesoro,' Marlene gli prese la mano. 'Non ti riguarda.' Conoscendo sua madre, Daulton decise di non fare altre domande. 'Puoi concederci un minuto da soli?' Marlene strinse la mano di suo figlio. Daulton sapeva che più che una domanda, era un ordine.

'Ti aspetto di sotto.'

Matthew non aveva distolto gli occhi da Marlene e, non appena Daulton lasciò la stanza, esplose.' *!@#!,* Marlene cosa facciamo?'

'Matthew, per favore calmati. Non sappiamo se hanno preso la foto. Potrebbe essere caduta o forse l'hai archiviata in un'altra cartella.'

Matthew guardò sua moglie. I suoi occhi si strinsero. 'Mi dispiace,' disse immediatamente. Sapeva che Matthew non avrebbe mai smarrito un documento. Era un perfezionista e teneva registri accurati.

'Matthew, non saltiamo a conclusioni affrettate. Anche se hanno la foto, cosa ne faranno? Potrebbero riconoscerti o forse anche Charles e Alan, ma questo cosa proverebbe? Non è un segreto che avete lavorato tutti insieme. Manca qualcos'altro oltre alla foto?' Matthew scosse la testa.

'Matthew, penso che tu stia reagendo in modo esagerato. Non abbiamo nulla di cui preoccuparci,' insistette Marlene.

Guardò sua moglie e voleva crederle. Non era in grado, tuttavia, di ignorare la sensazione di disagio che lo assalì.

'Forse dovrei semplicemente informare Charles e Alan.'

'No, *assolutamente no*. Siamo sempre stati al comando e rimarremo al comando,' disse con decisione Marlene. Si alzò dal suo posto e si aggiustò la gonna. 'Se vuoi scusarmi, adesso prenderò il tè con Daulton. A proposito,' si fermò a metà strada verso la porta, 'Penso che il fatto che Steven sia così vicino a Eva e Christine sia il problema più grande al momento.' Lasciò la stanza e sbatté la porta dietro di lei.

Matthew aprì la cartella *Jennifer Earl*. 'Almeno non puoi più fare più altri danni,' si disse.

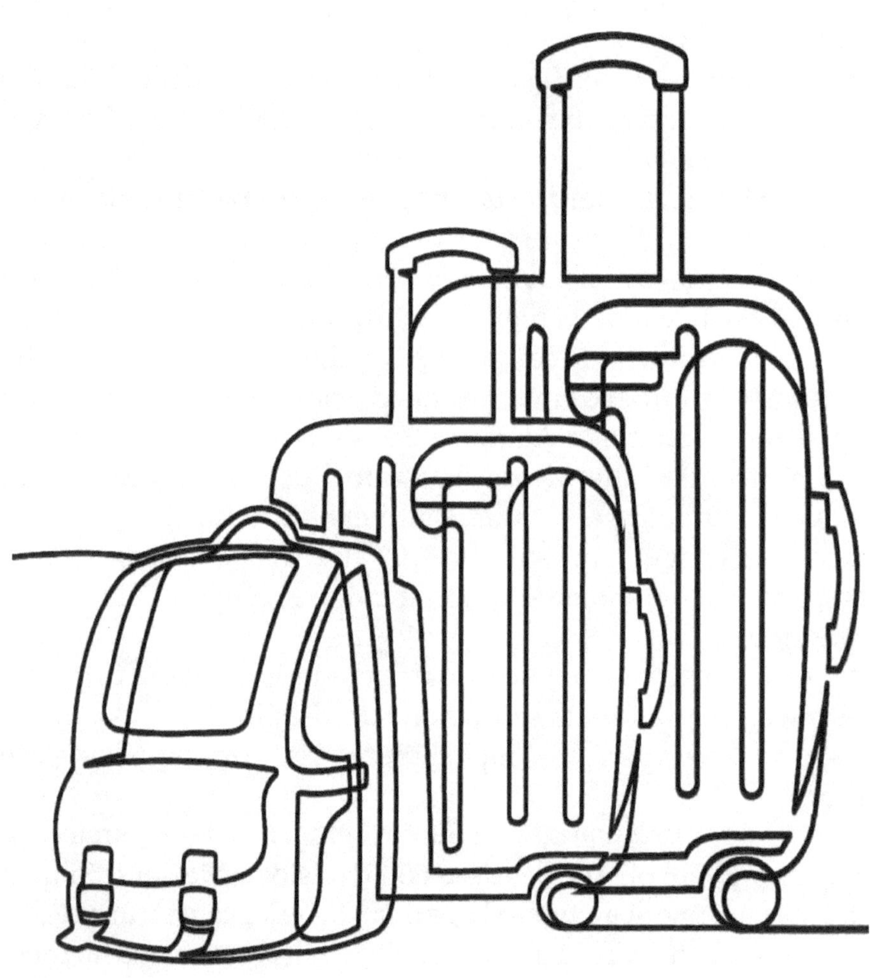

15

La ricerca

Steve caricò le valigie nell'auto a noleggio. Eva uscì di casa, con in mano una giacca di jeans blu.

'Non posso credere che dobbiamo già partire. Sono stati due giorni meravigliosi,' disse. Si avvicinò a Steve e gli mise le braccia intorno alla vita.

'Sono contento che vi siate divertite entrambe. Scusa ancora per Daulton. Sono sicuro che stesse agendo esclusivamente per conto di mia madre.'

Christine baciò Steve sulla guancia, 'Grazie di tutto.' Entrò in macchina per consentire a Eva e Steve un po' di privacy per salutarsi.

'Quando tornerai in città?' chiese Eva dopo un lungo bacio.

'Giovedì o venerdì. Chiamami quando arrivi a casa,' disse Steve mentre apriva la portiera.

Gli sorrise e aprì il finestrino. Si chinò per darle un altro bacio. Quindi, battè due volte sul tettuccio dell'auto e Christine ed Eva partirono.

Quella sera arrivarono al loro appartamento verso le nove. C'era molto traffico mentre tornavano in città. Pertanto, il viaggio di cinque ore era diventato di sette ore.

'Sono assolutamente esausta. Eravamo così rilassate.' Christine si lasciò cadere sul divano.

'Siamo state estremamente sfortunate. Chiamo Steve per fargli sapere che finalmente siamo tornate a casa.'

Christine raccolse le sue cose e andò in camera da letto per disfare i bagagli. Si fermò in bagno e guardò dentro. 'Hai visto questo bagno? Sembra una scatola da scarpe rispetto ai bagni della casa di campagna.'

'Siamo nate per vivere nel lusso. È un peccato assoluto che viviamo in questo appartamento.'

Christine rise e disse: 'Non potrei essere più d'accordo.'

***

Al lavoro, Christine era impegnata nella ricerca di pubblicazioni recenti per le risorse della biblioteca. Era così concentrata sul suo lavoro che non vide né sentì Eva in piedi davanti alla sua scrivania.

Eva era in piedi impaziente con una mano sul fianco. 'Siamo impegnati, vero?' chiese all'improvviso.

Christine saltò sulla sedia. Emise un grido sbigottito e spostò indietro la testa. 'Eva, mi hai spaventata a morte!' Christine raccolse gli occhiali da lettura che le erano caduti a terra.

'Mi dispiace,' disse Eva con un sorriso malizioso sul viso.

'Cosa fai qui? Non dovresti promuovere l'anoressia presso l'agenzia di modelle?'

'Mi sono presa il pomeriggio libero per fare qualche ricerca.'

'Ricerca su cosa?'

Eva infilò la mano nella sua borsetta a forma di luna ed estrasse la foto che aveva preso dalla scrivania del dottor Patterson nella casa di campagna.

'Su questa!' Eva mostrò a Christine la foto. 'La biblioteca conserva un ampio database di personaggi di spicco e del loro passato, non è vero? Ho pensato di dare un'occhiata al dottor Patterson e alla sua opera di beneficenza in Sud America.'

Christine fece un respiro profondo. 'Cosa ti aspetti di trovare.'

'Non ne sono sicura,' Eva alzò le spalle. 'Ma sono curiosa. Non mi sembra un uomo che farebbe qualcosa per qualcun altro senza ottenere qualcosa in cambio.'

'Si è preso e si prende ancora cura di noi.' Christine difendeva sempre il dottor Patterson.

'Sì, fantastico, Christine. Ci ha portate in un orfanotrofio. Yoo-hoo per il dottor Patterson,' rispose Eva, alzando le braccia come per sostenerlo.

Christine sorrise: 'Vieni. Seguimi.' Si alzò e andò in fondo alla biblioteca verso i monitor per uso pubblico. Christine indossava comode scarpe décolleté che non facevano rumore mentre camminava per la biblioteca. Eva si sentì un po' a disagio mentre seguiva Christine con i suoi rumorosi stivaletti. Cercò di camminare in punta di piedi il più possibile.

'Fai pure,' disse Christine, indicando il computer. 'Il sistema funziona come un normale motore di ricerca.'

'Grandioso. Grazie.' Si tolse la giacca di jeans e l'appese allo schienale della vecchia sedia. Quest'ultima era scomoda e non offriva alcun supporto per la schiena. Eva sapeva già che quella sera avrebbe avuto mal di schiena a causa di quella sedia.

Iniziò a fare ricerche sul dottor Patterson. Rimase sorpresa dalla quantità di informazioni disponibili. Aveva un'ampia bibliografia di pubblicazioni e presentazioni, tutte riguardanti il trattamento e le tecniche di fecondazione in vitro. Eva si rese subito conto che le sarebbero occorse settimane per leggere tutti i documenti.

Decise invece di cercare *Santa Tecla, Cile.* Durante la sua ricerca emersero poche informazioni. Il remoto villaggio di Santa Tecla era costituito da non più di sessanta case di legno e da una chiesa. Era circondato da montagne e campi. Era praticamente tagliato fuori dal resto del mondo. La città più vicina era a circa otto ore di macchina. Era ovvio che Santa Tecla fosse un villaggio povero, sopravvissuto solo grazie all'agricoltura e all'allevamento di lama.

Durante la sua ricerca, notò che non c'era menzione di alcun ospedale. Eva prese la foto dalla borsetta e la studiò attentamente. Sullo sfondo, poteva vedere che l'ospedale aveva un nome, ma era oscurato dalle persone in piedi davanti ad esso. Riusciva a distinguere le prime tre lettere - 'bar' - e le quattro ultime lettere *'ario.'* Decise di digitare le lettere seguite da *'Cile.'* Anche così, tuttavia, non trovò ancora nulla di interessante.

Provò scambiando le parole - *'Cile,' 'Bar,' 'Ario,'* – niente da fare. Sospirò e decise che avrebbe provato ancora una volta a cercare *'Dr. Patterson, ' 'Bar,' 'Ario,' 'e' ospedale.'*

Con sua sorpresa, trovò due risultati. Uno con una foto dell'ospedale. Tuttavia, riconobbe a malapena l'edificio dalla foto, perché la struttura era crollata. E, dalla vernice scrostata e dalla crescita delle piante dentro e intorno ai muri crollati, Eva concluse che l'ospedale era in rovina da molti anni quando era stata scattata quella foto. Lesse la didascalia sotto la foto, *'Vistas de hospital Barros Rosario después del terremoto 1983.'* Non c'era scritto nient'altro.

'Che strano. Non ci sono ulteriori informazioni sul terremoto. Santa Tecla è un piccolo villaggio, ma gli scienziati che studiano tutte le aree terremotate del mondo non erano interessati?' si domandò ad alta voce.

L' articolo successivo consisteva solo di poche righe. *'Il dottor Patterson e il personale sono stati costretti a lasciare il Cile dopo che il suo ospedale Barros Rosario è stato distrutto da un terremoto.'* Era interessante che si riferissero all'ospedale come 'suo.' Lei pensava che avesse lavorato lì, ma non che effettivamente lo possedesse. Si sentiva frustrata dal fatto che non fossero disponibili altre informazioni.

Guardò di nuovo la foto e la fissò attentamente. Decise di scansionarla al computer. In questo modo, avrebbe potuto ingrandirla ed esaminarla ancora più attentamente. Tornò da Christine, che stava assistendo una persona che cercavano il settore di psicologia della biblioteca. Eva aspettò pazientemente il suo turno.

'Trovato qualcosa di interessante?' chiese Christine mentre metteva diversi libri sul carrello.

'Solo il nome dell'ospedale. Sapevi che il dottor Patterson possedeva effettivamente l'ospedale?'

'Veramente…? Pensavo lavorasse lì come volontario?'

'Anche io. Ma in uno degli articoli c'è scritto che lo possedeva.'

'Allora, chi lo gestisce adesso?' chiese Christine.

'È stato distrutto da un terremoto nell'83. L'ospedale si trovava in un villaggio che non aveva più di sessanta case e totalmente isolato dal resto del mondo. Perché qualcuno dovrebbe voler aprire una clinica per la fertilità in un villaggio con forse un centinaio di donne? Puoi aiutarmi a scansionare la foto? Voglio dare un'occhiata più da vicino.'

Christine prese la foto e la inserì nel suo scanner. Premette il pulsante di avvio e guardò lo schermo. 'Fatto,' disse dopo un minuto. 'Lo invierò al monitor dove stai lavorando. Si chiama *'foto'* ed è sul desktop.'

'Grazie mille,' disse Eva. Fece un inchino di cortesia e tornò in punta di piedi alla postazione di lavoro. Aprì la foto e la esaminò attentamente. Guardò le facce e ingrandì per analizzarle più da vicino. Iniziò dall'angolo sinistro e ingrandì quelle che senza dubbio erano infermiere del posto.

All'improvviso, si fermò su una delle facce. Lo riconobbe. Si sentì entusiasta e controllò ulteriormente la foto. Quando riconobbe una seconda persona, si alzò di scatto. 'Christine!' gridò.

Christine era infastidita. Fece segno a Eva di tacere. Quando giunse alla scrivania di Eva, sussurrò con rabbia: 'Nel caso te ne fossi dimenticata, questa è una biblioteca!'

In quel particolare momento, sembrava una vera bibliotecaria all'antica, ma bellissima. Indossava un vestito di colore scuro fino al ginocchio e un morbido cardigan blu. I suoi capelli erano raccolti in una coda bassa. Christine era una donna incredibilmente attraente con un corpo per cui la maggior parte delle donne avrebbe ucciso.

'Va bene, va bene,' disse Eva e tirò con impazienza Christine per il braccio verso lo schermo. 'Guarda qui,' disse, mentre ingrandiva per mostrare a Christine i due volti che riconosceva.

'Ma questi sono il dottor Charles Alamilla e il dottor Alan Abrahams,' disse Christine, sorpresa.

Avevano incontrato più volte il dottor Abrahams e il dottor Alamilla a casa dei Patterson. In effetti, ogni volta che Christine ed Eva venivano invitate, loro erano sempre presenti.

'A parte alcune rughe e capelli grigi, non sono cambiati molto,' disse Eva.

'Solo per curiosità, cosa fanno adesso?' chiese Christine.

'Vediamo un po'.' Eva digitò il nome del dottor Alamilla nel motore di ricerca. Venne fuori che era uno degli amministratori di una grande azienda farmaceutica. Eva digitò poi il nome del dottor Alan Abrahams. Il suo profilo appariva nella stessa azienda farmaceutica. Mostrava la sua posizione e le sue responsabilità. All'interno della struttura della società, il Dr. Abrahams era menzionato come Direttore

Medico Esecutivo con il Dr. Eric Woodlands come Assistente Medico Esecutivo.

'*Ferma*! Aspetta un attimo ...' disse Christine: 'Eric è l'assistente del dottor Abrahams?' Cominciò a tremare. Eva prese il controllo del mouse quando vide la reazione di Christine. 'Questo deve essere il motivo per cui Marlene Patterson conosce Eric. È pazzesco. Perché non ha mai detto nulla?' Christine cominciò a farsi un sacco di domande.

16

Il mistero continua

'Quindi, hanno lavorato insieme in Cile e lavorano ancora insieme adesso,' borbottò Eva.

'Mi chiedo perché il dottor Patterson non lavori lì. Erano insieme in Cile e sono ancora buoni amici.'

Eva digitò '*Matthew Patterson*' e, con loro sorpresa, il dottor Patterson uscì fuori come amministratore delegato. 'Che diamine. Non ho mai saputo che il dottor Patterson possedesse un'azienda farmaceutica,' disse Eva ad alta voce.

'Shhhh. Per favore, Eva. Ciò significa che Eric deve conoscere anche il dottor Patterson,' disse Christine.

'Cosa sta succedendo qui?' chiese Eva, scuotendo la testa.

Christine pensò a quello che aveva appena letto per un minuto. 'Stamperò queste pagine su carta A3. Vorrei leggerle a casa quando ho più tempo. Se aspetti una ventina di minuti, possiamo tornare a casa insieme,' disse Christine ad Eva, voltandosi a guardarla.

***

Appena arrivate a casa, misero subito la copia della foto sul tavolo della cucina e la esaminarono da vicino.

C'erano dodici persone nella foto. Le tre donne al centro tenevano entrambe le mani sul ventre, mostrando con orgoglio le loro gravidanze.

'Chi pensi che siano?' chiese Eva.

'Non ne son sicura. Penso che le due donne occidentali debbano essere infermiere o sposate con i medici. Non riesco a immaginare nessuno che vada in un remoto villaggio del Sud America per avere un bambino.'

Christine suggerì di portare la foto originale a un fotografo per ingrandirla professionalmente. La versione copiata, sebbene più grande, aveva perso gran parte della sua nitidezza. Guardò l'orologio. 'Ho ancora tempo. Posso provare con il fotografo di Lind Avenue.' Christine si mise il cappotto.

'Cosa ti è preso tutto d'un tratto? Pensavo di essere io la ficcanaso in casa.'

Christine sorrise e uscì. Eva continuò ad esaminare la copia A3. Qualcosa nella donna al centro sembrava familiare. Lo aveva già percepito quando aveva visto per la prima volta la foto nella casa di campagna. Quella era la vera ragione per cui l'aveva presa. Non le importava niente del dottor Patterson e dei suoi patetici amici dottori. Continuava a fissare il viso della donna. Sembrava così felice e così orgogliosa della sua pancia.

'Chi sei?' chiese Eva ad alta voce.

Venti minuti dopo, Christine tornò in cucina. 'Buone notizie. Il fotografo mi ha detto di poter fare una foto in formato A3 senza perdere la chiarezza. Dovrebbe rimanere nitida come l'originale. Possiamo ritirarla tra due giorni.' Christine si sedette al tavolo della cucina. Aveva preso una bottiglia di vino rosso e stava svitando il tappo. 'Sono molto tentata di telefonare a Eric,' disse, mentre lo versava in due bicchieri.

'Perché dovresti farlo?' domandò Eva con una faccia interrogativa.

'Beh, ovviamente, conosce bene il dottor Patterson e gli altri dottori. Forse potrebbe riconoscere qualcun altro nella foto.'

'Che idea meravigliosa. In questo modo, può andare direttamente dal dottor Patterson e dirgli che abbiamo rubato una foto dalla sua scrivania chiusa a chiave. Ricorda, questi sono tutti medici affermati e rispettati. Nessuno ci crederà. Altre idee brillanti, Sherlock?' disse Eva in tono sarcastico.

'Va bene. Stai calma. Ho capito. Ma in quale altro modo scopriremo qualcosa?'

'Potrebbe essere più sicuro chiedere a Steve. Almeno sappiamo che non farà la spia.'

Christine annuì mentre porgeva a Eva un bicchiere di vino. Entrambe le ragazze sorseggiarono il loro vino mentre guardavano la donna bruna in piedi al centro della foto.

***

Eva e Steve si incontrarono per cena in una steak house locale. Finalmente era tornato dalla casa di campagna. Quando lei arrivò, Steve era già seduto al ristorante e le fece cenno con la mano dal suo tavolo vicino alla finestra. Lei gli corse tra le braccia e lo baciò.

'Mi sei mancato,' disse, guardando i suoi bellissimi occhi azzurri.

'Anche tu,' disse e la strinse forte contro il suo petto.

Eva si sedette e prese un menù. Non aveva fame; tutto quello che voleva davvero era andare nell'appartamento di Steve. Era sorpresa dai suoi sentimenti appassionati. Sapeva di amarlo, ma i sentimenti che provava per lui erano così intensi che quasi la spaventavano.

E se lui avesse cambiato idea su di lei? Così tanti pensieri le corsero per la mente e la resero terribilmente insicura. Eva non era abituata a questo. Fino ad ora aveva sempre avuto il controllo. Sì, aveva amato alcuni dei suoi precedenti fidanzati, ma ora si rendeva conto che non era stata altro che infatuazione. Questo era reale, e non era sicura di essere pronta per questa sensazione travolgente. Pensò a Christine e, all'improvviso, comprese il dolore che doveva aver provato quando Eric l'aveva lasciata così all'improvviso.

'Pronta per ordinare?' chiese Steve.

Eva uscì fuori dallo stato di trance. Era ignara della cameriera che era pronta a prendere il loro ordine. 'Sì, sì,' disse velocemente. Non aveva idea di cosa volesse, quindi decise di scegliere la prima cosa che attirò la sua attenzione. La cameriera poco professionale, ma bellissima, le strappò di mano il menu. Sicuramente era un'altra attrice, artista, modella non in grado di guadagnarsi da vivere con la sua 'arte.'

'Stai bene?' chiese Steve. 'Sembri un po' distratta.'

'No. Sto bene ... Hai finito tutto il lavoro? O dovrai tornare per riparare l'impianto idraulico?'

'No. Penso che mia madre sia contenta di lasciare la casa disabitata per almeno un altro anno.' Steve le prese la mano e la strinse dolcemente. Eva poteva sentire il suo cuore saltare un battito. Disse una piccola preghiera. *Buon Dio, fa in modo che mi ami per sempre*. 'È bello essere tornato a casa,' disse. 'Mi piace stare nella casa in campagna, ma quando te ne sei andata non era più la stessa cosa.'

Lo guardò e sorrise. Voleva dire qualcosa ma non sapeva cosa.

'Dovremmo tornarci di nuovo insieme, solo io e te. Possiamo fare lunghe passeggiate con Max e.... fare cose romantiche ...'

Eva non riusciva più a trattenersi. 'Non ho tanta fame. Andiamo a casa tua?'

Il viso di Steve si illuminò. 'Piano perfetto,' disse, tirò fuori il portafoglio e lasciò abbastanza denaro per coprire il conto e uscirono velocemente dal ristorante. Una volta fuori, Eva si voltò e baciò Steve appassionatamente.

Eva era seduta sul letto quando Steve entrò nella stanza con due panini al burro di arachidi e una bottiglia di vino. 'La cena è servita, mia signora.'

'Grandioso. Sto morendo di fame', disse prendendo uno dei panini. 'Voglio che tu dia un'occhiata a una cosa,' disse Eva e si avvicinò alla sua borsetta mentre mangiava il suo panino.

'Che cos'è?' chiese Steve mentre Eva iniziava ad aprire la copia della foto. 'Questo è mio padre. Dove l'hai presa?' le chiese, sorpreso.

'Non importa. Conosci qualcuna delle altre persone, oltre al dottor Abrahams e al dottor Alamilla?'

'Non sono sicuro. Fammi dare un'occhiata.' Steve mise il foglio sotto la lampada da comodino e lo guardò attentamente. 'Dottor Abrahams, dottor Alamilla ...'

Eva stava guardando oltre la spalla di Steve quando indicò una faccia nella seconda fila di persone nella foto. 'Non so chi sia; probabilmente una delle infermiere. Oh, ecco il dottor Bernard ... ' Eva gli prese la foto di mano e la esaminò attentamente.

'È vero, è lui! Non lo riconoscevo con tutti quei capelli rossi. Sai chi sono le donne incinte qui davanti?'

'Penso che questa sia la signora Eastman. Era la moglie del dottor Eastman.' Indicò l'uomo in piedi dietro di lei.

'Era...? Sono divorziati?'

'No. Sono morti in un incidente d'auto. Penso che sia stato qualcosa come vent'anni fa. Le altre donne non saprei ... lei sembra familiare,' disse mentre indicava la donna dai capelli castani. 'Dove hai preso questa foto? Ha almeno ventisei o ventisette anni.' Steve era perplesso.

Eva decise di essere sincera, almeno in parte. Gli raccontò come avevano trovato la foto nello studio di suo padre. Steve diede un'altra occhiata alla foto e la restituì ad Eva. Si sentiva imbarazzata e non sapeva cosa dire. Piegò la copia e la rimise nella borsetta. Impiegò più tempo del necessario per chiudere la borsa. Non voleva guardare Steve negli occhi ma, quando si voltò, lui stava sorridendo.

'Come mai questo interesse per mio padre?'

'Non lo so. Ho solo la sensazione di conoscere quella donna incinta,' disse alzando le spalle innocentemente.

'Assicurati che mio padre non scopra mai che hai preso qualcosa dal suo ufficio. Impazzirà di rabbia.'

Eva sorrise a disagio. Se solo avesse saputo che l'aveva rubata da una scrivania chiusa a chiave.

'Vieni a letto. Andiamo a dormire. Sono distrutto.' Eva si mise accanto a lui e si addormentò immediatamente.

17

La caffetteria

Christine andò in biblioteca. Aveva ritirato la foto ingrandita quella mattina presto e non vedeva l'ora di guardarla per bene. Si fermò in un bar; aveva bisogno di un caffè.

Le piaceva l'aroma del caffè appena fatto mentre entrava all' *Italian Job*. Era un bar affollato che serviva il miglior cappuccino della città. Si sedette a uno dei tavolini marroni vicino alla vetrina.

Il posto brulicava di gente al bancone. Tutti ordinavano un caffè e un croissant da portare via. Il rumore del macinacaffè era assordante. Christine pensò: *questo deve essere l'aspetto di un vero bar in Italia.* Alzò la mano, cercando di attirare l'attenzione del cameriere che correva freneticamente a destra e a manca. Sembrava irritato e visibilmente infastidito quando vide Christine. Si avvicinò al suo tavolo.

'Sì?' chiese spazientito.

'Buongiorno. Vorrei un cappuccino e un muffin al cioccolato, per favore.'

Senza dire una parola, tornò al bancone e comunicò sgarbatamente l'ordine al barista. Christine sorrise. *Avrà avuto una giornata terribile*, pensò.

Prese la busta e tirò furi lentamente la foto. Era estremamente nitida. La rimise velocemente nella borsa quando il cameriere le portò il caffè e il muffin. Scarabocchiò il conto e lo sbatté sul tavolo davanti a lei.

'Paga alla cassa,' disse, e se ne andò.

'Nessuna mancia per te, amico,' si disse Christine mescolando il caffè.

Mentre si godeva la colazione, il suo sguardo era fisso fuori dalla vetrina. Era così persa nei suoi pensieri che non si rese conto che c'era qualcuno in piedi accanto al suo tavolo. 'Ciao Christine', sentì una voce ben nota e quasi si strozzò con il suo muffin.

'Oh ..., ciao, Eric. Come stai?' chiese, ansiosa.

'Non male. tu?'

'Sto bene,' rispose rapidamente.

'Ti dispiace se mi unisco a te per un caffè?'

Gli fece cenno verso la sedia vuota. Eric chiamò il cameriere e ordinò un caffè e un croissant al cioccolato.

'Cosa ci fai da queste parti? Pensavo che il tuo ufficio fosse dall'altra parte della città?'

'Abbiamo aperto un ufficio qui di fronte.'

Christine stava valutando se chiedere a Eric di Marlene e del dottor Patterson. Eva poteva avere ragione, però. Forse Eric l'avrebbe detto immediatamente al dottor Patterson. 'Devi passartela bene. Ho saputo che ora sei il 'numero due' del dottor Abrahams.' Christine decise di fare un tentativo.

Eric non rispose, ma Christine notò che era leggermente nervoso. Tuttavia, si ricompose immediatamente. Fece a Christine uno dei suoi sorrisi affascinanti e bevve un sorso del suo caffè caldo.

'Non mi hai mai detto di conoscere il dottor Abrahams. Sai che è sempre agli incontri a casa del dottor Patterson? Sicuramente conosci anche il dottor Patterson. Sei un uomo ambizioso. Perché non sei mai voluto venire con me a una delle feste? Te l'ho chiesto diverse volte. Sarebbe stata un'opportunità perfetta per socializzare con i dirigenti; per non parlare del proprietario della tua azienda?'

Christine si sentiva bene. Non aveva paura della reazione di Eric. Questa era la prima volta che lo affrontava. Eric le lanciò uno sguardo sospettoso. 'Non ho mai voluto mischiare il lavoro con il piacere.'

Christine bevve un altro sorso. 'Piacere ... ah,' disse, e sorrise.

'Scusa, Christine. Devo scappare. Sono già in ritardo per una riunione,' disse Eric, guardando l'orologio. 'È stato fantastico rivederti e, a proposito, sei meravigliosa.' La baciò sulla guancia e uscì velocemente dalla caffetteria. Le fece un rapido cenno di saluto da fuori e corse verso l'incrocio per attivare il semaforo pedonale.

Christine lo guardò scomparire nel mare di persone che attraversavano la strada trafficata. Si toccò la guancia nel punto in cui lui la baciò e la strofinò come se qualcosa di sporco l'avesse toccata.

Mentre camminava verso la biblioteca, si rese conto di avere un sorrisetto sul viso. Il suo incontro con Eric dopo la loro rottura le aveva lasciato una sensazione strana, ma soddisfacente. Sentiva di avere il controllo e di non avere più bisogno di lui. Aveva commentato quanto fosse meravigliosa, e su questo non si sbagliava. In quel momento aveva i capelli sciolti ed era raggiante. *Uno a zero per me*, pensò.

***

Eva sedeva alla sua scrivania, fissando il computer. Era ignara del trambusto intorno a lei. Un gruppo di modelle era seduto sul grande divano. Stavano cercando di vantarsi l'una con l'altra delle loro esperienze lavorative. Una ragazza magrissima, che non poteva avere più di diciassette anni, stava mostrando il suo portfolio al resto del gruppo, spiegando ogni foto nel dettaglio.

Eva aprì il motore di ricerca sul suo computer e iniziò di nuovo a fare ricerche sull'ospedale. Sembrava che non riuscisse a trovare ulteriori informazioni. Pensò a quello che aveva detto Steve e digitò il nome *'Dr. Eastman.'*

C'era una vecchia voce che lo elencava come membro della *Society for Assisted Reproductive Technologies* - specializzata nel trattamento dell'infertilità, IUI (inseminazione in utero) e IVF (fecondazione in vitro - che significa bambini in provetta). Questa doveva essere stata una delle prime organizzazioni a riguardo, dato che la fecondazione in vitro era una tecnica nuova a quel tempo. Continuò a leggere e vide che era menzionato l'incidente. Cliccò sull'articolo:

'Il dottore e la signora Eastman sono morti sabato notte dopo che il dottor Eastman ha perso il controllo della vettura sbattendo contro una quercia a una velocità stimata di 90 km/h. Le indagini della polizia sono ancora in corso', ha detto il detective Peter McMillan.

Eva fissò l'articolo. Lo lesse più e più volte. Steve non aveva detto che gli Eastman erano morti tornando a casa da una festa alla villa dei suoi genitori? Premette il pulsante di stampa, prese la pagina stampata dalla stampante e la mise nella borsetta. Provò a fare una nuova ricerca.

Eva scoprì che Internet non era particolarmente utile quando si cercavano persone o notizie di una ventina di anni fa. Decise di fare un altro tentativo e cercò *'Signora Eastman.'*

Con sua sorpresa, la signora Eastman aveva più informazioni disponibili di suo marito. C'erano diversi vecchi elenchi che la menzionavano in pranzi di beneficenza per donne e gruppi di raccolta fondi. Eva premette il pulsante 'immagini' e spuntarono diverse foto della signora Eastman. Eva la riconobbe dalla foto.

Prese il telefono e compose il numero di lavoro di Christine. 'L'uomo con quegli stupidi capelli rossi è il dottor Bernard e so chi è una delle donne incinta,' disse senza salutare.

'Chi?' chiese Christine in fretta.

'È la signora Eastman. È la donna bionda.'

'Un attimo. Ho la foto. Vado a prenderla.' Christine prese la foto appena sviluppata dalla sua borsa.

'Il clown con i folli capelli rossi accanto al dottor Patterson è il dottor Bernard.'

'Ohhh, hai ragione! Non sembra nemmeno lui.' Christine sorrise quando riconobbe il dottor Bernard nella foto. 'E chi è la signora Eastman?' chiese.

'La signora Eastman era sposata con il dottor Eastman. Ho mostrato la copia a Steve,' disse velocemente. 'Mi ha parlato di lei.'

'Cosa hai...'

'Ferma. Fammi finire,' la interruppe Eva. 'Steve mi ha detto che sono morti in un incidente d'auto tornando da una festa a casa del dottor Patterson.' Ci fu un lungo silenzio. 'Sei ancora lì...'

'Sì, sto iniziando a preoccuparmi. Forse dovremmo lasciar perdere l'intera faccenda.'

'Voglio sapere chi è la donna bruna,' disse all'improvviso Eva.

'Allora come procediamo adesso?'

'Forse potrei contattare l'investigatore incaricato delle indagini sull'incidente. Il suo nome è nell'articolo.'

'Va bene, vediamo cosa riesci a scoprire ...'

Eva mise giù il telefono. Sentiva che stavano facendo progressi adesso. Guardò di nuovo la foto e, come sempre, fissò la signora dai capelli castani.

***

Pochi giorni dopo, mentre si recava in biblioteca, Christine passò davanti al bar *Italian Job* e meditò se ordinare un caffè, quando all'improvviso sentì bussare dalla vetrina. Vide Eric seduto vicino alla vetrina, che le faceva cenno di entrare.

Christine non sapeva cosa pensare. Non lo vedeva da mesi e, all'improvviso, lo aveva incontrato due volte in una settimana. 'Buongiorno,' la salutò con un grande sorriso quando lei andò al suo tavolo.

'Ciao, Eric. Sta diventando il tuo locale abituale?' chiese e si sedette sul bordo della sedia senza togliersi il cappotto.

'Posso offrirti un cappuccino?'

'Va bene.'

Ci fu un silenzio imbarazzante che fu interrotto dal cameriere che posava un caffè sul tavolo. 'Mi sono ricordato di essermene andato l'altro giorno senza pagare il caffè e speravo di potermi sdebitare questa volta.' Christine gesticolò indicando che era tutto a posto. 'Come stai?' chiese lui.

'Bene,' disse, alzando le spalle.

'No, davvero. Sono stato un verme. Non meritavi di essere trattata in quel modo. Non sono sicuro di cosa stavo pensando.' Fece una pausa per un momento. 'Posso solo dare la colpa allo stress del lavoro. Stavo aspettando la mia promozione che sembrava impiegare un'eternità ed eravamo nel bel mezzo del trasloco nei nostri nuovi uffici. So che questa non è una scusa, ma voglio che tu sappia che non ho mai avuto intenzione di ferirti.'

Christine sedette in silenzio, bevendo il suo caffè. Cosa avrebbe dovuto dire? Si aspettava che lei dicesse che andava tutto bene e che non c'era niente di cui preoccuparsi? Non riusciva a tirare fuori nessuna parola e si sentì intrappolata per un momento. Non si aspettava che Eric le parlasse di tutto questo.

'Capisco se sei arrabbiata. Me lo merito,' continuò Eric.

'Devo andare al lavoro.' Christine si alzò di scatto.

Eric le afferrò il polso. 'Per favore, Christine, devi credermi quando dico che mi dispiace.'

Christine annuì e uscì. Svoltò l'angolo verso la biblioteca e rimase immobile per un momento. Le emozioni che le passavano per la testa erano travolgenti. Sentì un'ondata di elettricità quando Eric le afferrò il polso. *Era ancora innamorata di lui?* La rabbia prese il sopravvento sulla confusione, *chi diavolo si credeva di essere, spezzandole il cuore senza alcuna considerazione per i suoi sentimenti*, e ora, solo mesi dopo, si aspettava che lei lo perdonasse.

Christine sentì le lacrime sgorgarle dagli occhi. *Perché non poteva lasciarla in pace?* Aveva affrontato abbastanza bene la separazione. Pensava di averla finalmente superata. Non passava più tutte le sere a guardare le foto e a piangere. Aveva provato veri sentimenti di odio nei suoi confronti, il che, secondo Eva, era una buona cosa. Le chiamava le fasi del lutto. Era un segno che la stava superando. Ora, lavorava vicino alla biblioteca e si era appropriato della sua caffetteria preferita.

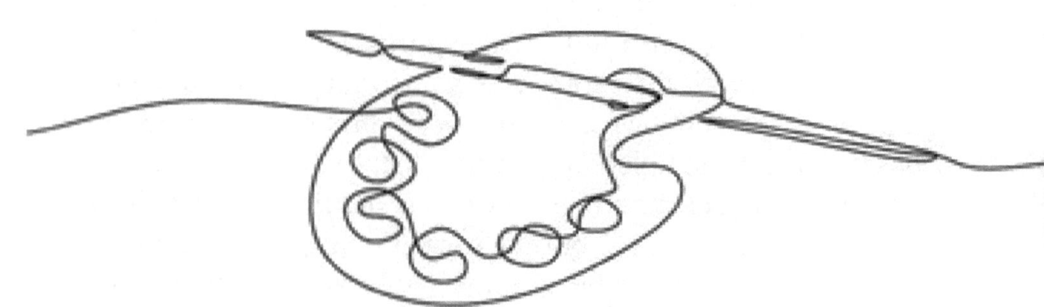

18

L'incubo di Eva

Eva si svegliò sconvolta. La sua maglietta era fradicia di sudore. Si mise a sedere, si voltò e fissò il suo flacone di sonniferi. Questa era la terza volta che aveva un incubo mentre prendeva i farmaci.

Si trascinò fuori dal letto, si tolse la maglietta ed entrò in bagno. Si guardò allo specchio. I suoi capelli castani ricci le pendevano in ciocche bagnate sulle spalle. Eva aprì il rubinetto e si sciacquò il viso, il collo e il corpo con acqua fredda. Mentre si asciugava, pensava che avrebbe dovuto vedere il dottor Patterson per chiedere farmaci diversi. Da quando aveva avuto l'incubo a casa di Steve, era nervosa all'idea di andare a dormire. Ora, dopo il terzo episodio, si sentiva completamente in preda al panico.

Sapeva che non sarebbe stata in grado di riaddormentarsi. Guardò il piccolo orologio sulla mensola dietro di lei: erano le cinque e venti. Tornò in camera da letto e scelse i vestiti per la giornata. Dopo aver fatto la doccia, preparò la colazione. Erano le sette quando uscì di casa per andare al lavoro. Per tutto il tragitto continuò a pensare alla sua visita forzata con il dottor Patterson.

Non appena l'orologio segnò le nove, Eva prese il telefono e chiamò l'ufficio del dottor Patterson. Fissò un appuntamento per le undici. Decise di telefonare a Christine. 'Andrò allo studio del dottor Patterson questa mattina.'

'Eva, sei uscita di casa presto questa mattina. Mi sono alzata alle sette e un quarto e tu non c'eri. Va tutto bene?'

'Ho avuto di nuovo un incubo. Questa è la terza volta che succede adesso - e con i farmaci. Penso di aver bisogno anch'io di qualcosa di un po' più forte. Mi chiedevo, visto che anche tu hai avuto un altro incubo, forse vuoi venire con me?'

'Non ne sono sicura. Mi è successo solo una volta. Ho dormito abbastanza bene ultimamente.'

'Hai bisogno di una nuova ricetta?' chiese Eva con voce delusa.

'Sai che ti dico? Verrò con te.'

'Scusa Christine, non sono una bambina. Posso andarci da sola, lascia perdere.'

'No. Verrò. A che ora è l'appuntamento?'

'Alle undici. Sei sicura?'

'Ci vediamo fuori dallo studio.'

***

Eva aspettò Christine fuori dallo studio del dottor Patterson. Avrebbe voluto essere una fumatrice. Avrebbe potuto fumare una sigaretta nell'attesa. Indossava leggings neri e stivaletti *Dr. Martin* rosso ciliegia, un cappotto di lana verde e una grande sciarpa marrone.

'Ciao. Hai aspettato a lungo?' chiese Christine, un po' affaticata.

'No. Sono appena arrivata.'

Entrarono nello studio. Non appena varcarono la soglia, Rebecca le salutò. Come al solito, sembrava che Rebecca stesse andando a un evento chic. 'Il dottor Patterson sarà da voi tra un minuto. Sedetevi pure. Posso offrirvi qualcosa da bere?'

136

'No. Stiamo bene. Grazie,' rispose Christine per entrambe.

Il dottor Patterson aprì la porta del suo ufficio. Questa era la prima volta che le ragazze lo vedevano fare così. Di solito, dovevano aspettare almeno dieci minuti prima che lui chiamasse Rebecca per farle entrare.

'Buongiorno, signore. Prego, entrate.'

'Buongiorno, dottor Patterson.'

Eva e Christine si sedettero alla scrivania del dottor Patterson. Notarono una nuova foto di Marlene, piuttosto grande, sulla sua scrivania. Ovviamente era andata da un fotografo professionale che era un maestro nel ritocco. Era impeccabile. Non aveva una sola ruga, ombra o macchia sul viso. Eva pensò che dovevano aver impiegato parecchi giorni a ritoccare quella foto.

'Ho sentito che avete visto entrambe la casa in campagna. Spero vi sia piaciuta. Marlene e io non abbiamo quasi più la possibilità di andarci. Con tutti i nostri impegni in città, ci resta poco tempo.'

'È stato fantastico; quasi come una minivacanza,' rispose Christine con entusiasmo. 'Se fosse casa mia, sarei lì ogni fine settimana.'

'Ne sono sicuro, ma temo che il mio lavoro richieda il 99% del mio tempo.' Detto questo, finì con le gentilezze. 'Cosa posso fare per voi ragazze?'

'Il mio incubo è tornato anche con le medicine, proprio come Christine. È successo tre volte nell'ultimo mese e mi chiedevo se potesse prescrivermi qualcos'altro; forse qualcosa di un po' più forte?'

'E tu, Christine?'

'È successo solo una volta con il nuovo farmaco; mentre eravamo nella casa di campagna per essere precisi.'

'Vorrei che voi ragazze prendeste in considerazione l'ipnoterapia. L'ho suggerita per buone ragioni. Se vogliamo arrivare alla radice del problema, penso che questa sia l'unica via da seguire. Posso prescriverti qualcosa di più forte ma non sono sicuro di come questo ti influenzerà durante il giorno. I sonniferi non sono qualcosa da prendere alla leggera. Possono renderti stanca anche il giorno successivo, per non parlare del fatto che creano una forte dipendenza.'

Eva e Christine si guardarono l'un l'altra. Nessuna di loro era molto entusiasta dell'ipnoterapia suggerita dal dottor Patterson; tanto più ora che sapevano che il dottor Patterson era così strettamente connesso con il dottor Bernard.

'Penso che dovremmo iniziare con te, Christine. Ovviamente, i tuoi incubi stanno iniziando a influenzare la tua vita.'

'In che modo influenzano la mia vita? Non capisco perché ritenga che l'ipnoterapia sia così importante adesso, perché non dieci anni fa quando entrambe abbiamo iniziato ad avere gli incubi?' chiese Christine.

'Gli incubi si stanno verificando più spesso. Sei qui per prendere altre medicine, giusto?' Fece a Christine un sorriso condiscendente.

'Ci penseremo,' intervenne subito Eva. 'Forse posso vedere come reagisco alle altre pillole e poi ci penseremo.'

Il dottor Patterson stava già scrivendo una ricetta. La sua penna stava premendo con forza sul blocco. Era evidente che era oltraggiato dal fatto che non volessero seguire immediatamente il suo consiglio.

'Mi sembra di capire che conosca il mio ex fidanzato, Eric Woodland,' chiese Christine con coraggio.

'Non credo di aver avuto il piacere.'

'È strano perché è il 'numero due' del dottor Abrahams alla PharmaTech. Pensavo che avesse familiarità con tutta la gestione della sua azienda.'

'Cosa intendi per *la mia azienda*?' chiese il dottor Patterson senza alzare lo sguardo.

'Abbiamo letto su Internet che lei è il proprietario e il presidente della PharmaTech. Capisco come tutto il suo tempo sia occupato dal suo lavoro e perché lei e la signora Patterson abbiate così poco tempo per godervi i fine settimana insieme. Eva e io abbiamo sempre pensato che lei lavorasse solo come medico, ma gestire un'attività oltre a questa deve essere terribilmente faticoso.'

Eva guardò Christine con gli occhi sgranati. *Che stava facendo? Gli avrebbe chiesto del Cile? O forse anche dirgli che aveva preso una foto dalla sua scrivania.* Diede un calcio alla gamba di Christine, ma lei era irremovibile.

Il dottor Patterson guardò Christine per un po'. Era come se stesse pensando a quale strada prendere: arrabbiarsi o ignorarla.

'Non ti preoccupare per me. Ho sempre lavorato così duramente. E la signora Patterson è pienamente solidale.'

Christine, tuttavia, non riuscì a trattenersi, 'Sono sicura che Eric è uno stretto conoscente della signora Patterson. Li ho visti alcune settimane fa scambiarsi battutine e poi salire in macchina insieme.'

'Sono solo il presidente di PharmaTech sulla carta. Non sono coinvolto fisicamente. Questo è il motivo per cui non conosco questo personaggio Eric e mia moglie sceglie i suoi amici a suo piacimento. Ti suggerisco di pensare a te stessa. Mi preoccuperò dei miei problemi come fai tu dei tuoi.'

Eva prese la ricetta e si alzò. 'Grazie, dottor Patterson. Per favore, saluti la signora Patterson da parte nostra.'

'Spero che prenderete seriamente in considerazione il mio suggerimento sull'ipnoterapia.'

'Lo faremo,' disse Eva, afferrando Christine per il braccio e trascinandola fuori. 'Cosa diavolo stavi facendo lì dentro? Sei pazza?'

'Dovevo vedere la sua reazione. Sono uscita con Eric per tre anni. Perché lui e il dottor Patterson avrebbero dovuto tenermi questa storia segreta? Nel caso non l'avessi notato, ha comunque negato di conoscere Eric. Nega anche di sapere che la signora Patterson conosce e trascorre del tempo con Eric. E, soprattutto, ha negato di possedere PharmaTech. Perchè lo farebbe?'

'Non sono sicura,' Eva alzò le spalle. 'Pensavo fossi impazzita e che gli avresti parlato della foto.'

Eva vide un lato di Christine che non aveva mai visto prima. Christine di solito era timida e tesa con il dottor Patterson. Questa volta non aveva mostrato paura. Eva era anche sorpresa di come Christine non gli avesse mostrato rispetto.

Mentre Eva e Christine parlavano fuori, notarono che il dottor Patterson le guardava dalla finestra del suo ufficio. Strizzò gli occhi e si concentrò come se stesse cercando di sentire cosa stessero dicendo. Aveva sperato che entrambe le ragazze fossero aperte all'ipnoterapia. Si rese conto che doveva fare loro più pressioni. Doveva anche parlare con Marlene. Doveva stare più attenta.

19

Un possibile connessione

'Perché ti eri iscritto alla facoltà di medicina?' Eva era a casa di Steve. Si era offerto di cucinare i suoi gnocchi alla romana, un piatto tipico italiano che storicamente veniva mangiato solo il giovedì. 'Tuo padre voleva che tu subentrassi nel suo studio?'

Steve iniziò a ridere mentre preparava la salsa di pomodoro e basilico. 'Non credo che mio padre lascerà mai che qualcuno si occupi del suo studio. Pensa che vivrà per sempre. Guarda Daulton. Non lavora per mio padre. Se esiste qualcuno abbastanza bravo da poter subentrare nel suo studio, quello è sicuramente Daulton.'

'Allora perché erano così arrabbiati quando hai lasciato la scuola di medicina?'

'Penso che i miei genitori volessero che sia Daulton che io avessimo un futuro sicuro, e l'unica cosa che conoscono è la medicina.'

'Ma ora te la stai cavando bene. Perché sono ancora così arrabbiati? Potrei capire se volessero che tu subentrassi nello studio di tuo padre, ma se non è così, perché? Hai un'attività di successo. Non stai cercando di creare una band o diventare un ballerino.'

'*Sul serio*? Status sociale. Questo è tutto ciò a cui

pensano i miei genitori.'

Eva prese in considerazione l'idea di parlare di PharmaTech, ma era preoccupata. E se Steve non sapesse della compagnia di suo padre? Stava diventando chiaro a Eva che i Patterson non erano esattamente un gruppo affiatato. Dall'esterno, la gente pensava che fossero molto vicini. Entrambi i figli si comportavano sempre al meglio e mostravano, ciò che Eva ora capiva essere un interesse orchestrato per la vita dei loro genitori. Almeno per la parte che i loro genitori volevano che conoscessero. Entrambi erano stati plasmati nei loro ruoli. Eva non sarebbe rimasta sorpresa se Steve non conoscesse la compagnia di suo padre, o il suo passato sull'argomento. Steve era la pecora nera della famiglia. Si era allontanato dalla medicina e stava costruendo la propria vita. Era grata che Steve si fosse liberato dai loro artigli. Eva lo guardò mentre cucinava e sorrise.

'Perché mi stai guardando in quel modo?'

'Perché sei bello, dolce e stupendo e ti amo,' disse; si avvicinò a lui e lo abbracciò.

Mentre si gustavano il cibo, Eva non riusciva a smettere di pensare a PharmaTech, alla foto e soprattutto alla signora con i capelli castani. 'Quando ti ho mostrato la foto che ho trovato nel cottage, hai detto che una delle donne incinta ti sembrava familiare. Ti ricordi qualcosa di lei?'

'Ancora una volta, perché è così importante per te?'

'È solo che anche a me sembra familiare. Non è strano? Non abbiamo niente in comune oltre a tuo padre, e ho pensato e ripensato, ma non ricordo di averla mai incontrata.' Eva giocò con il suo cibo, ansiosa di vedere quale potesse essere la reazione di Steve.

'Forse era una persona che visitava l'orfanotrofio dove tu e Christine siete cresciute. Pensaci. È l'unico posto in passato in cui tu e mio padre avete un legame. Se mio padre la conoscesse, e pensi di conoscerla anche tu, allora quello sarebbe l'unico posto.'

'Potresti avere ragione. Non ci avevo mai pensato. Devo scoprire se qualcuno degli assistenti è ancora in giro dato che hanno chiuso il posto anni fa. Mi dispiace, Steve. Devi pensare che io sia ossessionata.'

'Niente affatto. Penso che sia perché sei un'orfana. Tutto ciò che stimola un ricordo deve essere importante per te. Ti aiuterò con qualsiasi cosa che ti aiuti a scoprire chi sei.'

Eva prese la mano di Steve e la strinse. 'Ti ho già detto che ti amo?'

'Lo hai fatto. Ma non mi stanco mai, mai di sentirlo,' rispose Steve ammiccando.

***

Eva sfogliò l'elenco telefonico, sperando di trovare qualcuno degli assistenti che ricordava. Si era ripromessa di acquistare un computer nel momento in cui avesse avuto dei soldi da parte da spendere. Aveva fatto le sue ricerche on-line al lavoro e aveva scoperto che il direttore e due assistenti erano morti diversi anni fa. Spuntò i loro nomi da un elenco di nomi che ricordava.

Né lei né Christine erano rimaste in contatto con nessuno dei dipendenti o dei bambini dell'orfanotrofio. Non era perché fossero state trattate male o non gli piacessro gli bambini, ma perché era più facile non ricordare quel periodo della loro vita.

I ricordi dell'orfanotrofio suscitavano domande come, *Chi siamo?* e, *Dove sono i nostri genitori?* Avevano imparato molto presto che il ricongiungimento con i loro genitori naturali era altamente improbabile. Pochi bambini nell'orfanotrofio erano riusciti a trovare le proprio radici.

Anche se un ricongiungimento con i genitori era possibile, non era sempre ben accetto; non importa quanto

143

romanticamente i film o i libri lo rappresentassero. Le madri lasciavano i loro figli perché non potevano o non volevano prendersi cura di loro. Quando il bambino è cresciuto, le madri e i padri sono andati avanti e vivono vite diverse, spesso con altri figli e mariti o mogli che non conoscono il loro passato. La difficile realtà era che, anche se madri e padri si sentivano in colpa e piangevano per le loro decisioni passate, un lieto fine non era il risultato più comune.

***

Eva prese il telefono quando trovò un risultato per una Jane Gimble. Jane Gimble era una dei volontari era sempre stata veramente gentile sia con Eva che con Christine. Le mani di Eva erano umide quando compose il numero preso dall'elenco telefonico. Diventava sempre più nervosa ad ogni squillo.

'Pronto?' rispose una voce femminile.

'Salve. Buon pomeriggio. Il mio nome è Eva Williams. Lei è, per caso, la signora Jane Gimble, che lavorava come volontaria all'orfanotrofio Mercy Home?'

'Sì, sono io ... Sei Eva Williams che condivideva una stanza con Christine Rhodes?'

'Sì,' disse Eva. Era stupita che la donna si ricordasse di lei e provò un senso di colpa per non essere mai rimasta in contatto con nessuno.

'Cosa posso fare per te, Eva?'

'Ho alcune domande.' Eva fece una breve pausa. Non sapeva come continuare. 'Piuttosto che spiegarle tutto al telefono, potrei incontrarla da qualche parte? Preferisco parlare con lei faccia a faccia. Sono sicura che per lei non abbia molto senso e spero di non essere la prima ragazza dell'orfanotrofio a contattarla, mmhhh,' esitò, 'ma ho alcune domande, su me stessa, e su Christine, e ' esitò di nuovo,

144

'mmhhh, una foto che ho trovato.' Eva si sentì ridicola. Non riusciva nemmeno a formare una frase di senso compiuto.

'Certamente. Ci possiamo incontrare. Puoi venire a trovarmi a casa mia, se vuoi. Sarà bello rivederti,' disse la signora Gimble con una voce gentile e calma.

Eva era estremamente grata. 'Posso venire a trovarla domani? Magari nel tardo pomeriggio? Christine e io condividiamo ancora, voglio dire, viviamo insieme in un appartamento. Potrei venire insieme a lei se va bene?'

'Sarà piacevole. Non vedo l'ora. Hai il mio indirizzo?'

Eva confermò l'indirizzo e, dopo aver detto 'arrivederci,' mise giù il telefono. Si asciugò i palmi delle mani sui jeans attillati. Rimase scioccata dalla reazione che aveva avuto. Lei e Christine non avevano mai discusso dell'orfanotrofio. Fingevano che la loro vita fosse iniziata quando si erano trasferite nel loro appartamento. Avevano lasciato l'orfanotrofio il giorno in cui Christine aveva compiuto diciotto anni. Sebbene il compleanno di Eva fosse otto giorni dopo, l'orfanotrofio permise loro di trasferirsi insieme.

Eva si rese conto di avere molte emozioni represse riguardo al suo passato. Mentre apriva una bottiglia di soda, sentì Christine entrare dalla porta principale. Mandò giù un grande sorso. Eva non aveva idea di come avrebbe reagito Christine al suo lavoro da detective.

'Sono in soggiorno, Chris. Puoi venire qui per un secondo?'

'Che giornata. L'intera città ha deciso di venire in biblioteca oggi,' disse Christine. Si versò un bicchiere di vino e si lasciò cadere sul divano.

'Ho parlato con Jane Gimble oggi.'

'Che cosa? Jane Gimble dell'orfanotrofio? Perché?'

'Sì. La incontrerò domani dopo il lavoro. Vive ancora in città. Si ricordava di entrambe molto chiaramente.'

'Per quale motivo vorresti andare a trovarla?'

'Ieri, quando ero da Steve, abbiamo parlato di nuovo della foto. Steve ha suggerito di provare a parlare con qualcuno dell'orfanotrofio.' Eva guardò nervosamente Christine. 'Ha senso. Pensa anche lui che la donna nella foto abbia un aspetto familiare. Conosce il dottor Patterson. Altrimenti, non sarebbe stata in Sud America. L'unico posto logico in cui avremmo potuto incontrarla è l'orfanotrofio. Ho passato in rassegna le persone che ricordavo. Alcuni di loro sono morti, ma Jane Gimble è viva e vegeta e abita in città.'

Christine guardò attentamente il suo bicchiere. Non le piaceva quello che stava sentendo. Come Eva, Christine voleva cancellare l'orfanotrofio dalla sua memoria. Finché non pensava al fatto di essere stata abbandonata lì, poteva fingere che la sua vita fosse normale come quella di una persona qualunque.

Non voleva che le si ricordasse delle sue cicatrici, lei sapeva che non sarebbero mai guarite. Ma, con il cerotto emotivo che aveva messo su di esse, era quasi come se non esistessero. Si sentiva fragile. Si considerava una persona molto calma e razionale, ma quando si trattava del suo passato, crollava. 'Perché diavolo hai bisogno di scavare in quei ricordi?' gridò.

Eva rimase scioccata dallo sfogo di Christine. Non era sicura di come avrebbe reagito, ma di certo non si aspettava questo. Fu una delle poche occasioni in cui sentì Christine alzare la voce.

'Mi dispiace così tanto, Christine. Neanche a me piace l'idea. Ma penso che sia l'unico posto dove possiamo trovare alcune risposte. La signora Gimble è sempre stata una donna veramente gentile. Era entusiasta che saremmo andate a trovarla.'

'*Saremmo*? Non voglio averci niente a che fare. E non voglio parlarne. Sarai da sola in questo pasticcio! Sei una

stupida se pensavi che sarei venuta a tenerti la mano!'
Christine si alzò e sbatté violentemente la porta del soggiorno
alle sue spalle.

Eva guardò la porta allibita. Sapeva di aver turbato
fortemente Christine e si sentiva in colpa. Si versò un bicchiere
di vino e lo finì tutto d'un fiato.

Christine si gettò sul letto; le lacrime le scorrevano sul
viso. Non era in grado di controllare le sue emozioni. La rabbia,
il dolore e i ricordi erano semplicemente troppi.

Da bambina, trascorreva le notti fantasticando sui suoi
genitori e su come sarebbero venuti a prenderla nella loro
bellissima macchina. Piangevano quando la vedevano e le
raccontavano di come qualcuno l'aveva rapita e, dopo anni e
anni di ricerca disperata, avevano finalmente ritrovato la loro
bambina. La inondavano di regali, bei vestiti e bambole.
Naturalmente, un pony l'avrebbe aspettata quando fosse
arrivata a casa sua e una bellissima camera da letto, tutta rosa.
E sarebbero vissuti tutti felici e contenti. Aspettò e aspettò
finché non si rese conto, all'età di tredici anni, che nessuno
sarebbe venuto per lei.

Ora che era adulta, sapeva che cercare i suoi genitori era
impossibile. Tuttavia, non aveva mai smesso di sperare che i
suoi genitori si presentassero e la prendessero tra le braccia.
Quando aveva diciotto anni, aveva cercato di trovare quante
più informazioni possibili sulla sua situazione. A parte essere
stata lasciata all'orfanotrofio, nessuno era in grado di dirle
nulla sulle sue origini. Era stata lasciata in un normale cestino
con delle coperte. Non era stato possibile rintracciare nulla. Fu
allora che chiuse la porta alle sue emozioni riguardo ai suoi
genitori e nascose il suo passato al sicuro.

Christine trascorse un'altra ora nella sua camera a
piangere e urlare contro Eva. Dopodiché, fece una doccia, prese
un sacchetto di patatine dalla cucina e rimase nella sua stanza
per il resto della serata.

20

La signora Gimble

'Un cappuccino doppio da portare via, per favore.' Christine si fermò al bar Italian Job. Dopo l'episodio con Eva la sera prima, non aveva dormito molto bene e aveva bisogno di un po' di caffeina per aiutarla durante la giornata.

'Qualcuno ha fatto tardi ieri sera.'

Eva si voltò e guardò dritto negli occhi di Eric. 'Oh ... ciao, Eric. Sì, temo di aver bisogno di aiuto per svegliarmi.' Temeva quel momento. Aveva guardato dentro per assicurarsi che lui non fosse lì, non l'aveva visto e pensava che sarebbe stata in grado di intrufolarsi per prendere un caffè al volo. Sembrava esausta e stanca e odiava che Eric la vedesse così.

'Non rimani per una colazione veloce?'

'No. Non oggi. Ho una riunione tra cinque minuti. Quindi, è meglio che vada.'

Prima che Eric potesse dire un'altra parola, Christine era già fuori che correva verso la biblioteca. Accese il computer nel momento in cui entrò, sorseggiò il caffè e pensò alla sera prima. Si rese conto che 'reazione eccessiva' non era la parola giusta per definire il suo comportamento; 'follia' si addiceva di più. Le dispiaceva di aver gridato a Eva in quel modo. *Sembravo una matta*, pensò. Prese il telefono e compose il numero di lavoro di Eva.

'Ciao. Sono la ragazza pazza di ieri sera. Sono così dispiaciuta. Non volevo esplodere in quel modo.' Christine esitò per un momento. 'Non so perché, ma il pensiero del mio ... del nostro passato è qualcosa che non riesco a sopportare. Forse dovrei iniziare ad andare da uno psicologo. La mia reazione era fuori luogo. Mi perdoni?'

'Certo che ti perdono. Mi dispiace di aver tirato fuori tutto ciò. Non sei l'unica che ha reagito in modo eccessivo. Ero molto nervosa al telefono con la signora Gimble. Non riuscivo nemmeno a formare una frase di senso compiuto, e mi ero anche preparata. Quindi, credimi, non ti biasimo. Ciò non significa, tuttavia, che non sia scioccata. Cavolo, non avrei mai pensato che avessi questa rabbia dentro di te. Sei sicura di non voler iniziare a lavorare al porto come una pescivendola?'

'Si, si. Prendimi in giro,' disse Christine e rise ad alta voce. 'A che ora vuoi che ti venga a prendere?'

'Vieni con me?' disse Eva con un sospiro di sollievo.

'Certo che vengo. Due donne nevrotiche sono meglio di una…. no?'

'Questa è la mia ragazza. Grazie mille, Christine. Ci vediamo questo pomeriggio.'

***

Presero la metropolitana, Piccadilly line direzione Hounslow West, dove viveva la signora Gimble. La strada era tipica delle zone intorno all'aeroporto. Le case erano notevolmente meno costose rispetto alle zone più vicine al centro di Londra. Si trovavano nella zona cinque, il che rendeva però costoso il viaggio in città. Eva stava leggendo i numeri civici ad alta voce.

'Deve essere il palazzo successivo. Sì. Eccolo qui.'

Si trovavano di fronte a un piccolo condominio poco

150

invitante che era stato ampiamente ristrutturato. Era evidente che le finestre erano state sostituite di recente e il palazzo era stato ridipinto. Il citofono elencava i nomi degli inquilini e l'edificio aveva delle telecamere; una sul citofono e l'altra al primo piano.

'Sono terrorizzata. Non è ridicolo?' disse Christine, mentre cercava il nome della signora Gimble sulla porta d'ingresso.

'Anch'io. Spero segretamente che non sia in casa.'

Christine premette il campanello e attese, mordendosi il labbro. 'Terzo piano a sinistra,' una voce metallica rispose al citofono.

Christine guardò intensamente Eva negli occhi per alcuni secondi. Eva distolse lo sguardo, prese Christine per il braccio e la trascinò all'interno del condominio. L'ingresso sembrava accogliente. C'erano stampe colorate lungo le pareti e diverse piante ben curate erano state collocate lungo il corridoio fino all'ascensore.

Eva premette il pulsante di chiamata e attese senza parlare. Mentre venivano fuori dall'ascensore, la porta sul lato sinistro del pianerottolo si aprì e ne uscì una signora sulla cinquantina a braccia aperte. 'È così bello rivedervi,' quasi cantò.

Si avvicinò a loro e le abbracciò. Jane Gimble non era invecchiata bene. Aveva messo su un bel po' di peso e il suo viso mostrava profondi segni dell'età. Jane sembrava non avere problemi con il suo aspetto. Non aveva traccia di trucco e non aveva fatto alcun tentativo per coprire i suoi tanti capelli grigi. Ciò che non era cambiato erano i suoi occhi caldi e il sorriso gentile. Sia Christine che Eva si sentirono a loro agio nell'incontrare di nuovo Jane dopo così tanti anni.

'Per favore, entrate, ragazze. Ho preparato il tè.'

Entrarono: l'appartamento era molto femminile. Le pareti erano dipinte di un caldo rosso e arancione e nel soggiorno c'erano grandi e comode sedie. I mobili in legno e le sue numerose piante conferivano alla stanza un'atmosfera accogliente. Giornali e riviste erano sparsi in giro. Due gatti si avvicinarono alla gamba di Christine, facendo le fusa.

'Per favore, sedetevi e lasciatevi guardare', disse Jane e si sedette di fronte a loro. 'Non riesco a credere ai miei occhi. Guardatevi. Sembrate ancora più belle di quando eravate bambine. Voi due siete sempre state le mie preferite. Sembrate così diverse, eppure vedo qualcosa di simile in voi; probabilmente è colpa della vecchiaia', continuò Jane e annuì in segno di approvazione.

Christine ed Eva sorrisero e si sentirono stranamente imbarazzate dai complimenti di Jane.

'Allora, come posso aiutarvi?' chiese Jane.

'Abbiamo alcune domande,' iniziò Christine, esitante. 'Abbiamo trovato una foto e una delle donne in essa sembra familiare.'

Christine prese la foto dalla borsetta e la mise sul tavolo. 'Abbiamo riconosciuto alcune persone, ma entrambe pensiamo di conoscere la donna. Speravamo che lei sapesse chi è,' disse Christine, indicando la bruna.

'Riconosco solo il dottor Patterson,' disse senza alzare lo sguardo.

'Esco con il figlio del dottor Patterson, Steve, e mi ha detto di aver riconosciuto la signora. L'unica cosa che abbiamo in comune in passato con il dottor Patterson e la sua famiglia è l'orfanotrofio. Abbiamo pensato che potesse essere collegata all'orfanatrofio.'

Jane alzò lo sguardo dalla foto e sospirò: 'Non riconosco nessuna delle altre persone nella foto. Mi dispiace moltissimo.' Restituì la foto a Christine e poi versò loro una tazza di tè.

'Il dottor Patterson ha iniziato a lavorare all'orfanotrofio solo poche settimane dopo che siete arrivate voi. Non ha mai prestato molta attenzione all'orfanotrofio.'

'Pensavo che il dottor Patterson fosse il medico dell'orfanotrofio da anni?' chiese Christine.

'No. Il dottor Patterson non è mai stato il medico dell'orfanotrofio,' disse Jane e scosse la testa, mentre mescolava il tè.

'Cosa intende? Ci ha detto che aveva lavorato all'orfanotrofio per anni e anni,' disse Eva con uno sguardo perplesso sul viso. Jane si appoggiò allo schienale della sedia e accese una sigaretta.

'Il dottor Patterson è ancora il nostro dottore al momento,' disse Christine.

'Una settimana dopo che siete arrivate all'orfanotrofio, abbiamo ricevuto una telefonata dal dottor Patterson. Ci ha detto di aver letto sul giornale che due ragazze erano state lasciate da noi e che voleva offrire i suoi servizi. Il dottor Patterson era, ed è ancora, un medico influente e pionieristico specializzato in trattamenti per la fertilità. Il suo interesse per il lavoro all'orfanotrofio ci sembrò strano. Il signor Albright, il direttore dell'orfanotrofio, accettò di incontrare il dottor Patterson.' Jane spense la sigaretta nel posacenere accanto alla sedia e ne accese subito un'altra.

'Dopo la riunione, il signor Albright chiamò tutto lo staff e ci raccontò la solita storia di come il dottor Patterson voleva dare qualcosa alla comunità e così via. Eravamo tutti entusiasti che un medico così importante avesse deciso di offrirci i suoi servizi. Fu allora che ci fu detto che il dottor Patterson si sarebbe occupato solo di due pazienti. Vale a dire, voi due.' Jane le indicò mentre diceva le parole.

'Cosa intende? Sta dicendo che non si è mai preso cura di nessuno degli altri bambini?'

'Esatto. Anche quando veniva a visitarvi e nel frattempo altri bambini avevano bisogno di cure mediche, si rifiutava di visitarli. Era un uomo senza cuore. Ma, per voi due, potevamo chiamarlo giorno e notte. Per gli altri bambini, non avrebbe nemmeno scritto una ricetta.'

'Perché? Gli facevamo buona pubblicità?' chiese Eva. Era sbalordita da ciò che stava ascoltando. Era sempre stata a disagio con il dottor Patterson, ma apprezzava la sua devozione nel prendersi cura dei bambini.

'Non credo,' disse Jane, inspirando profondamente. 'Non abbiamo mai ricevuto chiamate da giornalisti. Non ha mai menzionato l'orfanotrofio in nessuno dei suoi articoli o interviste. Ho sempre voluto credere che offrisse i suoi servizi per la bontà del suo cuore. Questo fino a quando una sera uno dei bambini, il piccolo James Portman, che aveva solo cinque anni, si ruppe una gamba cadendo dalle scale. Ricordo di essere corsa dal dottor Patterson, che era in visita da te, Christine, per una lieve influenza e gli chiesi di dare un'occhiata a James.'

Jane si fermò un momento e poi puntò il dito contro Christine, 'Ricordo chiaramente i suoi occhi freddi quando mi disse che non era il medico dell'orfanotrofio e che avrei dovuto portare il bambino in ospedale. Non ho mai scoperto perché si prendeva cura solo di voi due. Il signor Albright è andato in pensione due mesi dopo il vostro arrivo. Non ha mai lasciato un recapito e nessuno sapeva dove fosse andato.' Eva si sporse in avanti e prese una delle sigarette di Jane.

'Tu non fumi!' esclamò Christine.

'Sembra la cosa giusta da fare adesso,' inalò Eva. Non le piaceva ma, invece di spegnerla, la tenne in mano finché non si consumò da sola.

'Le sigarette, come l'alcol o le droghe, non sono mai la risposta,' disse Jane, sorridendo compassionevolmente.

'Cosa è successo quando ce ne siamo andate?' chiese Christine.

'Non l'abbiamo mai più visto. Ha chiesto le vostre cartelle, ma noi ci siamo rifiutati di dargliele.'

Entrambe le ragazze rimasero scioccate da ciò che Jane disse loro e non riuscirono a parlare per diversi minuti. Il silenzio nella stanza non le infastidiva. Erano così immerse nei loro pensieri che quasi si erano dimenticate dove si trovavano.

'Mi dispiace di aver tirato fuori tutte queste cose,' Jane ruppe il silenzio. 'Sono contenta che mi abbiate contattata. Volevo dirvelo da così tanto tempo.'

'Dobbiamo andare adesso. Grazie mille, Jane. La inviteremo presto a cena da noi,' disse sinceramente Christine. All'improvviso, sentì il bisogno di lasciare l'appartamento di Jane. Si sentiva sopraffatta dal panico e aveva paura che se non fosse uscita, non sarebbe stata in grado di respirare. Corse giù per le scale, alla disperata ricerca di una boccata d'aria fresca.

Eva si precipitò da lei. 'Che è successo? Stai bene?'

'Si. Sto bene adesso ... camminiamo verso la metropolitana e prendiamo una boccata d'aria fresca.'

21

Ancora innamorata

Tornata a casa, Christine andò dritta in cucina e prese una bottiglia di vino dal portabottiglie. Lo versò in due bicchieri grandi e ne porse uno ad Eva. 'Se continuiamo così, presto parteciperemo a una riunione degli Alcolisti Anonimi.'

Christine le fece un misero sorriso. 'Riesci a credere al dottor Patterson? Ci ha mentito per tutti questi anni. E perché è così interessato a noi?' disse Christine e bevve il vino. 'Mi fidavo di lui come di un padre. Credi che sappia chi siamo? Anche se lo sapesse, di certo non ce lo dirà. Se avesse voluto dircelo, l'avrebbe fatto tanti anni fa. Penso che sia ora di iniziare a cercare un altro dottore. Non voglio vedere mai più quell'uomo.'

'Capisco cosa vuoi dire. Ma se sa chi siamo, è l'unico che può aiutarci. Se interrompiamo ogni contatto con lui, non lo scopriremo mai. Dobbiamo recitare la parte e cercare di scoprire il più possibile. Pensa alla prossima festa a casa sua. Tutti gli altri dottori nella foto saranno presenti. Odio quell'uomo più di quanto tu possa immaginare, ma in questo momento è l'unica speranza che abbiamo. '

'Speranza per cosa?' chiese Christine.

'Per scoprire da dove veniamo e chi sono i nostri

genitori?'

'Eva, ho passato metà della mia vita a pensarci. Ho fatto i conti con chi sono. Non mi interessa più.'

'Continui a ripeterlo. Se sei così a tuo agio con te stessa, perché hai avuto un attacco di panico a casa di Jane Gimble?'

Christine non era in grado di rispondere. Si strinse nelle spalle e scosse la testa. Si rese conto che Eva vedeva attraverso la sua spavalderia.

'Dobbiamo farlo, Chris. Non importa quanto sarà difficile. Se non ne viene fuori nulla, allora possiamo iniziare a rassegnarci. Per ora è l'unico modo per andare avanti. Dobbiamo essere coraggiose.'

Christine guardò Eva e annuì. Eva aveva ragione. Non poteva scappare; non importava quanto sarebbe stato doloroso.

***

Christine stava archiviando libri in biblioteca quando uno dei suoi colleghi le disse che c'era una telefonata per lei. Si avvicinò al telefono. 'Christine Williams,' disse educatamente.

'Christine. Ciao, sono Eric.' Christine non riusciva a rispondere. 'Christine, sei ancora lì?'

'Uhmm, sì. Mi hai colta un po' alla sprovvista.'

'Mi dispiace. Ho pensato che avremmo potuto bere qualcosa. Mi piacerebbe davvero parlare con te.'

'Eric, non credo sia una buona idea.'

'Chris, per favore. Ho bisogno di parlare con te; anche solo per pochi minuti.'

Si arrese e disse: 'Beh, suppongo che potrei incontrarti per un drink veloce all'*Atlantic Café* verso le sei.'

'Perfetto. E, grazie, Christine. Non vedo l'ora.' Christine mise giù il telefono e si sentì sopraffatta. *Cosa era appena successo?* Sembrava che Eric fosse dappertutto ultimamente. Forse un drink quella sera non era proprio una cattiva idea.

Christine era tesa mentre si dirigeva verso il bar. La sua vita era molto diversa da sei mesi prima era tranquilla, prevedibile, quasi noiosa. Nella sua mente, era convinta di sposarsi, di avere figli e tutta la vita pianificata. Negli ultimi sei mesi, sin dalla separazione, aveva avuto più alti e bassi di quanti non ne avesse mai avuti in tutta. Ogni giorno succedeva qualcosa di scioccante.

Entrò nel bar moderno. Tutto era bianco e cromato. Colpiva, ma dopo un po' diventava un po' troppo sterile, quasi ospedaliero. Christine andò al bancone e vide Eric seduto su uno sgabello. Si fece strada verso di lui e gli diede un colpetto sulla spalla.

'Christine.' La baciò su entrambe le guance. 'Sei meravigliosa.'

Dopo la separazione, aveva perso più di quattro chili. Indossava una gonna attillata, una camicia a strisce e un paio di stivali con i tacchi alti. 'Grazie.'

'Cosa posso offrirti da bere?'

'Un Margarita.' Christine prese uno sgabello e si arrampicò accanto ad Eric. Non parlarono mentre aspettarono i loro drink. Christine giocherellava con i suoi capelli. Il silenzio la metteva a disagio. Quando arrivò il suo cocktail, bevve un bel sorso di quella bevanda forte e meravigliosamente rinfrescante.

'Di cosa mi volevi parlare?' chiese Christine. Era sbalordita dal suo coraggio.

'Dritta al punto. Mi piace,' disse Eric. Non le staccò gli occhi di dosso mentre sorseggiava lo scotch. 'Incontrarti mi ha lasciato confuso.' Christine guardò Eric senza dire nulla. Continuava a sorseggiare il suo drink aspettando che lui continuasse.

'Penso che sarebbe meglio andare subito al dunque. Ti amo ancora, Christine. Non ho mai smesso di amarti.' Fece una pausa per un momento, come se stesse cercando le parole giuste. 'Quando ti ho vista al caffè, non potevo negare di provare ancora sentimenti molto forti per te.'

Christine era sconcertata. Non sapeva come reagire. Aveva sognato questo momento. Aveva fantasticato su questo prima di andare a dormire. Ora, il suo sogno era diventato realtà, solo che la straordinaria sensazione che aveva sempre immaginato non c'era. 'È tutto un po' inaspettato. Non so cosa dire.'

'Mi dispiace. Non volevo metterti in imbarazzo. Ma ho bisogno che tu sappia cosa provo per te. Ho fatto un terribile errore. Non mi aspetto che tu mi dica che anche tu mi ami. Voglio che pensi a quello che ti ho detto. Posso renderti felice, Christine. Io so che posso. Questa volta non lascerò che il lavoro o altro si intromettano. Ci sarò per te e ti renderò la donna più felice del mondo.'

'Eric, non sono sicura. È troppo all'improvviso.'

'Per favore, Chris, ti ho detto che era colpa dello stress dell'ufficio e mi sono sentito orribile quando ti ho lasciato. Dentro di me ho sempre saputo che era la cosa sbagliata da fare. Sapevo che non avrei mai potuto smettere di amarti, ma ti ho incolpata per tutto lo stress della mia vita e mi dispiace tantissimo. Per favore, Chris, dimmi che ci penserai.' Le prese entrambe le mani e le tenne mentre la guardava profondamente negli occhi.

'Suppongo che potrei pensarci.' Voleva disperatamente capire come si sentiva, ma i suoi nervi le impedivano di concentrarsi su qualsiasi cosa.

'Mi concederai un appuntamento? Possiamo ricominciare daccapo. Ho i biglietti per uno spettacolo teatrale di cui tutti sono entusiasti. Forse vuoi venire con me?'

'Suppongo che potremmo vedere uno spettacolo,'

disse Christine e gli sorrise.

'Fantastico!' Eric la baciò sulla guancia e ordinò altri due drink.

Quella sera, Christine si stese a letto pensando a quello che aveva detto Eric. Aveva provato tante emozioni. Si sentiva lusingata che Eric la amasse ancora. Si sentiva anche arrabbiata per il fatto che lui fosse riapparso così inaspettatamente nella sua vita. Non sopportava che lui potesse avvicinarsi a lei così facilmente. Quando aveva rotto con lei, era stato impossibile per lei contattarlo. Non era mai stata in grado di fargli domande sul motivo per cui aveva rotto con lei e perché non aveva mai considerato i suoi sentimenti.

Soprattutto, si sentiva confusa. Si aspettava farfalle nello stomaco. Invece, si sentì offesa dalla sicurezza di Eric, o piuttosto dalla sua insicurezza. Era come se lui non si aspettasse che lei lo potesse respingere. Era così presuntuoso e compiaciuto. Christine non era sicura di aver preso la decisione giusta accettando l'invito di Eric. Decise di non dirlo ad Eva. Sapeva esattamente quale sarebbe stata la sua risposta.

Christine si svegliò nel cuore della notte sentendo Eva piangere in bagno. Saltò giù dal letto e bussò alla porta. 'Che succede? Eva, apri la porta, per favore!'

Eva aprì la porta: aveva un'aria spaventosa. I suoi occhi erano rossi e gonfi per il pianto. 'Sto bene. Ho appena avuto di nuovo quello stupido incubo. Sta peggiorando, Chris. Succede più spesso ed è molto più intenso di prima.'

'Lo so. Lo sento anch'io. Vieni in cucina e ti preparo del latte caldo.'

'Pensi che ci sia una ragione per cui abbiamo gli incubi più spesso e sono più intensi?' chiese Eva.

'Non lo so. Vorrei avere delle risposte.'

22

Liz e Monica

Eva era entusiasta di incontrare le sue amiche, Liz e Monica, per un drink. Amava i bar affollati, le luci, le persone nuove ed entusiasmanti e, soprattutto, l'attenzione che tutti le davano.

Liz e Monica erano già all'enoteca quando entrò. Eva indossava un vestitino nero che metteva in risalto le sue curve senza farla sembrare volgare. I suoi sandali con il cinturino erano ricoperti di piccole pietre. Era elegante. Nel momento in cui entrò, sapeva di avere gli occhi puntati addosso e l'adorava. Si era sciolta i capelli quella sera e i riccioli le conferivano un aspetto selvaggio. Si sedette con le ragazze, che stavano già bevendo il secondo bicchiere di vino.

'Hey ragazze. Scusate, sono in ritardo. Ci sono stati ritardi sulla metropolitana.' Eva salutò le ragazze con un bacio veloce.

'Cosa bevi? Vuoi un bicchiere di vino?'

'Sì. Sarebbe perfetto,' rispose Eva mentre metteva la borsetta accanto al suo posto.

'Allora, parlaci del nuovo uomo nella tua vita. Non ti vediamo da secoli. Pensavamo che avessi lasciato la città o che fossi stata rapita dagli alieni,' disse Monica a Eva, con occhi furbetti.

'Non vi mentirò. Penso di essere innamorata.' Eva ridacchiò e si illuminò allo stesso tempo.

Monica e Liz risero e fecero fischi e rumorini.

'Raccontaci tutto. Qual è il suo nome? Cosa fa?' chiese Monica.

'Il suo nome è Steve. È l'uomo più bello e perfetto che abbia mai incontrato.'

'Posso sentire le campane nuziali...! Ma, qualunque cosa tu faccia, non farci indossare stupidi abiti da damigelle d'onore,' disse Liz.

'Calmati. Non portare sfortuna. Ho intenzione di uscire con quest'uomo per molto, molto tempo prima di impegnarmi nel matrimonio. Il pensiero di un anello al dito mi rende tutta nervosa. Voglio godermi per più tempo possibile quello che abbiamo adesso.' Bevve un sorso del vino che la cameriera le aveva messo davanti e si chiese se fosse sincera. 'Basta parlare di me. Sei andata a quel colloquio di lavoro?' chiese Eva a Monica.

'Si. Mi faranno sapere qualcosa la prossima settimana. Tengo le dita incrociate; non solo per i soldi. Sono già indietro di due settimane con l'affitto. Inoltre, questo lavoro dovrebbe essere comodo. Non troppo stress, paga decente e molti uomini single. Potrei persino sposarmi prima di te.'

Eva rise. Amava Monica. Era l'esatto contrario di Liz, a cui piaceva lavorare sodo. Monica, d'altra parte, non si curava molto del lavoro. Voleva solo fare abbastanza soldi per coprire l'affitto, comprare vestiti e divertirsi. Eva si era sempre considerata una via di mezzo tra le due. Non era affatto dedita come Liz, ma voleva un po' più di soddisfazione sul lavoro di Monica.

Tutte e tre erano molto diverse, motivo per cui probabilmente andavano così d'accordo. Si erano conosciute sei anni prima durante una lezione di aerobica. Avevano legato immediatamente. Tutte e tre odiavano l'esercizio fisico e lasciarono la lezione a metà per andare in un pub dietro l'angolo. Rimasero, parlando e bevendo, fino a notte fonda.

'Come va il tuo lavoro?' chiese Eva a Liz.

Liz lavorava come infermiera in una casa di cura appena fuori città. Liz era una di quelle persone da ammirare. Amava il suo lavoro ed era dedita al 100% ai suoi pazienti. 'Va tutto alla grande.'

'Non so come fai. Di cosa parli con i tuoi pazienti? Almeno ricordano chi sei?'

'La maggior parte di loro sì. E gli parlo di tutto.' Liz guardò Eva con un'espressione interrogativa sul viso. 'I miei pazienti sono stati giovani una volta. Alcuni di loro hanno storie fantastiche da condividere. Mi piace aiutarli. Non è piacevole che dopo una vita di indipendenza e di attività nella società, si sia costretti a vivere in una casa di cura e a dipendere da altre persone, non ricordando alcune parole o i propri familiari. Il minimo che possa fare è ascoltarli e dare loro il rispetto che meritano.'

Liz versò il resto del vino nel nuovo bicchiere che la cameriera aveva messo sul tavolo. Continuò: 'Ovviamente ci sono anche persone che non mi piacciono molto, ma ho stretto amicizia con molti dei miei pazienti. Ad esempio, mi occupo di una signora che è in casa di cura da anni ormai. È una signora dolcissima, sulla sessantina. Sfortunatamente, le sono stati prescritti farmaci pesanti. Non voglio contraddire i dottori, ma secondo me nel suo caso si sono sbagliati.'

'E questa signora?' chiese Eva educatamente. Non era poi così interessata, ma Liz era una buona amica e le piaceva parlare di ciò che chiamava 'la sua famiglia allargata.'

'È con noi da cinque anni. Prima che i medici iniziassero a prescriverle farmaci sempre più forti, ho avuto delle conversazioni meravigliose con lei. È stata una donna d'affari nel mondo della pubblicità e ha viaggiato in tutto il mondo. Sfortunatamente, soffre di incubi orrendi. Non ho mai visto niente di simile. Il medico mi ha detto che è per questo che le vengono prescritti farmaci potenti. Immagino debba essere successo qualcosa di terribile nel suo passato.'

Eva scrollò le spalle e cercò di sembrare disinteressata.

'Non sto scherzando, Eva. La donna è terrorizzata e il dottore non fa altro che somministrarle farmaci più forti. Potrebbero anche metterla in coma.'

'Ti ha detto che cosa vede negli incubi?' chiese Eva. Si sforzò di sembrare annoiata, ma era totalmente incuriosita.

'La povera donna non riesce nemmeno a parlarne correttamente. Non solo è pietrificata quando si sveglia, ma è anche completamente drogata. Borbotta qualcosa che ha a che fare con i terremoti e le luci blu.' Eva si bloccò e non riuscì a respirare.

'Stai bene, Eva? Cosa ti sta succedendo?' Monica era preoccupata.

Eva non rispose. Si sentiva nauseata. Sapeva che si sarebbe sentita male da un momento all'altro. Si alzò, corse in bagno e vomitò violentemente. Le girava la testa e si lasciò cadere contro il muro. Si sedette sul pavimento con la testa tra le mani, dondolandosi avanti e indietro. Liz e Monica la seguirono e bussarono alla porta del bagno.

'Cosa sta succedendo? Apri la porta! Eva, dì qualcosa!' Eva non era in grado di rispondere.

Dopo diversi minuti, le tornò la voce e si è alzò da terra. Aprì la porta e andò al lavandino per sciacquarsi la faccia. 'Scusate, ragazze. Penso di avere una brutta influenza. Ho bisogno di andare a casa.'

Senza dire un'altra parola, lasciò il bagno e si precipitò fuori dal bar. Quasi cadde correndo lungo la strada. Quando arrivò alle strisce pedonali, finalmente si fermò e si sporse in avanti per riprendere fiato. Dopo un minuto, si alzò in piedi e, per un momento, pensò a quello che era appena successo. *Cosa sta succedendo? Perché sono così sconvolta? Chi dice che questa donna abbia il mio stesso incubo? Potrebbe trattarsi di qualsiasi cosa. Forse Liz non aveva nemmeno sentito bene. Dopotutto, aveva detto che la donna non riusciva a parlare correttamente ed era sempre pesantemente sedata.*

Eva decise di prendere una tazza di tè per calmarsi prima di tornare a casa. Anche se continuava a ripetersi che si trattava di una strana coincidenza, non era in grado di liberarsi dall'inquietante sensazione che non lo fosse.

***

Eva si precipitò nell'appartamento. Prima ancora di chiudere la porta, stava già chiamando Christine.

'Sono in bagno,' gridò Christine.

'Ho bisogno di parlarti, Chris. *Adesso!*'

Christine aprì la porta del bagno: 'Spero per te che sia importante.'

'Ho appena incontrato Liz. Mi ha detto che c'è una donna nella casa di cura dove lavora che soffre di terribili incubi anche se sta assumendo farmaci pesanti.'

'E…? Sono sicura che ci sono molte persone al mondo con gli incubi. Eva, mi hai spaventata. Non venire più di corsa in quel modo.'

'Non ho finito.' Eva mise quasi la mano sul viso di Christine per impedirle di parlare o di andarsene. 'Ha incubi che riguardano terremoti e luci blu.' Christine guardò Eva con occhi diffidenti.

'Mi sono sentita male nel bagno del pub quando me l'ha detto. So che le persone hanno incubi, persino incubi sui terremoti; ma luci blu…? Christine, deve essere lo stesso incubo.'

'Sei sicura? Liz ha menzionato specificamente i terremoti e le luci blu?'

'Sì. La donna prende farmaci pesanti. Quando si

sveglia, è terrorizzata ma, a causa dei farmaci, non riesce a spiegare l'incubo nei dettagli. Tuttavia, ci è riuscita una volta, e ha menzionato il terremoto e la luce blu.'

'Se questo è vero, dovremo andare a trovarla.' Christine entrò in soggiorno e si sedette. Eva la seguì.

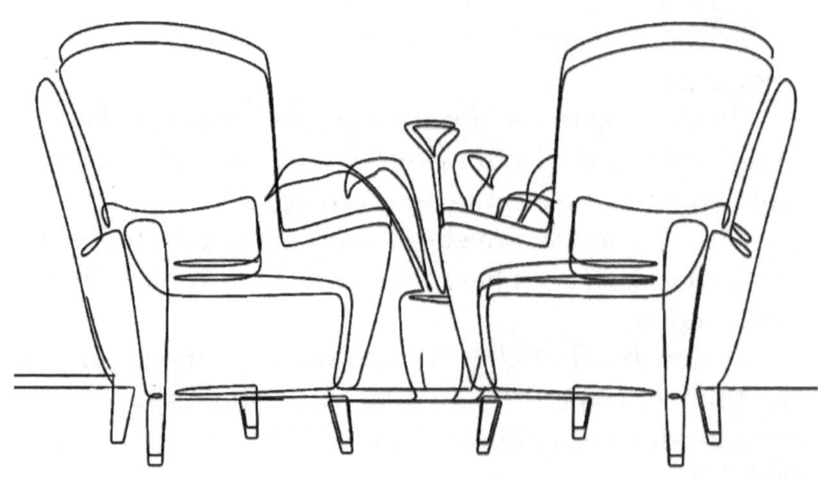

<h1 style="text-align:center">23</h1>

Confessioni e nuove acconciature

Eva stava sorseggiando la sua birra mentre aspettava Steve. Pensò al loro primo appuntamento. Non riusciva ancora a credere a quanto si fossero avvicinati in così poco tempo. Per Eva, era impossibile immaginare la vita senza Steve. Aveva iniziato segretamente a fantasticare sul loro futuro insieme. Dove sarebbero andati a vivere? Si sarebbero sposati e forse avrebbero avuto figli in futuro?

Non aveva mai provato questi sentimenti prima e, anche se le piaceva essere innamorata, non poteva fare a meno di sentirsi ansiosa. Non riusciva a scrollarsi di dosso la sensazione che Steve si sarebbe annoiato o si sarebbe disinnamorato. Liz e Monica le avevano detto che quei pensieri erano perfettamente normali all'inizio di una relazione, ma questo non l'aveva aiutata affatto.

Guardò fuori dalla finestra e vide Steve che camminava verso il ristorante. Eva si alzò, gli mise le mani intorno al collo e lo baciò quando la raggiunse. 'Mi sei mancato,' disse, le sue mani ancora intorno a lui.

'Anche tu.' Steve la baciò di nuovo.

Eva indossava un pullover con le spalle scoperte che

mostrava il suo corpo sinuoso e accentuava la sua vita sottile. Mentre Steve la guardava, Eva poteva vedere che i suoi occhi la stavano ispezionando. 'Ti piace quello che vedi?' chiese.

'Proprio così.' Sorrise. Prima di guardare il menù, Steve fece cenno a uno dei camerieri e ordinò una birra. 'Non vedevo l'ora che arrivasse questo momento. Sto morendo di fame.' Steve prese un menù. 'Prenderò il solito.' Sorrise e mise giù il menù. 'Come stai? Come va il lavoro?'

'Abbastanza bene.' Lei alzò le spalle. 'Non c'è niente di nuovo se non adolescenti affamate che vogliono diventare famose e sposare un calciatore o una rock star'. Eva fissò il suo piatto e bevve un altro sorso di birra. 'Christine e io siamo andate a trovare una delle persone dell'orfanotrofio, proprio come avevi suggerito.'

'E…?'

'Niente. Ha riconosciuto solo tuo padre. Non conosceva nemmeno il dottor Abrahams o il dottor Bernard. Non credo ci sia un collegamento con l'orfanotrofio. Però abbiamo scoperto qualcosa di interessante. Jane, la donna che siamo andate a trovare, ci ha detto che tuo padre si prendeva cura solo di me e di Christine. Ha detto che si rifiutava di visitare gli altri bambini.'

'È strano. Sei sicura che sia così? Mio padre si vanta delle sue opere di beneficenza ogni volta che parla con Daulton e me.'

'Sembrava abbastanza sicura. Ha detto che tuo padre ha contattato l'orfanotrofio due settimane dopo che eravamo state lasciate lì. Ha detto di aver letto sul giornale che due ragazze erano state lasciate sui gradini dell'orfanotrofio ad una settimana l'una dall'altra, e che voleva donare il suo tempo e il suo talento per prendersi cura di noi.'

La cameriera si avvicinò al loro tavolo e Steve ordinò per entrambi. 'La prossima volta che vedo mio padre, posso chiederglielo.'

'Non sono sicura che sia una buona idea. Potrebbe pensare che lo stiamo controllando.'

'Non è quello che state facendo?'

'Sì. Ma non c'è bisogno che lui lo sappia.'

'Non sapevo che tu e Christine fosse state lasciate separatamente. Ho sempre pensato che foste state lasciate insieme.'

'No. C'era una settimana di differenza, otto giorni per la precisione. Prima, Christine. E, una settimana dopo, io.'

'Sai, quando vi ho incontrate per la prima volta, ero convinto che foste sorelle. Sei più scura di Christine, ma c'è qualcosa di simile in voi.'

'Molte persone lo dicono. Forse è perché viviamo insieme da troppo tempo,' ridacchiò Eva. 'Sai cosa si dice dei cani e dei loro padroni. Forse Christine e io abbiamo iniziato lentamente a imitarci a vicenda. Io non vedo alcuna somiglianza.'

La loro conversazione fu interrotta dal fatto che i loro antipasti furono portati al tavolo; zuppa piccante per Eva e ravioli per Steve.

'Abbiamo qualcosa in comune, però,' disse Eva mentre mangiava la sua zuppa lentamente, in modo da non scottarsi la lingua. 'È molto strano. Non l'ho mai detto a nessuno oltre a tuo padre, ma abbiamo lo stesso incubo, da quando avevamo quindici anni. È sempre stato lo stesso e molto spaventoso. All'inizio pensavamo di essere semplicemente sfortunate, ma un giorno, mentre parlavamo, abbiamo scoperto che i nostri incubi sono identici ... non è bizzarro?' Eva fece dei versi di fantascienza e agitò le dita davanti a lei.

'È pazzesco!' esclamò Steve. 'Cosa dice mio padre?'

'Non sa cosa suggerire. Ci prescrive sonniferi; che prendiamo da anni ormai. Ci ha suggerito di fare una seduta di ipnoterapia con il dottor Bernard.' Dopodiché, rimase seduta in silenzio, senza sapere cosa dire. 'Non sono sicura di volerla fare, soprattutto adesso. Mi dispiace dirlo, ma non mi fido più di tuo padre.'

'Non sono sicuro neanch'io di fidarmi di lui. Quindi, non preoccuparti.' Si guardarono l'un l'altro come se aspettassero che uno dei due dicesse qualcosa. 'Comunque, mangiamo.'

Eva si sentì stranamente sollevata. Era come se le fosse stato tolto un peso dalle spalle. Steve non aveva reagito in modo strano. Sembrava essere dalla sua parte. Era una bella sensazione sapere che non c'erano più segreti tra loro.

***

Christine aspettò Eva in un pub vicino all'agenzia di modelle. Alla fine, Eva l'aveva convinta a unirsi a lei per un nuovo fantastico taglio di capelli. Era perfetto; entrambe sentivano di dover tirarsi su di morale e quale modo migliore per rallegrare una ragazza se non una nuova pettinatura. Eva prese appuntamento da Armando, il miglior parrucchiere della città.

Fortunatamente, era riuscita a prenotare due appuntamenti contemporaneamente. Aveva sempre indirizzato le nuove modelle da Armando. Ora era il momento di farsi restituire il favore. Christine era nervosa. Non aveva la sicurezza di Eva. Eva avrebbe potuto radersi la testa e sembrare ancora femminile. Christine amava segretamente i suoi capelli lunghi e ondulati ed era inorridita dal pensiero che qualcuno glieli tagliasse.

Eva corse nel bar tutta rossa in viso. 'Mi dispiace, sono in ritardo. Delle ragazze sciocche non la smettevano di parlare delle loro pose fotografiche. Non si rendono conto che non sono la persona migliore a cui chiedere consigli? Gli ho detto di iniziare a fare pratica davanti allo specchio. Sto seriamente perdendo interesse per il mio lavoro. All'inizio pensavo fosse

172

molto affascinante, ma ora lo trovo irritante. Se sento un altro "*insetto-stecco*" lamentarsi delle sue cosce o della sua pancia, mi impiccherò.'

'Calmati. Non sei affatto in ritardo. Abbiamo ancora quindici minuti e il salone è proprio dietro l'angolo. Prendi qualcosa da bere e parlami di questo salone. Sono inorridita dal fatto che una qualche creatura dotata di forbici mi taglierà tutti i capelli.'

'Non essere sciocca. Discutono prima del taglio. Non è un programma televisivo di make-over in cui iniziano a tagliare o colorare senza il tuo consenso. Rilassati, ti faranno il miglior taglio di capelli di sempre. Non sono diventati i migliori rendendo le persone infelici.'

Mentre entravano dal parrucchiere, Christine iniziò a sentirsi ancora più agitata. Tutti i parrucchieri, o stilisti, come preferivano essere chiamati, sembravano e si comportavano come superstar. Controllavano la clientela dagli specchi ma non si preoccupavano di salutare nessuno.

Christine ed Eva si sedettero sul divano di pelle nera. L'addetta alla reception, ovviamente una grande fan del biondo ossigenato, era troppo occupata al telefono per salutarle. All'improvviso, un personaggio incredibile si avvicinò a loro.

'Eva, mia cara. Che bello vederti.' Baciò Eva a mezz' aria e batté le mani. 'Non vedo l'ora di farti il taglio di capelli che hai sempre sognato.' Mentre parlava, passò le dita tra i capelli di Eva. 'Hai dei bei capelli. Li adoro. E chi è questa bella donna?' Aveva individuato Christine, che si sentiva terribilmente imbarazzata dall'attenzione esagerata che stava per ricevere.

'Christine. Sono la coinquilina di Eva.'

Afferrò la mano che lei aveva teso per presentarsi e la baciò. Iniziò a giocare con i suoi capelli e la fece girare come se fosse una Barbie. 'Vedo già un po' di colore per te, mia cara.'

Christine si rese conto che aveva finito di controllarla e si voltò per osservarlo. Indossava jeans di pelle e una camicia bianca da pirata. Il suo petto era coperto da una serie di collane; alcune d'argento, altre d'oro e altre dovevano essere state realizzate durante un corso di gioielleria in un centro sociale. Aveva un'enorme fibbia della cintura e gli stivali da cowboy di pelle di serpente rossa facevano sembrare i suoi piedi barche da pesca. Christine sorrise timidamente e sperò che lui non si rendesse conto di quanto si sentisse a disagio.

'Ho lo stilista perfetto per te, mia cara,' disse, tenendole la mano. '*Antoine*,' gridò con una voce sorprendentemente autorevole. Christine si rese conto che i suoi modi erano solo per spettacolo, sotto l'esterno esagerato giaceva un astuto uomo d'affari.

'Antoine, questa adorabile signora è Christine. È una donna particolarmente importante e questa è la sua prima volta nel nostro salone. Voglio che tu le dia un po' più di profondità nel colore e magari qualche riflesso color miele. Puoi iniziare facendola sentire a suo agio e offrendole un bicchiere di champagne.'

Lasciò andare la mano di Christine. Antoine si trasformò da un aspirante arrogante in un ragazzo premuroso. La accompagnò alla sua postazione di lavoro e le porse un bicchiere di spumante. 'Suggerisco di non tagliare troppo la lunghezza, ma penso che un po' di colore illuminerà il tuo viso.' Antoine parlava in modo animato e con un leggero accento francese.

'Okay.' Christine si sentì più rilassata mentre sorseggiava il suo drink. Decise di godersi a pieno questo trattamento regale.

'Devi essere la sorella di Eva,' disse Antoine, facendo conversazione.

'No. Siamo coinquiline. Ma potremmo benissimo

essere sorelle. Ci conosciamo da tutta la vita.'

'È una meraviglia ...' iniziò a dire Antoine.

'Christine! Sei tu?' Christine alzò lo sguardo e, con suo orrore, vide Marlene Patterson avvicinarsi a lei. 'Che meraviglia vederti,' disse mentre spingeva via Antoine per dare a Christine uno dei suoi baci a distanza. 'Sto organizzando un'altra festa mercoledì della prossima settimana. Tu ed Eva dovete venire. Ho invitato delle persone fantastiche. Vorrei che le incontraste.'

'Grazie, Marlene. È davvero gentile da parte tua, ma non sono sicura che mercoledì saremo libere.'

'Sciocchezze. Insisto.'

'In tal caso ... ci piacerebbe venire.'

'Devo sbrigarmi. Ho un appuntamento. Per favore, porgi i miei saluti a Eva.' Marlene uscì in fretta dal salone; senza dubbio avrà avuto un incontro importante in un salone di bellezza.

'Conosci Marlene Patterson?' chiese Antoine con un sorriso malizioso sul viso.

'Sfortunatamente, si,' disse Christine e sorrise.

24

Un'altra festa

Quando Christine ed Eva lasciarono il salone, erano al settimo cielo. Erano meravigliose. Christine adorava il suo nuovo colore e le sue nuove sfumature. Antoine aveva acconciato i suoi capelli con grandi riccioli definiti che la facevano sentire irresistibile. I capelli scuri di Eva erano lisci e, invece della solita massa di ricci, i capelli morbidi e lucenti, erano lisci sulla schiena fino alla vita.

'Dovremmo uscire stasera. Abbiamo un aspetto fantastico.' Eva prese il braccio di Christine.

'Mi dispiace. Questa sera non posso. Ho già altri programmi.' Christine si sentiva malissimo ma non era pronta a dire ad Eva che doveva vedere Eric.

'Che peccato. Farò una sorpresa a Steve questa sera.'

'Prima che mi dimentichi, hai visto Marlene al salone?'

'Marlene? Era lì? Per fortuna, non l'ho vista. Cosa voleva la vecchia strega?'

Christine ridacchiò: 'Mercoledì prossimo organizzerà un'altra serata, e siamo ovviamente invitate,' disse Christine con un accento molto elegante.

'Gioia delle gioie. Un'altra serata selvaggia a casa Patterson. Non vedo l'ora.'

Christine si guardò intorno nell'atrio del teatro alla ricerca di Eric. Lo vide al banco informazioni mentre comprava un programma. Gli diede un colpetto sulla spalla e poté vedere un lampo di approvazione nei suoi occhi.

'Hai cambiato i capelli. Sono meravigliosi.' Eric la baciò sulla guancia.

'Sono contenta che tu l'abbia notato.'

'Vuoi qualcosa da bere prima che inizi lo spettacolo?' chiese Eric. Christine annuì e chiese un bicchiere di vino bianco. 'Siediti a quel tavolino nell'angolo. Prendo io i drink.'

Christine si sedette al tavolo e si sentì benissimo. Gli sguardi che aveva ricevuto quando era entrata in teatro non le erano sfuggiti. Si sentiva sicura di sé. Indossava un tubino di pizzo che risaltava il punto vita e aveva uno scollo all'americana con cuciture a scala che attiravano l'attenzione. I suoi splendidi capelli ondulati le pendevano sulla schiena nuda. Eric tornò al tavolo con due bicchieri di vino bianco.

'Sei sempre stata bella, ma questa sera sei semplicemente mozzafiato.' Eric prese il bicchiere e fece un brindisi. 'Sono contento che abbiamo un po' di tempo prima che inizi lo spettacolo. Adesso parlerò e voglio che tu mi ascolti...' Christine annuì. 'Ho fatto un grosso errore a rompere con te e me ne sto seriamente pentendo. Voglio stare con te, Christine. Sei la donna che amo. Questa volta non ti deluderò e ti darò tutta l'attenzione che meriti.' Le prese la mano e la guardò profondamente negli occhi. 'Per favore, Christine, dammi un'altra possibilità. So che posso renderti felice.'

'Beh,' disse Christine. Non sapeva come rispondere.

'Cosa ne pensi?'

'Eric, non sono sicura. Sono successe così tante cose. Mi hai ferita e non sono sicura che tornare insieme così presto sia una buona idea.'

'Ma te l'ho detto, Chris, sono un uomo cambiato. Non permetterò mai più a nulla di mettersi in mezzo a noi.'

Christine ci pensò per un momento. 'Penso che mi piacerebbe darti un'altra possibilità, Eric. Ma per favore, non ferirmi di nuovo.'

Eric si alzò e prese Christine tra le sue braccia e la baciò appassionatamente. 'Mi hai appena reso l'uomo più felice del mondo. Prima che mi dimentichi, so che è un po' presuntuoso da parte mia, ma non ho saputo resistere.' Tirò fuori dalla tasca una scatolina blu con un nastro bianco.

Christine aprì la piccola scatola *Tiffany* e all'interno c'erano dei bellissimi orecchini di perle circondati da diamanti brillanti. 'Che belli, Eric. Grazie.' Si alzò e lo baciò. Christine fissò gli orecchini. Eric non le aveva mai comprato qualcosa di così bello.

'Ora, devo portarti da qualche parte dove puoi metterli in mostra,' disse Eric.

'Ho l'occasione perfetta. La prossima settimana, mercoledì, sono stata invitata a una festa da Marlene Patterson. Questi orecchini sono perfetti per quell'evento. Apprezzerei se potessi venire con me.'

'Volentieri. Ti ho detto che questa volta sarà tutto diverso.'

Suonò la campana dell'inizio dello spettacolo. Eric e Christine entrarono nel teatro mano nella mano. Christine si sentiva benissimo. Poteva finalmente ricominciare a pensare alla sua casa perfetta e alla sua famiglia perfetta.

***

'Sei la persona più stupida che abbia mai incontrato!' disse Eva a Christine mentre si trovavano fuori dalla casa dei Patterson.

'Sapevo che ti saresti arrabbiata, ma ho il diritto di prendere le mie decisioni, anche se questo significa farsi male di nuovo.' Christine si difese. 'Eric sarà qui questa sera e ti sarei grata se tu potessi comportarti civilmente nei suoi confronti.'

'Christine, ti stai mettendo in una posizione così vulnerabile. Hai dimenticato quanto ti ha ferita? Perché di sicuro io non l'ho fatto. Sei stata in ospedale per l'amor del cielo! Perché vuoi esporti di nuovo a questo?'

'Le persone cambiano. Eric mi ha detto che è veramente dispiaciuto per quello che mi ha fatto e io gli credo. Non è questo ciò che conta di più, come mi sento?'

Eva guardò Christine per un momento, pensando a quello che aveva appena detto. 'Suppongo che tu abbia ragione. Ma assicurati che non ti ferisca di nuovo.'

'Non lo farà. Ne sono certa.'

'Va bene. Se lo dici tu. Vieni. Andiamo dentro. Abbiamo una serata di puro divertimento davanti a noi e non voglio perdere un minuto,' disse Eva, sarcasticamente.

Come al solito, furono accolte dall'ennesima cameriera e furono accompagnate in soggiorno dove gli altri ospiti si erano già radunati. Con loro sorpresa, c'erano alcuni volti nuovi tra la folla, anche alcuni giovani.

'Ciao ragazze. Benvenute,' disse Marlene con una voce piuttosto annoiata. 'Per favore mettetevi comode e prendete qualcosa da bere. Eva, ti prego, rilassati.' Tentò di scherzare ma, a giudicare dai suoi occhi, Eva sapeva che diceva sul serio.

Eric attraversò la stanza. 'Ciao Chris. Ti stavo aspettando. Sei stupenda.'

'Grazie. Indosso i miei nuovi orecchini. Guarda.' Mostrò i suoi orecchini con orgoglio.

Eva cercò Steve nella stanza. Lo vide seduto in un angolo con una donna straordinariamente bella. Stavano chiacchierando amichevolmente ed Eva provò una fitta di gelosia. Non era sicura di cosa fare. Avrebbe dovuto avvicinarsi a lui e baciarlo? O avrebbe dovuto dargli spazio e aspettare che lui la notasse? Questa era proprio la cosa che odiava dell'essere innamorata: l'insicurezza e l'ansia la spaventavano.

'Eva, ti ho portato un Martini.' Marlene si avvicinò di soppiatto dietro di lei e le offrì un bicchiere da cocktail. Indossava un vestito smanicato di seta gialla. Eva doveva ammettere che era bellissima. Marlene sembrava abbronzata ei suoi capelli e il trucco erano impeccabili. Gli alti tacchi a spillo la rendevano alta quasi quanto Eva.

'Marlene, mi hai spaventata,' disse Eva, cercando di comportarsi il più normale possibile.

'Non sono meravigliosi insieme?'

'Cosa intendi?'

'Steven e Annabel, ovviamente. Non li stavi guardando?'

'Uh-umm.'

'Annabel è appena tornata da un viaggio in giro per il mondo. È tornata solo da sei settimane ed è già riuscita a essere scelta per una posizione come acquirente senior presso la casa di moda di Debonair.' Marlene sorseggiò il suo vino bianco secco. 'Non è una sorpresa. Annabel è una persona naturale quando si tratta di moda e ha agganci incredibili. La sua famiglia è una delle più importanti della città.'

'È meravigliosa,' borbottò Eva. 'Se vuoi scusarmi, vado a salutare Steve.'

'Meglio di no,' disse Marlene, con uno sguardo gelido negli occhi. Afferrò Eva per il polso.

'Marlene, mi stai facendo male!' esclamò Eva.

'Cosa sta succedendo?' Christine apparve dietro Marlene e vide cosa stava succedendo. 'Marlene, per favore lascia andare Eva. Non vedi che le stai facendo male?'

Marlene lasciò andare il polso di Eva e si allontanò. 'Hai visto quello sguardo che mi ha rivolto?'

'Hai visto cosa ha fatto al mio polso? Quella donna è squilibrata. Ho sempre saputo che non le piacevo, ma questo è troppo.'

'Eva, cosa è successo?' chiese Steve. Aveva visto il trambusto.

'Tua madre non voleva che Eva venisse a salutarti mentre stavi parlando con quella donna. Le ha quasi rotto il polso,' disse Christine.

'Vieni con me al bar e ci metteremo un po' di ghiaccio,' disse Steve. Eva era felice di essere coccolata.

25

In aiuto di Eva

Christine vide Marlene parlare con il dottor Patterson e il dottor Abrahams nell'angolo. Decise di affrontare confrontarla immediatamente.

'Christine, che meraviglia vederti,' disse il dottor Patterson mentre si avvicinava.

'Sei più bella ogni volta che ti vediamo,' si unì il dottor Abrahams. 'Ho sentito che stai uscendo con il mio numero due, Eric Woodland. Sono sinceramente contento per entrambi.'

'Grazie, dottor Abrahams,' disse Christine senza nemmeno guardarlo. Si rivolse a Marlene. 'A cosa stavi pensando, Marlene? Hai quasi rotto il polso di Eva,' disse, fissandola con rabbia.

'Non essere sciocca, Christine. Sembro una donna che potrebbe rompere il polso di qualcuno? Ho già abbastanza problemi ad aprire una bottiglia d'acqua.'

'Posso assicurarti che Marlene non ha nemmeno la forza di rompere la zampa di un ragno', disse il dottor Patterson, e rise alla sua battuta. Christine sapeva che sarebbe stato inutile parlare con loro. Fingevano che non fosse mai successo.

'Christine, che meraviglia vederti.'

'Buonasera, dottor Alamilla. Come sta?' Christine

salutò il dottor Alamilla ma non riuscì a sorridere. Christine vide Eric avvicinarsi a lei e provò un'ondata di sollievo. 'Eric, non mi sento molto bene. Ti dispiacerebbe accompagnarmi a casa?'

'Christine, sei circondata da dottori. Sono sicuro che uno di loro può darti qualcosa per sentirti meglio.' Tutti risero alla battuta di Eric.

'Eric, vorrei tornare a casa.'

'Dammi cinque minuti per fare due chiacchiere con questi signori.'

Christine si recò al bar per unirsi a Eva e Steve. 'Ho chiesto ad Eric di portarmi a casa. Non rimarrò qui per un altro minuto. Mi dispiace, Steve.'

'Dov'è adesso?' le chiese Steve.

Christine si voltò e indicò la direzione in cui era Eric. 'È laggiù, sta parlando con il dottor Abrahams e il dottor Alamilla. Accidenti ... mi ha detto che voleva solo salutarli. Sei sicura di voler restare qui? Posso chiedere a Eric di accompagnarci entrambe a casa?'

'Si. Non lascerò che Marlene faccia la prepotente con me.'

Christine ordinò un altro drink. Quando controllò l'orologio, vide che erano passati trenta minuti. 'Dove sei stato? Hai detto che saresti stato cinque minuti,' Christine era arrabbiata quando Eric finalmente si presentò.

'Christine, queste persone sono i miei superiori. Se vogliono parlare con me, vogliono parlare con me. Cosa posso dire? Sono profondamente dispiaciuto, Chris. Andiamo. Ti porto a casa.'

'Ce ne andiamo,' disse Christine e salutò Eva e Steve con un bacio.

Stavano guidando da circa dieci minuti quando Eric disse, 'Il dottor Patterson mi ha detto che c'è stato un episodio tra la signora Patterson ed Eva.'

'Bene, è così che lo chiama? Marlene Patterson ha afferrato il polso di Eva così forte che quasi glielo ha rotto.'

'Non essere sciocca,' disse Eric. 'Marlene Patterson è una donna minuta e non credo che riesca a rompere nulla.'

'Beh, l'ha fatto.'

'Eva è sempre stata un po' una testa calda. Le piace esagerare,' disse Eric.

'Non è vero. Perché dovresti dire qualcosa del genere?'

'Marlene mi ha detto che Eva si è arrabbiata terribilmente quando ha visto Steve parlare con Annabel Malmesbury. Probabilmente era gelosa e ha inventato una storia per attirare l'attenzione di Steve. Eva è una brava ragazza ma le piace essere al centro dell'attenzione.'

Christine cominciò ad arrabbiarsi. Chi si credeva di essere Marlene? Non pensava fosse necessario difendersi da Eric. 'Forse Eva ama l'attenzione, ma di certo non inventa storie,' disse seccamente Christine.

'Mi dispiace, Chris. Non volevo farti arrabbiare. È solo che l'intera storia di Marlene che ha quasi rotto il braccio di Eva è alquanto improbabile. Tuttavia, ti credo. E se dici che è successo, è successo.' Si chinò verso il sedile del passeggero e la baciò. 'Ti va di passare la notte a casa mia? Faccio una colazione meravigliosa.'

'E' fantastico,' disse Christine e guardò Eric mentre guidava. Era contenta che fossero tornati insieme. Si stava già immaginando di sposarsi l'anno successivo.

***

Il polso di Eva era ancora rosso e gonfio ma aveva smesso di far male. 'Chi era quella donna con cui stavi parlando?'

'Quella era la nuora preferita di mia madre,' disse Steve. 'Il suo nome è Annabel Malmesbury. Ti ho parlato di

lei, vero? Mia madre pensa che saremmo una bella coppia.'
Mise le braccia intorno a Eva e la strinse forte. 'Tu, mia piccola
principessa, non hai nulla di cui preoccuparti.'

'Non sono preoccupata,' mentì Eva.

'Bene.'

'Eva, sei particolarmente bella questa sera,' disse il
dottor Abrahams mentre si avvicinava.

'Sono contenta che lei lo pensi.'

'Posso avere un altro Martini, per favore?' chiese a uno
dei camerieri. Aveva bisogno di un po' di coraggio poiché
vide avvicinarsi anche il dottor Alamilla.

'Buonasera, Eva.'

'Dottor Alamilla, ho scoperto di recente che lavorate
tutti insieme nell'azienda farmaceutica del dottor Patterson.
Ho sempre pensato che foste colleghi solo come medici.
Dovete conoscervi da molto tempo.'

'Hai proprio ragione. La maggior parte di noi si
conosce da oltre trent'anni.'

Con la coda dell'occhio, Eva poteva vedere il dottor
Alamilla che faceva cenno al dottor Patterson. 'Di dov'è
originariamente, dottor Alamilla? Sono sicura di sentire un
accento spagnolo.'

'Hai sentito bene, Eva. Il dottor Alamilla è del Sud
America. Cile, per essere precisi,' intervenne il dottor
Patterson.

'Dottor Patterson, buonasera. Cile. Deve essere un
paese meraviglioso e interessante. Lei ci è stato, dottor
Patterson?'

'Steven, credo sia meglio se porti Eva a casa. Penso che
abbia bevuto qualche Martini di troppo.'

'Sono sicuro che sta bene, papà. Eva regge bene l'alcol.'

Eva lanciò al dottor Patterson uno sguardo vittorioso.
Non poteva mettere suo figlio contro di lei. Mise un braccio
intorno a Steve e appoggiò la testa sulla sua spalla. 'Sapevi

che il dottor Alamilla è cileno? Ho incontrato persone provenienti da Argentina e Brasile, ma mai dal Cile. Sei mai stato in Cile, Steve?'

'Non posso dire di averlo fatto. Ma mio padre sì.' Il viso del dottor Patterson divenne severo per la rabbia.

'Penso che voi due abbiate bevuto abbastanza. Insisto che prendiate un taxi per tornare a casa. Maria.' chiamò una delle cameriere, 'per favore, chiama due taxi per mio figlio e la signora Williams.'

'Maria, un taxi andrà bene. La signora Williams e io torneremo a casa insieme.' Eva sorrise.

Il dottor Patterson se ne andò, lasciando i suoi ospiti. Chiuse la porta dello studio e si versò un whisky. Dopo pochi secondi, Marlene e Alan Abrahams lo raggiunsero. 'Dobbiamo fare qualcosa. Non possiamo correre il rischio di essere esposti.' Il dottor Patterson era rosso in viso e le sue narici si muovevano per la rabbia.

'Cosa suggerisci di fare?' chiese Marlene a suo marito.

'Penserò a qualcosa per fermare tutto questo una volta per tutte. Ne ho avuto più che abbastanza di quelle ragazze. Anche i loro incubi non mi interessano più.'

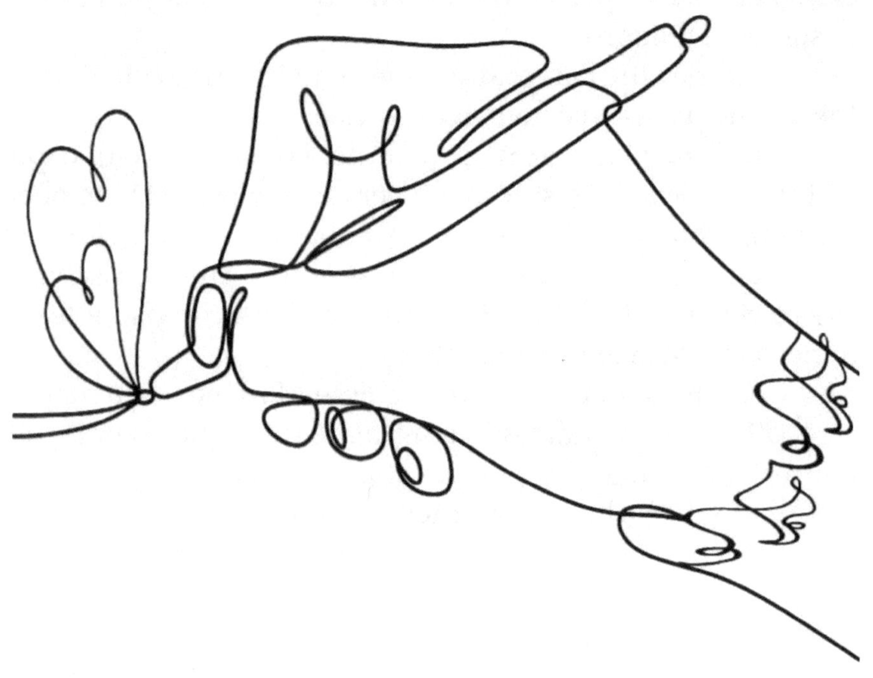

26

La signora Austin

'Oggi ho parlato con Liz e le ho chiesto della sua paziente nella casa di cura che ha gli incubi,' disse Eva, tenendo il telefono in una mano e scarabocchiando con l'altra.

'Questo deve averla sorpresa.'

'Liz ama la sua gente – è così che chiama i suoi pazienti - e pensa che tutti gli altri la pensino allo stesso modo. Mi ha detto che gli incubi continuano e che il medico della casa di cura continua ad aumentare la dose delle sue medicine. Ho chiesto a Liz se fosse possibile farle visita.'

'Questa domanda deve aver averla colta di sorpresa,' sorrise Christine.

'Sono sicura di si, ma lo ha nascosto bene. Ha detto che la signora Austin - questo è il suo nome, a proposito - non riceve mai visitatori e che una visita potrebbe tirarla su di morale. Possiamo farle visita quando vogliamo. La casa non ha orari di visita fissi. Allora, cosa ne pensi? Dovremmo andare?'

'Mi sento un po' come un cacciatore di eredità, ma mi interessa incontrare questa donna. Che ne dici di domani dopo il lavoro? In questo modo, posso trovare un po' di coraggio questa sera.'

'Perfetto. Telefonerò a Liz.' Eva prese il telefono e compose il numero di Liz. 'Ho parlato con Christine e vorremmo fare visita alla signora Austin domani dopo il lavoro, va bene?'

'Come mai ti interessa questa donna? Non ti sei mai veramente interessata agli anziani. Non sto dicendo che non dovresti venire. Sono solo un po' sorpresa.'

'Mai sorpresa quanto me, Liz. Forse è ora che io inizi a mostrare un po' più di interesse per gli anziani. Diamine, spero di esserlo io un giorno.'

***

Il giorno successivo, sia Christine che Eva erano agitate. Eva commise un errore gigantesco al lavoro, mandando modelli sbagliati per un appuntamento, cosa che spinse il suo capo a urlare e gridare come un matto. Christine non aveva fatto altro che giocare a un solitario infinito sul suo computer. Continuava a guardare l'orologio. Aveva un appuntamento a pranzo con Eric in un delizioso ristorantino vicino alla biblioteca.

Mentre andava al ristorante, si chiese se avrebbe dovuto disdire. Sapeva che non sarebbe stata di buona compagnia, ma sentiva che era troppo presto per dire a Eric degli incubi. Entrando nel caratteristico ristorantino, si guardò intorno e scoprì che Eric non era ancora arrivato. Si sedette in una delle panche e guardò il menu.

'Signorina, desidera ordinare?' le chiese una cameriera di mezza età dal viso tondo.

'Sto aspettando il mio ragazzo. Per ora prendo un tè al limone.' Mentre sorseggiava il suo secondo bicchiere di tè, Eric entrò. 'Eric, ti sto aspettando da più di quindici minuti. Avresti potuto chiamarmi per farmi sapere che saresti arrivato in ritardo.'

'Ciao, piccola. Hai già ordinato?' chiese, ignorando la sua osservazione, né scusandosi.

'No. Ti stavo aspettando.'

'Bene, ordiniamo velocemente. Devo tornare in ufficio tra trenta minuti.'

'Sono così contenta che tu abbia trovato il tempo per onorarmi con la tua presenza,' scattò Christine.

'Prenderò una zuppa. Dovrebbe essere buona e veloce,' disse Eric e chiamò la cameriera. 'Prenderò la zuppa di cipolle.' E, senza alzare lo sguardo, chiese: 'Christine, cosa prendi?'

'Vorrei l'insalata Caesar con pollo e una piccola porzione di patatine fritte, per favore.'

'Che razza di combinazione è questa?' chiese Eric.

'Cosa c'è di sbagliato in questa combinazione? Mi piacciono entrambi. Perché non mangiarli insieme?'

'Questa è una di quelle cose che amo di te. Sei così semplice nelle tue scelte.'

'Che cosa vorresti dire - *sono semplice*?'

'È un complimento, Christine. Non ti dispiace mettere su qualche chilo o mangiare due cose che non vanno affatto insieme. Penso che sia dolce.'

'Sono contenta che tu mi trovi così dolce.' Christine si stava arrabbiando terribilmente. In una frase, l'aveva definita stupida e una persona a cui non importa ingrassare e mangiare come un bambino. 'Forse puoi mandarmi a una scuola di perfezionamento dove possono insegnarmi tutto sul tuo mondo sofisticato.'

'Cosa ti è preso? Trovo del tempo per te nella mia fitta giornata lavorativa e ti comporti come una bambina viziata.' disse Eric, masticando il pane servito con la sua zuppa.

'Sai una cosa, Eric, questa bambina viziata ha perso l'appetito.' Christine si alzò ma, prima di andarsene, si mise in bocca una manciata di patatine fritte.

Mentre tornava in biblioteca, il suo cellulare squillò. Vide il nome di Eric e lo lasciò suonare. Forse Eric non era l'uomo giusto per lei, dopotutto. Non riusciva a credere a quanto fossero paternalistiche le sue osservazioni. La vedeva veramente così? Spense il telefono quando continuò a squillare. Non voleva parlare con lui. Lo avrebbe richiamato quella sera o l'indomani, quando sarebbe stata meno infastidita.

***

Eva era già in piedi accanto all'auto noleggiata. 'Sei pronta?' chiese quando Christine si avvicinò. 'Non posso dire di esserlo.'

'Non sono sicura di come mi sento riguardo a questa visita,' disse Christine, mentre guidava.

'Sono così nervosa. Se Liz ha ragione, la donna non è nemmeno sveglia. Allora, perché mi sento così spaventata? Penso che sia perché affronteremo i nostri incubi per la prima volta. Sì, sappiamo che è strano, per non dire anormale, ma non abbiamo mai parlato o fatto davvero nulla a riguardo. Né l'una con l'altra e né con altre persone.'

'Da quando sei diventata così razionale?'

'Christine, pensaci. Il motivo per cui siamo così nervose è perché dobbiamo affrontare una sconosciuta che soffre degli stessi strani incubi. Ora, non abbiamo più una scusa per ignorarli.'

'Almeno ci siamo l'una per l'altra. Non avrei potuto immaginare fare questa cosa da sola,' disse Christine.

Andarono alla casa di cura, che era appena fuori città. Era una struttura deliziosa con un sacco di verde intorno. 'Che bel posto. Deve costare un occhio della testa stare qui.'

'Sono certa che sia così. Quando diventerò una vecchia bisognosa di assistenza, assicurati di portarmi qui,' disse Eva. Parcheggiarono la macchina a noleggio ed entrarono nell'atrio dove si trovava la reception. L'interno era stato decorato in modo lussuoso. La reception, gestita da una signora sulla quarantina vestita di tutto punto, era enorme. In un angolo c'era un grande vaso di fiori freschi. Sorrise mentre Christine le si avvicinava. 'Come posso aiutarvi?' chiese con una voce sorprendentemente bassa e roca.

'Siamo qui per vedere la signora Austin.'

'La signora Austin? Siete familiari?'

'No.'

'Siamo amici di Liz O'Connor. Potrebbe chiamarla per noi, per favore,' la interruppe Eva.

Senza rispondere, l'addetta alla reception chiamò Liz. Christine ed Eva erano immobili accanto al banco. 'Prego, accomodatevi. Liz dovrebbe essere qui a breve,' disse l'addetta alla reception.

Andarono verso il grande divano e si sedettero come due statue; schiene dritte e aggrappate alle loro borse.

'Eva, Christine, come state?' disse Liz, camminando verso di loro con un grande sorriso stampato in faccia.

Liz era una di quelle persone che piacevano subito a tutti. Aveva una faccia tonda e sorrideva sempre. I suoi capelli rosso scuro erano raccolti in una coda di cavallo. Era leggermente in sovrappeso, ma questo non toglieva nulla alla sua bellezza. La verità era che probabilmente stava meglio con qualche chiletto in più. La sua uniforme bianca da infermiera era immacolata. Indossava un cardigan lavorato a maglia viola scuro sulle spalle che era stupendo con il suo colore di capelli.

'Sono così contenta che la signora Austin abbia finalmente delle visite,' disse Liz. 'In tutti gli anni che è stata con noi, voi due siete le prime.'

'È terribilmente triste,' osservò Christine. 'Non ha familiari in vita?'

'No, stando a quanto ne sappiamo. E anche se li avesse, dopo tutti questi anni, puoi ancora chiamarli familiari?

Venite, vi mostro la sua stanza. 'Miranda, accompagno queste signore dalla signora Austin' disse Liz alla receptionist, che annuì e sorrise mentre passavano davanti alla sua scrivania.

Percorsero un ampio corridoio. La casa aveva eleganti salottini su ogni piano dove i residenti potevano socializzare con la famiglia e salottini più piccoli per visite tranquille e pacifiche. Tutte le porte delle stanze erano chiuse. In fondo al corridoio c'era una grande finestra che dava sul giardino sul retro. Liz si fermò davanti ad una delle porte e bussò.

'Pensavo avessi detto che era fuori di testa?' chiese Eva.

'Eva, sei così diretta. Probabilmente starà dormendo, è comunque educato bussare.' Liz aprì la porta ed entrò. Sia Christine che Eva si bloccarono. Si guardarono l'un l'altra; il panico nei loro occhi. 'Potete entrare.' Liz sbirciò da dietro l'angolo.

Christine entrò per prima. Si strinse la borsetta al petto. Eva era dietro di lei e stava sbirciando da sopra le sue spalle. Eccola lì. Sembrava quasi ridicolo pensare che fossero nervose. La donna sdraiata a letto di fronte a loro sembrava così vulnerabile che quasi gli spezzava il cuore. Giaceva in un grande letto d'ospedale singolo. I suoi capelli castani e ricci, con ciocche grigie, erano distribuiti sui tre cuscini che le sostenevano la testa. I suoi occhi erano chiusi. Quando Christine ed Eva si avvicinarono, quasi svennero.

'Devo fare il mio giro tra i pazienti,' disse Liz. 'Torno tra circa venti minuti.'

'Uh-Ummm,' borbottarono sia Christine che Eva senza dare una risposta reale. Liz uscì dalla stanza e chiuse la porta dietro di sé.

'È lei, Eva. È lei! È la donna della foto!' Eva non era ancora in grado di parlare e annuì. 'Signora Austin. Signora Austin, mi sente?' sussurrò Christine vicino all'orecchio della signora.

'Non credo che possa sentirti.'

'Certo, lei può sentirmi. È così sedata che non può rispondere. Signora Austin,' Christine le scosse leggermente la spalla. 'Sveglia, signora Austin.'

'Non serve, Christine. Se è sedata, non ti sentirà. Questo è sicuro.' Entrambe le ragazze si sedettero accanto al letto della signora Austin e si limitarono a fissare la donna.

'Chi è?' chiese Christine.

'Posso chiedere a Liz più tardi. Forse sa qualcosa di lei. Voglio dire, deve essere stata portata qui da qualcuno e qualcuno deve pagare per la sua permanenza?'

'Ben detto.' Il viso di Christine si illuminò. Per il resto della visita, entrambe le ragazze rimasero sedute in silenzio, immerse nei loro pensieri.

Liz tornò dopo quella che era sembrata un'eternità. 'Mi dispiace ragazze, ma devo scappare. Abbiamo un'emergenza di cui devo occuparmi,' disse Liz quasi senza fiato. 'Devo salutarvi per ora.' Salutò velocemente le ragazze e corse fuori dalla stanza.

'Suppongo che dovrò chiamarla domani per i dettagli,' disse Eva.

'Torneremo,' Christine si sporse e sussurrò all'orecchio della signora Austin.

'Te l'ho già detto, Chris. Lei non può sentirti!'

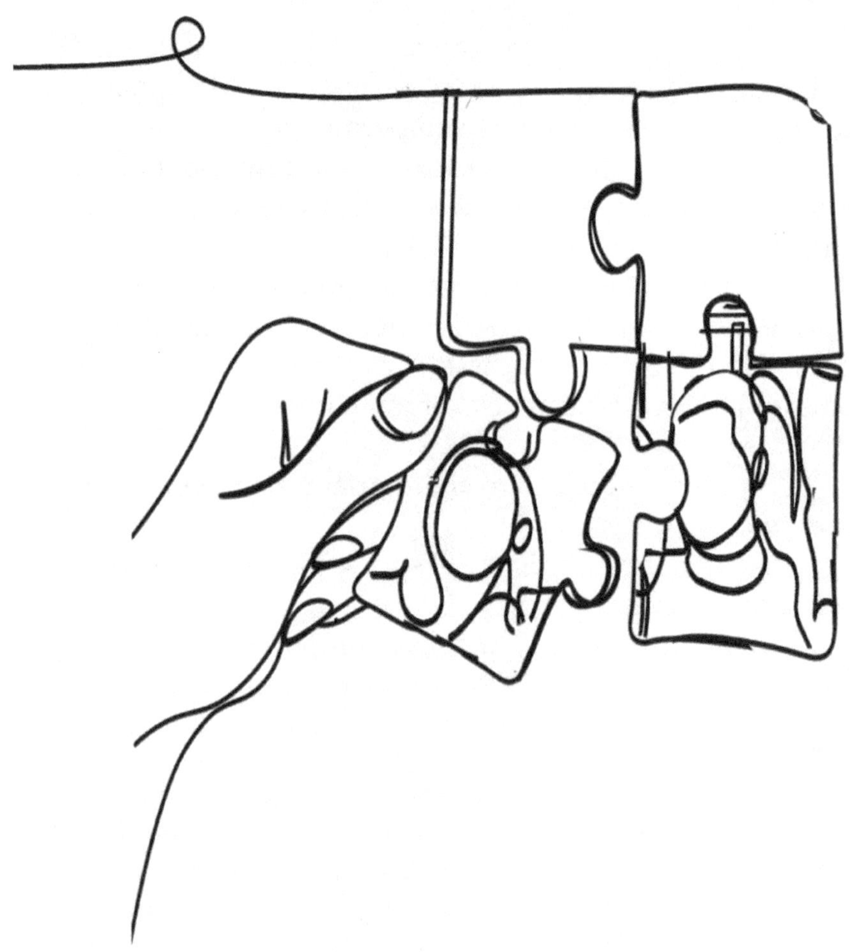

27

E adesso?

'Quindi, questo è ciò che sappiamo finora,' disse Christine. 'Sappiamo che una delle donne nella foto è la signora Eastman, morta in un incidente stradale mentre lasciava la festa del dottor Patterson. L'altra donna è la signora Austin, che giace sedata in una casa di cura. Poi, abbiamo il dottor Bernard, il dottor Abrahams e il dottor Alamilla, che ora lavorano tutti presso l'azienda farmaceutica del dottor Patterson.'

'Contatterò quell'ispettore di polizia che ha indagato sull'incidente d'auto. Non ho mai trovato il coraggio di telefonargli,' disse Eva.

'Per chiedergli cosa esattamente?'

'Deve aver condotto un'indagine decente. Forse c'erano dei sospetti seri ma, a causa della mancanza di prove, nessuno è stato accusato. Voglio dire, senti parlare sempre di questo genere di cose.'

'Si, mentre guardi *Law and Order*,' disse Christine.

'Hai un suggerimento migliore? L'unica cosa in comune a tutti gli indizi è il dottor Patterson.'

'Eva, non essere ridicola. Il dottor Patterson non mi ha salvato la vita quando mi ha trovata dopo l'episodio dei sonniferi?'

'Lo so. Ma era prima che avessimo la foto e, a pensarci

bene, perché è venuto a trovarci quel giorno? Abbiamo vissuto in quell'appartamento negli ultimi sette anni e quell'uomo è venuto a trovarci forse tre volte.'

'Penso che tu stia diventando un po' paranoica.'

'Non è paranoia. Anche tu sei sospettosa. Sei troppo testarda per ammetterlo,' disse Eva.

'Non penso di essere testarda. Penso che tu stia esagerando.' Christine cercò di mantenere la calma.

'Come ho detto, se hai un'idea migliore, per favore dimmela. Sono tutta orecchie,' rispose Eva, seccata.

'Va bene. Faremo a modo tuo. Telefona a quel ispettore e senti cosa ha da dire.'

'Ti dispiacerebbe telefonare?' chiese Eva a bassa voce.

Christine la guardò e sospirò. 'Ti ricordi il suo nome?'

'Ispettore Peter McMillan.'

Christine prese il telefono e compose il numero della stazione di polizia locale. Non voleva pensare troppo alla telefonata, altrimenti avrebbe sicuramente cambiato idea. 'Buon pomeriggio. Sto cercando un ispettore di nome Peter McMillan. Ha lavorato per la città circa vent'anni fa.'

Continuava a guardare Eva mentre parlava al telefono. 'Sì. Capisco ... Ma vorremmo davvero parlare con lui di un caso a cui ha lavorato. Sì, certamente. È stato un incidente d'auto che ha coinvolto il dottore e la signora Eastman. Davvero….? Grazie.' Christine prese una penna e annotò un numero di telefono.

'Cosa ha detto?' chiese Eva, impaziente.

Christine ignorò la domanda di Eva e compose immediatamente il numero. 'Ispettore Peter McMillan, prego.' Eva balzò in piedi eccitata, si avvicinò a Christine e le afferrò il braccio.

'Buon pomeriggio. Il mio nome è Christine Rhodes. Vorrei parlare con il Ispettore McMillan di un caso a cui ha lavorato circa vent'anni fa. È possibile fissare un appuntamento? È stato un incidente d'auto sospetto. Due persone, il dottore e la signora Eastman, sono morte. Certamente. Grazie per l'aiuto.'

'Cosa ha detto?' chiese Eva, scuotendo le braccia di Christine.

'Calmati. Ho parlato solo con un detective. Mi ha detto che ne avrebbe discusso con il Ispettore McMillan. Devo richiamare questo pomeriggio.'

'Quello che non capisco è che la maggior parte delle persone nella foto sono dottori o mogli di medici che lavorano con il dottor Patterson. Che ci faceva lì la signora Austin?' chiese Eva.

'Fammi tirare fuori la mia sfera di cristallo e ti dirò tutto. Smettila di farmi domande stupide.'

'Wow! Perché sei così arrabbiata?' chiese Eva, un po' colta alla sprovvista.

'Mi dispiace. Non mi piace quello che sta succedendo. Mi piace che la mia vita sia prevedibile, a differenza tua. Vuoi un altro caffè?'

'No grazie. Vado a fare un bagno.' Eva uscì dalla stanza, lasciando Christine con più domande di quante avrebbe mai potuto immaginare.

28

Ulteriori indagini

Erano le due e mezzo. Christine rimase seduta a fissare il telefono. Era ora di telefonare di nuovo all'ispettore McMillan. Prima era audace, ma ora si sentiva terribilmente nervosa. All'improvviso, sollevò la cornetta ma, prima di comporre il numero, riattaccò velocemente. Fissò il telefono come se fosse il nemico. Fece un respiro profondo, sollevò di nuovo la cornetta e compose il numero molto velocemente.

'Buon pomeriggio. Mi chiamo Christine Rhodes. Cerco l'Ispettore McMillan.'

'Ah, sì. Signorina Rhodes. Ho parlato con l'ispettore McMillan e vorrebbe parlarle.'

'Grazie mille.'

'Ispettore McMillan.'

Christine fu sorpresa di sentire l'uomo parlare in modo severo. 'Buon pomeriggio, ispettore McMillan. Il mio nome è Christine Rhodes. Chiamo per un incidente stradale che ha causato la morte del dottor e della signora Eastman molti anni fa,' disse Christine molto rapidamente.

'Lei è un membro della famiglia Eastman?'

'No, no.'

'Allora, qual è il suo interesse per questo caso?'

'È una storia terribilmente lunga, ma noi, la mia coinquilina Eva ed io, abbiamo letto un articolo sul giornale riguardo l'incidente d'auto. Volevamo chiederle se ci fossero ircostanze sospette o persone indagate.'

'Signorina Rhodes, anche se ci fossero circostanze sospette, come le chiama lei, non posso condividere queste informazioni con lei. Posso chiederle qual è il suo interesse per questo caso di vent'anni fa?'

'Non ne sono sicura, ispettore... mi dispiace di averle fatto perdere tempo.' Mise giù velocemente il telefono.

'Cosa ha detto?' chiese Eva.

'Esattamente quello che mi aspettavo. Ha pensato che fossi un idiota e mi ha detto che non poteva discutere del caso.'

'Perché no?'

'È un vecchio caso e non siamo familiari.'

'Suppongo che abbia un protocollo da seguire. Immagina se la polizia parlasse delle investigazioni con chiunque.'

'Suppongo che tu abbia ragione. Merda, cosa facciamo adesso?'

'Non sono sicura.' Rifletté Eva. 'Forse dovremmo incontrarlo?'

'Sì ... perfetto! Allora sarò conosciuta alla stazione di polizia come *Christine Rhodes, pazza certificata: da evitare a tutti i costi.*'

Per favore, dammi tutte le informazioni che trovi su Christine Rhodes e la sua coinquilina, una certa Eva, non ho capito il suo cognome. Voglio sapere chi sono, cosa sanno, cosa fanno e con chi,' ordinò l'ispettore McMillan.

'Certamente, ispettore.'

***

Eva e Christine andarono di nuovo alla casa di cura. Liz gli disse che si sarebbe unita a loro, in modo da farle alcune domande sui farmaci e sull'assicurazione. Parcheggiarono la macchina nello stesso punto. Quando entrarono nell'area della reception, videro che Miranda stava riordinando la sua scrivania. Alzò lo sguardo quando entrarono. 'Non sapevo che foste in visita oggi?'

'Sì. Siamo qui per andare a trovare di nuovo la signora Austin. Se tutto va bene, oggi sarà un po' più lucida,' rispose Eva in tono fiducioso.

'Certo. Devo chiamare Liz per voi?'

'Sì. Grazie.'

Miranda chiamò Liz e si sedette di nuovo dietro la sua scrivania. Iniziò ad archiviare alcuni documenti.

'Ciao, ragazze,' le salutò Liz mentre girava l'angolo. Indossava la sua uniforme da infermiera, solo che questa volta il suo cardigan lavorato a maglia era di un colore rosa intenso.

'Ehi, Liz,' disse Eva.

'Andiamo direttamente nella stanza della signora Austin? La sua terapia è prevista tra mezz'ora, quindi questo dovrebbe essere il suo momento più lucido della giornata.'

'Grandioso. Speriamo di sì.' Christine ed Eva seguirono Liz lungo il corridoio fino alla camera della signora Austin.

'Signora Austin, guardi chi è tornato a trovarla. Christine ed Eva.'

Christine ed Eva si sedettero accanto al letto della signora Austin; ciascuna su lati opposti. Sebbene la signora Austin non fosse affatto una donna bassa e minuta, sembrava fragile. La sua pelle era pallida e coperta di rughe. Le sue braccia sembravano ossute e le sue mani erano secche con le unghie spezzate.

Liz seguì il loro sguardo e disse: 'È colpa del farmaco. Le secca la pelle. Cerco di idratarla il più possibile, ma non ho sempre tempo.'

'Non ha visitatori?' chiese Eva.

'No. Non ho mai visto nessuno. Triste, non è vero?'

'Chi le paga il soggiorno nella struttura? Sicuramente un posto come questo non costa poco.'

'C'è un'associazione; qualche ente di beneficenza che le paga i conti. Strano, le pagano il soggiorno e le medicine, ma nessuno dei loro membri è mai venuto a trovarla,' disse Liz scrollando le spalle.

La signora Austin mormorò, ed Eva e Christine si sedettero dritte per lo shock. 'È sveglia?' chiese Christine.

'Puoi parlarle e scoprirlo. Non ti morderà,' rispose Liz.

'Signora Austin, mi sente? Mi chiamo Christine Rhodes e ho alcune domande che vorrei farle riguardo a una sua foto che abbiamo trovato. Si trova di fronte a un ospedale in Cile, in Sud America.'

La signora Austin si mosse e afferrò il braccio di Christine. Christine lanciò un urlo per la sorpresa.

'Christine, calmati. Ti ho detto che è cosciente.'

'Sono così dispiaciuta. Non mi aspettavo che si muovesse.'

'Il mio bambino…'

'Il suo bambino, signora Austin? Abbiamo visto che era incinta nella foto.'

'Il mio bambino è morto.'

Christine guardò verso Eva in cerca di sostegno. Eva, tuttavia, rimase in silenzio.

'Come è morto il suo bambino?' chiese Christine.

'Matthew.'

'Chi è Matthew? Sta parlando di Matthew Patterson?'

La signora Austin non rispose. Potevano vedere le lacrime che scorrevano lungo le sue guance ossute.

'Cosa sta succedendo qui?' chiese il dottor Daniel Johnson, il direttore medico della struttura.

'Dottor Johnson … Queste sono mie amiche, Christine

Rhodes ed Eva Williams. Sono venute a trovare la signora Austin.'

'La stanno facendo agitare. Dovresti saperlo che non bisogna permettere a estranei di vedere i nostri pazienti, Liz. Vi suggerisco di andarvene adesso, prima di sconvolgere ulteriormente la signora Austin,' ordinò a Christine ed Eva di andarsene.

'Potremmo farle un'altra domanda?' chiese Eva. Mise tutto il suo fascino nella domanda.

'Non mi ha capito? La state facendo agitare. Non mi piace che i miei pazienti siano agitati. Non va bene per loro.'

'Si calmi. Ce ne stiamo andando,' rispose Eva.

Il dottor Johnson estrasse una siringa e la iniettò alla signora Austin nel braccio. A giudicare dal suo viso, cadde in un sonno profondo, poiché tutte le emozioni a cui avevano assistito scomparvero.

'Liz, grazie ancora,' disse Christine a Liz fuori dalla porta della camera della signora Austin.

'Nessun problema.'

'Pensi che ti abbiamo messa nei guai?' chiese Eva, sapendo ora che il dottor Johnson era un verme senza cuore.

'Nah. Non ti preoccupare. Tuttavia, è meglio che ve ne andiate ora.'

Christine ed Eva si diressero rapidamente verso l'auto noleggiata. 'Pensi che stesse parlando del dottor Patterson quando ha detto *Matthew*?'

'Chi altri?' rispose Eva.

Quando tornarono alla loro macchina, il sole era tramontato e si stava facendo buio. Eva decise di guidare e avviò la macchina. Mentre percorrevano l'oscuro viottolo di campagna, Christine cercò della bella musica alla radio. Smise di cercare quando sentì *The Reflex* dei Duran Duran. Entrambe le ragazze canticchiavano al ritmo della musica quando, all'improvviso, dal nulla, un'auto sbucò sulla strada.

'Che diavolo ...?'

'Eva ... attenta alla strada!'

'Sto cercando. Reggiti forte!'

'Attenta! FERMATI!!!' le gomme dell'auto stridettero.

La macchina uscì fuori strada entrando nel bosco. Eva stava cercando freneticamente di frenare e cercava disperatamente di non perdere il controllo dell'auto. C'erano troppi alberi e il veicolo andò a sbattere frontalmente contro uno di essi.

'Eva ... stai bene?' chiese Christine.

'Aaaah,' Eva era ancora curva sul volante. 'Che diavolo era quello?' mormorò.

'Non ne sono sicura. Qualche idiota è spuntato dal nulla e si è fermato in mezzo alla strada.'

'Wow! Avrebbe potuto ucciderci!' esclamò Eva.

'Diamo un'occhiata.' Christine aprì la portiera del passeggero e scese lentamente dall'auto.

Si incamminarono verso la strada e guardarono nella direzione in cui avevano perso il controllo dell'auto. Non si vedevano altre auto.

'Il pazzo se n'è andato. Chi farebbe una cosa del genere? Guidare la macchina in mezzo alla strada senza fari, causare un incidente e poi scappare?' Christine era in piedi in mezzo alla strada, quasi urlando.

'Santo cielo, Christine. Stai bene?'

'Si. Credo di si. Ho sbattuto la testa contro il parabrezza.'

'Stai sanguinando. Sei sicura di stare bene?'

'Sì ... torniamo alla macchina e vediamo se si accende.'

'Potremmo dover tornare a piedi alla casa di cura.'

'Non tornerò indietro a piedi.'

'Forse non dovremo. Proviamo la macchina. Dovremmo telefonare alla polizia. Quello è un vero pazzo.'

'E dire loro cosa esattamente? *Signor Poliziotto, c'era*

un'auto in mezzo alla strada senza fari e ora non c'è più. Christine, non sappiamo nemmeno che tipo di macchina fosse.'

'Eva, avrebbe potuto ucciderci.' Christine si stava arrabbiando e si mise a braccia conserte, dondolando lentamente da un lato all'altro.

'Calmati ... non siamo morte. Vediamo se riusciamo a far partire la macchina. Non ho voglia di stare in giro. Chissà, potrebbe tornare.'

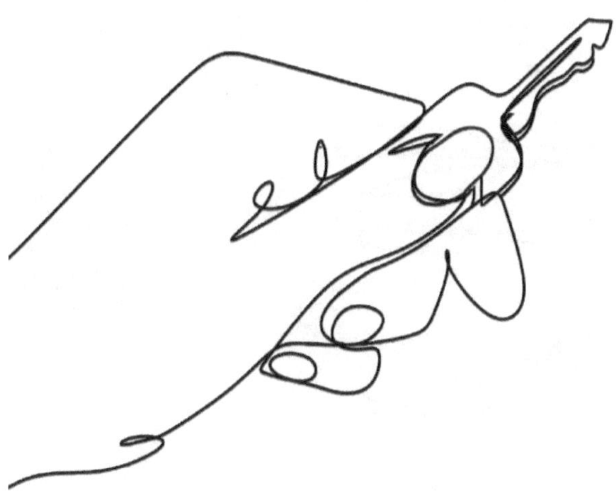

29

Dopo l'incidente

Eva si rimise al volante e girò la chiave. L'auto partì subito. Entrambe emisero un sospiro di sollievo ed Eva fece retromarcia sulla strada il più attentamente possibile. Quando l'auto fu di nuovo sull'asfalto, Christine scese e la ispezionò.

'Dovremo lasciarla al noleggio auto. Grazie al cielo abbiamo un'assicurazione completa.'

'Entra, Christine. Andiamo a casa. Voglio andarmene di qui il prima possibile. Domani controlleremo la macchina a dovere.' Christine salì ed Eva si diresse verso l'autostrada. Una Chrysler grigio scuro era parcheggiata nel bosco.

Un uomo con un completo scuro le guardò allontanarsi.

'Pronto.'
'Le hai prese?'
'No. Sono andate fuori strada contro un albero, ma non sono rimaste ferite e l'auto continua   a funzionare.'
'Ti hanno visto'
'Assolutamente no. Quella strada è nera come la pece.'
'Dobbiamo riprovare.'
'Sì, e, a proposito, sto bene. Grazie per avermelo chiesto.'
'Non fare il bambino.'
Clic!

***

'Mi sento come se avessi fatto un incontro di boxe contro Mohammed Ali la scorsa notte.' disse Eva mentre si alzava la maglietta.

'Eva, sei piena di lividi! Riesco quasi a vedere il contorno del volante.'

'Lo so! Anche il mio reggiseno fa male. Tu non sembri stare molto meglio.'

Christine si guardò nello specchio del bagno e controllò i suoi tagli e lividi. Aprì l'armadietto e prese due antidolorifici.

'Sono sicura che non sia niente di grave, ma fa davvero male. Come dovrei coprirlo? Non posso andare a lavorare in questo modo.'

'Non ho chiuso occhio. Mi fa male tutto. Guarda i miei occhi. Sembro una tossicodipendente,' disse Eva. Afferrò il flacone di antidolorifici nella mano di Christine e ne prese anche lei due.

'Vado a fare il caffè; ne vuoi un po'?' chiese Christine.

'Sì grazie. Chris, rimani a casa oggi?'

'Sì. Credo di si. Non voglio che le persone mi vedano in questo modo. Tu?'

'Sì. Mi fa male il petto da morire. Spero di non aver niente di rotto.'

Christine entrò in cucina e accese la macchina del caffè. Pensò all'auto della sera prima. *Chi si fermerebbe su una strada di campagna isolata aspettando che qualcuno passi solo per ferirlo?* Pensò, *pazzo, pazzo mondo in cui viviamo.* Christine uscì fuori dai suoi pensieri e si versò il caffè. Invece di sedersi, si appoggiò al bancone della cucina e osservò Eva. 'Stai pensando anche tu a ieri sera?'

'Continuo a pensarci. Chi lascia l'auto in mezzo alla strada senza fari? Non erano guasti perché si sono accesi nel momento in cui siamo uscite fuori strada. Pensi che fossero ragazzi del posto?' chiese Eva.

'Ci ho pensato. Ma non avrebbero scelto una strada più trafficata?'

'Quindi, pensi che fosse intenzionalmente contro di noi?'

'Certo che no, non essere sciocca,' disse Christine, ma non era convinta.

'E la signora Austin?' disse Eva. 'Non abbiamo parlato affatto di lei.'

'È la donna della foto, il che significa che il dottor Patterson la conosce.'

'Forse dovremmo tornare indietro e scoprire quali farmaci prende e chiedere a Liz se c'è qualcosa che la casa di cura può fare per mantenerla più lucida.'

'Buona idea. Sono curiosa di scoprire quale sia il suo rapporto con il dottor Patterson,' rispose Christine.

'Ho paura. Ultimamente, tutto è un po' strano; troppe coincidenze,' disse Eva, fissando il suo caffè.

'So esattamente cosa intendi. A volte vorrei che non avessimo mai trovato quella foto.'

***

'*Sono tornate alla casa di cura. Conoscono*
un'infermiera che lavora lì.'
'*Questa sì che è fortuna. Dì a Miranda*
di chiamarmi immediatamente se tornano.'
'*Certo.*'
'*Inutile dire che si stanno avvicinando troppo.*
Dobbiamo fare qualcosa di drastico.
Devono essere fermate.'
'*Lascia fare a me.*'
Clic

***

Quella sera, Eva decise di andare a casa di Steve. Preparò un borsone e diede la buonanotte a Christine. Aveva bisogno di allontanarsi dall'appartamento e da Christine. Aveva bisogno di rilassare la mente e non pensare al dottor Patterson o alla signora Austin. Voleva solo che le braccia di Steve la abbracciassero e la facessero sentire al sicuro. L'incidente d'auto l'aveva turbata più di quanto avesse lasciato intendere, ma non aveva voglia di sconvolgere ancora di più Christine parlandone.

Quando aprì la porta d'ingresso al condominio di Steve, scosse le spalle per liberarsi letteralmente di ogni pensiero negativo. Voleva passare una serata piacevole e intima con Steve.

'Ehi, bellissima,' disse Steve. Indossava un paio di jeans, una maglietta bianca ed era scalzo. La prese tra le braccia e la baciò appassionatamente. 'La cena è pronta e il vino è aperto,' disse.

'Ma tu sei esisti davvero? Devi essere uno di quegli uomini perfetti di cui ho letto da qualche parte.'

'Beh, sono sicuro che ci sono alcune persone che ti contraddirebbero. Ma grazie mille per il complimento.'

'Christine e io abbiamo avuto un incidente d'auto l'altra notte.'

'Cosa è successo? Perché non mi hai chiamato?'

'Era tardi e non ci siamo fatte male. Non volevo farti preoccupare.'

'Cosa vuoi dire, non volevi farmi preoccupare?'

'Non lo so.'

'La prossima volta che succede qualcosa, *devi* chiamarmi, capito?'

'Si signore.'

'L'altra persona era ferita?'

212

'Non lo so. Siamo uscite di strada e quando siamo tornate sulla carreggiata, l'altra macchina era già scappata.'

'Verme! Hai almeno preso il numero di targa?'

'No. Era così buio che non riuscivamo nemmeno a capire che tipo di macchina fosse.'

'Siete andate alla polizia?'

'Con cosa?'

'Suppongo che tu abbia ragione. Ma promettimi che mi chiamerai la prossima volta.'

'Sì, capo ... Cosa c'è per cena stasera?'

'Pasta con funghi porcini e una bistecca grande e succosa a seguire.'

'Steve Patterson, sei davvero perfetto. Dovrei sposarti.'

'Sai cosa signora Williams, penso che potrebbe non essere una cattiva idea.'

Eva si sentì battere il cuore fortissimo. Era una proposta? O aveva fatto lei la proposta? Decise di riderci sopra e si versò velocemente un bicchiere di Chianti.

***

Mentre Liz passava davanti alla reception, Miranda la fermò. 'Il dottor Johnson vuole vederti nel suo ufficio.'

Liz annuì e andò nella stanza riservata allo staff e lasciò il cappotto e la borsa. Prese un caffè dal distributore automatico e andò all'ufficio del dottor Johnson. Bussò ed entrò.

'Buongiorno, Liz. Per favore siediti.'

'Buongiorno, dottor Johnson. Ha lavorato tutta la notte?'

'Sì. Ho realizzato che le tue amiche hanno già fatto visita alla signora Austin una volta. Ho saputo anche che non hanno alcuna relazione con lei.'

'È vero. Non ci trovavo niente di male. La signora

Austin non ha ricevuto visite da quando è arrivata e ho pensato che potesse aiutarla. Forse ha bisogno di più interazioni umane.'

'Sei una delle migliori infermiere che abbiamo in questa struttura.'

'Grazie.'

'Aspetta a ringraziarmi. Voglio che tu capisca che sei solo questo: un'infermiera. I medici prendono decisioni su ciò che può o non può essere utile per i pazienti. Spero che tu capisca la serietà di questo discorso. Non può succedere di nuovo.'

'Certo che no, dottor Johnson. Mi dispiace. Non pensavo che ricevere delle visite avrebbe fatto male alla signora Austin.'

'Inoltre, perché volevano vedere proprio la signora Austin? Sicuramente abbiamo altri pazienti che potrebbero essere più interessanti per loro.'

'Entrambe pensano che la signora Austin abbia un aspetto familiare. È tutto. Non stanno cercando i suoi soldi.'

'Non mi piace il tuo tono di voce, Liz. Devo aggiungere questo episodio alla tua cartella di valutazione personale. Puoi andare ora.'

'Grazie, dottor Johnson.' Liz si alzò e sbatté la porta dietro di sé. Andò dritta alla reception. 'Miranda, volevo solo farti sapere che la mia chiacchierata con il dottor Johnson è andata bene. Adesso vado a lavorare. Se succede qualcosa fuori dall'ordinario, e dato che sono solo un'infermiera, mi assicurerò di riferirtela. In questo modo, potrai informare immediatamente il dottor Johnson.'

'Fa parte del mio lavoro tenere informati i medici su ciò che sta accadendo.'

'Sì. Sono sicura che un paziente che riceve una visita sia una notizia importante e, come receptionist, sei più che qualificata per valutarlo.' Liz non aspettò una risposta e andò verso il corridoio.

***

Eva arrivò in ufficio dopo aver passato la notte da Steve e telefonò a Christine. 'Steve ci ha invitate nella casa di campagna,' disse Eva.

'Carino da parte sua. Ma non sono sicura di voler lasciare Eric per il fine settimana.'

'Non solo tu, stupida. Anche Eric.'

'E Marlene?'

'Steve mi ha detto che le ha chiesto il permesso e lei ha accettato. La donna sta lentamente mostrando di avere un cuore.'

'Fantastico. Mi servirebbero un paio di giorni rilassanti con Eric. Ringrazia Steve da parte mia. Chiamo Eric e vedo se gli va.'

Christine era eccitata. Aveva adorato il suo ultimo soggiorno nella casa di campagna e ora sarebbe stato ancora più speciale. Sarebbe stata lì con Eric. Avrebbero potuto fare lunghe passeggiate romantiche o semplicemente sdraiarsi al sole godendosi il bellissimo paesaggio. Prese immediatamente il telefono. 'Eric, sono io. Ascolta, siamo stati invitati da Steve ed Eva a unirci a loro nella casa di campagna dei Patterson questo fine settimana. Ti andrebbe? Faresti meglio a dire di sì perché è il posto più incredibile in assoluto.'

'Sicuro. Mi andrebbe qualche giorno di riposo.'

'Grandioso. È deciso. Riesci a liberarti domani pomeriggio? In questo modo, possiamo partire verso le 2?'

'Un pomeriggio libero ...? Potrebbe essere difficile. Ho così tanti progetti in ufficio. Posso venirti a prendere verso le 4?'

'Perfetto, ci vediamo domani.'

30

L'esplosione

Christine non era mai stata così contenta. Era andata a fare shopping per dei vestiti adatti ed eleganti. Aveva preso un appuntamento per una ceretta alle gambe all'ora di pranzo ed era pronta per un fine settimana pieno di romanticismo. Eva se ne andò prima con Steve per assicurarsi che il barbeque fosse pronto prima che lei ed Eric arrivassero.

Christine era seduta in soggiorno ad aspettare Eric, che era in ritardo come al solito. Quando finalmente il suo campanello suonò, corse fuori dalla porta.

'Mi dispiace, Chris. C'era troppo da fare in ufficio e non s una riunione. Mi cambierò i vestiti quando arriveremo.'

Christine si sedette nella Porsche nera e si chinò per baciare Eric. 'Nessun problema. Tuttavia, forse la prossima volta potresti chiamarmi. Non una lunga telefonata, solo una telefonata veloce per farmi sapere che sei in ritardo. Sono le cinque e mezzo. Sto aspettando da più di un'ora.'

'Non è facile interrompere una riunione per fare una telefonata.'

'Va bene. Non preoccuparti. Dimentica che lo abbia detto.'

***

Arrivarono alla casa di campagna verso le otto e mezzo. Christine non sapeva che Eric guidasse come un pazzo. All'improvviso si rese conto che in tutto il tempo in cui erano stati insieme, non l'aveva mai portata fuori città.

Eva si avvicinò dopo che parcheggiarono l'auto. 'Siete arrivati presto. Sono sicura che hai spinto bene l'acceleratore di questa bambina.' Eva stava controllando la Porsche.

'Ciao, Eva.' Eric la baciò sulla guancia. Era un fanatico dei complimenti.

'Mi lascerai portare quella macchina per fare un giro questo fine settimana?'

'Vedremo.'

'Steve sta mettendo la carne sulla griglia. Dovrebbe essere pronto tra circa quindici minuti. Christine, tu ed Eric siete nella stessa stanza in cui sei stata l'ultima volta.'

'Grazie. Ci rinfreschiamo e scendiamo tra un minuto.' Christine prese Eric per un braccio e lo accompagnò in camera da letto. 'Non è una stanza meravigliosa?' disse quando entrarono. 'È un peccato che sia buio. Domani vedrai la fantastica vista. È davvero da mozzare il fiato.'

'Un giorno avrò una casa come questa.'

'Sarei felice con te in qualsiasi casa,' gli si avvicinò, gli mise le braccia intorno al collo e lo baciò.

'Ne sono sicuro. Ma voglio una casa come questa.'

'Vieni, andiamo. Ci stanno aspettando.' Scesero le scale e raggiunsero Eva e Steve nel patio. 'Steve, come stai?' Christine diede a Steve un veloce bacio sulla guancia.

'Ciao Chris. È bello vederti.'

'Questo è Eric. Non so se voi due vi siete mai incontrati alle feste dei vostri genitori.'

'Non credo. Piacere di conoscerti, Eric. Posso offrirti un bicchiere di rosso? Abbiamo aperto un meraviglioso Chianti che mia madre ha fatto spedire dall'Italia.'

'Eccellente. Sembra fantastico,' disse Eric.

'Adesso sto cucinando le salsicce. Dopo queste, farò le bistecche. Come ti piace la bistecca, Eric?'

'Media cottura. Ma per me basta così. Non voglio salsicce, grazie.'

'Niente salsicce? Non sai cosa ti perdi.'

'Oltre al colesterolo, non molto.'

'Eric, sono d'accordo con Steve. Le salsicce sono deliziose e magre,' cercò di convincerlo Christine.

'No grazie. Prendo la bistecca. Mentre mangiate le vostre salsicce, darò una rapida occhiata in giro, se va bene, Steve?'

'Sicuro. Nessun problema.' Steve guardò Eva, che era in piedi dall'altra parte della griglia. Si rese conto che Eric e Steve non sarebbero mai diventati migliori amici. Si chiese se Eric avesse degli amici.

'Il tempo dovrebbe essere fantastico domani. Forse possiamo anche fare una lunga passeggiata,' disse Eva, cercando di alleviare la tensione.

'Non hai una barca qui? Mi piacerebbe fare un giro sul lago,' chiese Eric. Si riferiva al lago Llangorse che distava circa un'ora di macchina.

'Si. Di solito è nella rimessa delle barche, ma mio padre ha chiesto a Harry di dargli una ripulita. Siamo fortunati e penso che sia un piano perfetto.'

'Non sapevo che ti piacessero così tanto le barche,' commentò Eva.

'Purché vadano veloci,' rispose Eric con un sorriso e fece l'occhiolino a Christine.

'Penso che sia meraviglioso. Forse potremmo fare un picnic,' disse Christine, contenta di aver trovato qualcosa in comune.

Dopo cena, tutti erano esausti. Quindi, andarono a letto presto. Christine aveva comprato un grazioso completino da notte e stava aspettando Eric. Quando uscì dal bagno, ancora completamente vestito, Christine si mise a sedere. 'Non vieni a letto?'

'Non ne sono sicuro. Ero così stanco, ma ora mi sento completamente sveglio. Ti dispiace se vado a fare una breve passeggiata? Torno tra mezz'ora?'

'Vuoi che venga con te?'

'No, dormi. Torno presto.' Si avvicinò al letto e baciò Christine.

***

Il giorno dopo, Christine si alzò presto per preparare la colazione per Eric.

'Ti trovo bene, Christine,' disse Steve.

'Buongiorno, Steve. Spero non ti dispiaccia se ho usato la cucina. Ho pensato che sarebbe stato carino portare la colazione a letto ad Eric.'

'Ovviamente no. Forse puoi parlare con Eva. Mi piacerebbe fare colazione a letto. Vedo che sei pronta per il viaggio. Indossi persino scarpe da barca.'

'Si. Quanto sono prevedibile?'

Quando entrò in camera da letto con la colazione, Eric era al telefono in bagno. 'Sarò subito da te, Chris. Devo rispondere a questa chiamata.'

Quando Eric entrò in camera da letto, Christine notò che si era già fatto la doccia e si era rasato. Indossava un paio di pantaloncini scozzesi verdi al ginocchio e una polo. 'Sei molto bello stamattina.'

'Uh-um.'

'Dovresti spegnere il cellulare e goderti il fine settimana.'

'Ho dovuto fare una chiamata importante. Lo spengo adesso.'

'Ti andrebbe un po' di succo?'

'Sì grazie. Avevi ragione, Chris. Questa vista è fantastica.' Eric era vicino alla finestra che dava sulla campagna.

'Te l'avevo detto. È un crimine che i Patterson non usino questa casa più spesso. Penso che Marlene trovi difficile lasciare la città. Diciamo che non è una donna di campagna.'

'Non lo so. Ha molti impegni sociali. L'ho incontrata solo una volta e sembra una signora davvero simpatica.'

'Ma conosci Marlene, vero?'

'No…. Non l'ho mai incontrata prima della festa.'

'Non è vero. Ti ho visto alcuni mesi fa vicino al tuo ufficio. Stavi aspettando all'angolo. Dopo pochi minuti, è arrivata Marlene Patterson e avete preso un taxi insieme. A meno che tu non abbia l'abitudine di prendere un taxi con donne sconosciute, devi conoscerla.'

'Mi hai seguito?' Si voltò guardandola storta.

'No. È stata una pura coincidenza. Ti ho solo visto per strada dopo aver fatto shopping.'

'Di cosa stai parlando, Christine? Quando ti dico che ho incontrato Marlene Patterson per la prima volta alla festa, è la verità. Forse pensavi di avermi visto, ma ti assicuro che non ero io.'

'Non c'è bisogno di agitarsi,' disse Christine leggermente sconcertata dalla reazione aggressiva di Eric.

'È solo che non mi piace essere accusato di qualcosa che non ho fatto.'

'Non ti ho mai accusato. Era solo una domanda.'

'Penso che dovremmo fare quella gita in barca,' disse Eric bruscamente, e uscì dalla stanza.

Christine raccolse il maglione e seguì Eric al piano di sotto per unirsi agli altri. Eva e Steve stavano aspettando in macchina, ansiosi di guidare fino al lago.

Non parlarono molto in macchina. Ascoltarono la radio. Quando arrivarono al lago, Steve si recò all'imbarco a lui assegnato e vide la barca attraccata di fronte a lui. La barca era un cabinato dall'aspetto imponente. Era molto spaziosa e poteva ospitare comodamente sei persone, con due spazi aggiuntivi sulla piattaforma da bagno rialzata.

'Questa sì che è una bella barca, Steve.' Eric fischiò.

'Ci sono anche una piccola cucina e un bel bagno al piano di sotto,' sussurrò Eva eccitata a Christine.

'Ancora non riesco a crederci,' disse Christine, prendendo Eva da parte. 'Devi pizzicarmi. Penso che stia sognando. Io e te, entrambi con i fidanzati, in questo posto bellissimo.'

'Lo so. La vita è perfetta in questo momento.' Le ragazze andarono sul ponte e si sedettero sui lettini incorporati.

'Andiamo, Steve. Vediamo cosa può fare questa bambina,' disse allegramente Eric.

'Voi ragazze siete pronte per un giro da sballo?' gridò Steve in fondo alla barca.

'Si. Andiamo!' urlò Eva.

Steve spinse la barca per accelerare e, prima che se ne rendessero conto, la barca stava volando sull'acqua. Tutti e quattro gridavano per l'eccitazione. Mentre Steve decelerava, sia Christine che Eva si tolsero i capelli dalle facce.

'Mio Dio! È stato fantastico. Deve essere uno spettacolo reale, vederla in azione,' disse Eric.

'Bene, possiamo sempre farti scendere e passarti davanti se questo ti rende felice,' scherzò Steve.

'Potresti? Sarebbe grandioso. Posso fare un piccolo video.' Eric prese una piccola macchina fotografica dalla tasca.

'Sei serio?'

'Assolutamente. Sarà fantastico.'

Steve voltò la barca e tornò al molo. 'Stiamo già tornando indietro?' chiese Christine.

'Eric vuole fare un video della barca dalla riva.' Steve guardò Eva e scrollò le spalle.

'Sei impazzito? Perché dovresti farlo?' chiese Eva.

'Amo la velocità. E il modo in cui questa barca vola sull'acqua è semplicemente troppo bello per non vederlo.'

'Qualunque cosa ti renda felice,' disse Eva e alzò le spalle. Steve accompagnò Eric sul molo.

'Forse dovrei restare con te, Eric,' disse Christine.

'No, Christine. Rimani a bordo. Mi piacerebbe riprenderti nel video.'

Christine tornò a sedere e guardò Eric mentre Steve riportava la barca al lago. Lo salutò con la mano, ma lui non ricambiò. 'Forse non riesce a vedermi,' disse Christine.

'Ma stai scherzando? Ti sta guardando.'

'Vabbè. Forse è colpa del sole.'

'Siete pronte ragazze?' chiese Steve.

'Pronte come non lo saremo mai,' mormorò tra sé stessa Christine.

Steve fece rombare il motore come se stesse partecipando a una gara di velocità. Si voltò con un gran sorriso stampato in faccia. Steve si stava divertendo, questo era certo. Lasciò andare la barca e, prima che se ne rendessero conto, stavano di nuovo accelerando sull'acqua. 'È meglio che Eric faccia un bel video.'

'Sarò felice quando tutto sarà finito,' gridò Christine e si tenne al suo posto, tenendo gli occhi chiusi.

'Cos'è quest'odore?' Eva gridò a Steve.

'Cosa...'

'L'odore...'

Eva guardò Christine ed entrambe furono prese dal panico. 'Steve! Ferma la barca!' gridò Christine.

'Che cosa? Non riesco a sentirti,' gridò in risposta Steve, indicando le sue orecchie.

'Ferma questa barca adesso!' Eva gridò più forte che

poteva. Videro il fumo uscire dalla cabina. La barca stava andando troppo veloce perché potessero spostarsi verso Steve. 'Steve ... ferma la barca!'

Steve si voltò e vide entrambe le ragazze in preda al panico. Le fiamme provenivano dalla cabina e poteva sentire l'odore del gas. Senza nemmeno pensarci due volte, estrasse le chiavi dall'accensione e corse dalle ragazze. 'Saltate!' gridò. 'Eva ... Christine, saltate !!!'

Le ragazze si guardarono terrorizzate. Le lacrime scorrevano sul viso di Christine. Eva era curva e si teneva la testa. 'Saltate! Dobbiamo scendere dalla barca adesso!!!' Steve afferrò entrambe le ragazze e le trascinò con sé verso il lato della barca. Le spinse fuori bordo e saltò dietro di loro.

'Nuotate! Nuotate più velocemente che potete!' Steve trascinò entrambe le ragazze con sé. L'acqua era gelata e Christine ansimava. Andò sotto più volte e ingoiò acqua. Quando tornò su, tossì in modo incontrollabile. Eva era sopraffatta dallo shock e tremava.

'Nuotate! Per l'amor del cielo, Eva, nuota!'

Steve afferrò Eva per i suoi capelli per impedirle di andare sott'acqua. Era evidente dal suo respiro che era in iperventilazione. I tre si rannicchiarono insieme e cercarono di nuotare fino alla riva. All'improvviso, ci fu un enorme *bang!* dietro di loro; detriti in fiamme volarono tutt'intorno a loro.

'Christine, vai sott'acqua!' gridò Steve mentre trascinava Eva sott'acqua per evitare che ustionasse. Christine prese una boccata d'aria quando tornò su. C'era una palla di fuoco dietro di loro; il resto di quella che era stata la barca. I tre erano ancora rannicchiati insieme. Eva si stava lentamente calmando.

'Stai bene, Christine?' chiese Steve.

'Credo di si. Non sono ... non sono sicura.' Stava ancora tossendo pesantemente.

'Puoi provare a nuotare fino a riva mentre prendo

Eva?' Senza rispondere, Christine iniziò a nuotare come meglio poteva. Eva era appesa al braccio di Steve mentre cercava di nuotare con l'altro. Erano molto lontani dalla riva. Christine continuava a nuotare come un robot davanti a lui.

'Tieni duro, piccola. Prova a nuotare con me,' disse Steve a Eva. Proprio in quel momento, Steve sentì il rumore di un motore e vide un piccolo motoscafo giallo brillante che correva verso di loro. Iniziò a gesticolare e a gridare aiuto.

'Steven, cosa è successo?'

'Harry, grazie a Dio!'

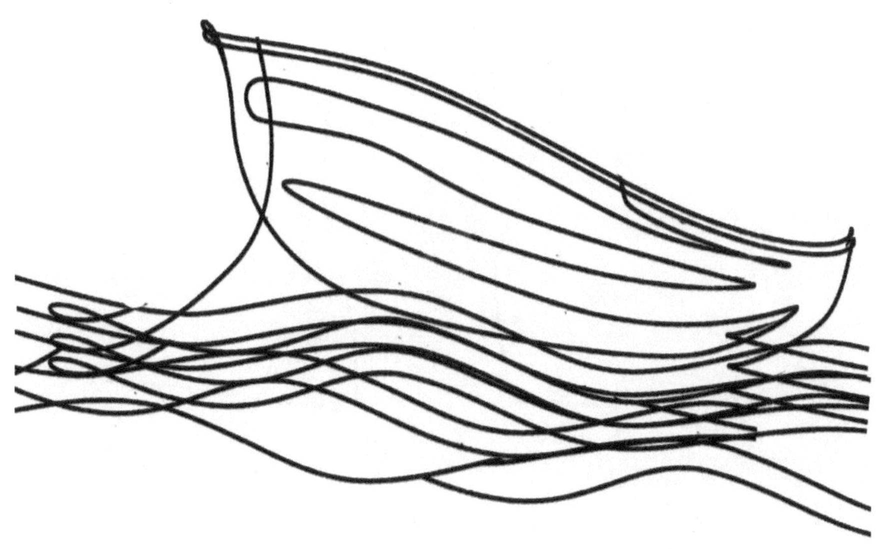

31

Gli animi si accendono

Harry spense il motore e si sporse di lato per tirare fuori Christine dall'acqua. Steve la aiutò mentre Harry trascinava Eva nel motoscafo e alla fine salì lui stesso sulla piccola imbarcazione. Sia Christine che Eva stavano tremando terribilmente. Erano bianche come fantasmi e non erano in grado di parlare.

'Dobbiamo riportarle a casa il prima possibile. Altrimenti, andranno in shock,' disse Harry. A quel punto, anche Steve era molto stanco e infreddolito; non era in grado di rispondere. Annuì soltanto.

Harry si avviò e li riportò a casa. Quando raggiunsero la riva, Harry corse alla macchina e prese gli asciugamani. 'Povere ragazze. Tenete, mettetevi questi addosso.'

'Grazie, Harry,' disse Steve, prendendo uno degli asciugamani. 'Dobbiamo riscaldarle. La rimessa delle barche ha una doccia.'

'Fai scorrere l'acqua e rendila più calda possibile per favorire la circolazione del sangue,' gridò Harry dietro a Steve, che stava camminando più veloce che poteva con entrambe le ragazze.

Mentre Steve metteva le ragazze sotto la doccia, Eric entrò. 'Che diavolo è successo?' disse, senza fiato.

'Noi ... noi ... abbiamo avuto un incidente,' mormorò

Christine. Non riusciva a smettere di tremare.

'Dobbiamo tornare a casa e tenere la macchina calda,' disse Eric.

Quando arrivarono a casa, Steve portò entrambe le ragazze nelle loro stanze e aprì di nuovo la doccia. 'Stai bene, Christine? Chiamami se hai bisogno di qualcosa.' Christine annuì e iniziò a spogliarsi. Steve tornò nella stanza che condivideva con Eva. Si era già tolta i vestiti e indossava un accappatoio.

'Sarei morta senza di te,' gli disse con voce seria.

'Non essere sciocca. Non saresti nemmeno stata su quella stupida barca se non fosse stato per me.'

'Cosa stai dicendo, Steve? Smettila! Mi hai salvato la vita.' Steve andò a letto e si sdraiò accanto a lei. La prese tra le braccia, la tenne stretta e la cullò come una bambina. 'Penso che sia meglio andare a prendere una bevanda calda,' disse Eva, sollevandosi sui gomiti.

Uscirono dalla loro stanza ed Eva bussò alla porta di Christine per controllarla.

'Chris, stai bene?'

Eric aprì la porta. Eva vide che i suoi vestiti erano completamente asciutti. 'Lei sta bene. Ha appena finito la doccia.'

'Scendi per una bevanda calda?' Urlò Eva nella stanza da sopra la spalla di Eric.

Christine uscì dal bagno. 'Sicuro. Oh, vedo che stai scendendo in accappatoio. Farò lo stesso.'

'Penso che sia meglio se ti vesti prima,' disse Eric.

'Non essere sciocco, Eric. Dopo quello che abbiamo passato proprio ora, vestirsi in modo appropriato è l'ultima cosa che mi passa per la testa. Vieni, Chris. Andiamo a bere qualcosa di caldo.'

'Vieni, Eric?' chiese Christine.

'Sarò lì tra un minuto,' rispose, senza alzare lo sguardo.

***

Harry aveva preparato un fuoco meraviglioso e vi aveva messo quattro sedie intorno. Quattro bicchieri con bevande calde fumanti li aspettavano sul tavolino.

'Wow! Cosa c'è qui?' chiese Eva quando ne bevve un sorso.

'Bevi. Ti farà bene,' disse Steve, sorridendo.

'Non capisco. Tuo padre ha chiesto a Harry di controllare la barca ieri,' disse Eva corrugando la fronte. I tre si sedettero davanti al fuoco, sorseggiando lentamente i loro drink. Tutti erano immersi nei pensieri quando Eric entrò nella stanza.

'Ahhh, una bevanda eccellente,' disse Eric.

'Grazie, Eric. Stiamo bene. Siamo quasi morti ma ora stiamo perfettamente bene. Grazie per avercelo chiesto. Goditi il tuo drink,' disse Eva. 'A proposito, spero che tu sia riuscito a fare il tuo prezioso video. Hai preso la parte dove è esplosa la barca? Per non parlare di una bella scena di noi nell'acqua gelata. Deve essere stato un meraviglioso momento cinematografico.'

'Eva, per favore calmati,' disse Steve.

'No. Non mi calmo. Sei un vero idiota, Eric Woodland. E non meriti di stare con Christine. Dov'eri quando eravamo nell'acqua fredda, quasi annegando? Stavi controllando l'angolazione migliore?'

Christine si alzò bruscamente e salì le scale. Aveva le lacrime agli occhi. Tutti sentirono la porta della camera che si chiudeva sbattendo.

'Grandioso. Grazie, Eva. Non solo ha avuto un'esperienza traumatica, ma ora sei anche riuscita a sconvolgerla. Tu e la tua boccaccia,' disse Eric, ed uscì di casa in giardino.

'Che ti è preso?' chiese Steve.

'È il più grande degli idioti. Questo è quello che è. È un bastardo arrogante, meschino ed egoista. Il motivo per cui Christine si è rimessa con lui va al di là della mia comprensione.'

'È una scelta di Christine, non tua. E non è colpa sua se la barca è esplosa. Potrebbe essere successo quando lui era a bordo.'

'Ohhh, davvero meraviglioso! Stai dalla sua parte?'

'Calmati. Non sto dalla sua parte. Tutto quello che sto dicendo è che questo potrebbe non essere il momento migliore per far sapere al mondo cosa ne pensi di Eric Woodland. Credimi, neanche a me piace molto. Ma sta con Christine e solo Christine può decidere se va bene per lei o no.' Steve accarezzò il braccio di Eva.

'È qui che ti sbagli. Pensa di essere innamorata, ma è innamorata dell'amore stesso. Tutto quello che vuole fare è sposarsi e avere figli.'

'Sono sicuro che hai ragione. Ma non è questo il momento.'

Eva si lasciò cadere sulla sedia, bevve diversi sorsi dal bicchiere e rimase in silenzio per diversi minuti. 'Hai ragione. Devo salire e scusarmi.'

'Dalle un po' di tempo. Abbiamo avuto tutti un'esperienza terribile. Lascia stare fino a questa sera o anche domani.'

'Non credi che sia strano che Eric non sia venuto a salvarci?' Eva riempì di nuovo il bicchiere. 'Ha detto che avrebbe filmato la barca, quindi deve aver visto accadere l'intera cosa. Filmare la barca - stupidaggini. Il gommone era legato al molo quando siamo partiti.'

'Eva, cosa stai dicendo?'

'Harry,' disse Eva in cucina, 'quando sei corso al molo, c'era Eric?'

'No. Pensavamo che il signor Eric fosse con voi.'

'Grazie, Harry. Te l'ho detto. Girare un video su una barca in corsa, che razza di stronzata.'

Quella sera, Eva bussò alla porta della camera da letto di Christine. 'Chris, posso parlarti?'

'Cosa vuoi, Eva? Vuoi condividere altre perle di saggezza con me?'

'Mi dispiace così tanto per quello che ho detto, Chris. Non avevo il diritto di dire quelle cose e vorrei poter ritirare tutto. Non so cosa mi sia preso. Non riuscivo a controllarmi.'

'Certo. È sempre così con te. Niente è mai colpa tua e, ogni volta che qualcosa va storto, non lo intendevi sul serio; qualcosa prende il sopravvento.'

'Non è giusto.'

'Non è vero? Parli sempre prima di pensare e, dopo, ti aspetti di essere perdonata perché non lo volevi dire. Eric ed io partiremo domani mattina come prima cosa. Torniamo in città.'

'No, Christine. Per favore, resta.'

'Eric è molto offeso e non vuole restare. Saremmo partiti questa sera, ma mi sento troppo scossa per tornare indietro.' Christine si mise a sedere. 'Capisco che non ti piaccia Eric, ma è il mio ragazzo. Non ti piace, bene, è un tuo diritto. Ma puoi almeno essere civile con lui, anche se solo per rispetto nei miei confronti.'

'Hai ragione. Mi dispiace così tanto e chiederò scusa a Eric. Sei sicura di voler partire domani?'

'Penso che sia meglio così. Qualche giorno di distanza ci farà bene. Non solo hai sconvolto lui, ma mi hai anche ferita.'

'Sono così dispiaciuta. Hai ragione. Almeno scendi per cena?'

'No. Puoi chiedere a Sarah di portare qualcosa di sopra?'

'Va bene. Ci vediamo in città.'

32

In compagnia di Liz

Eva entrò nell'appartamento buio.

'Chris, sei a casa?' Accese le luci e trovò un biglietto sulla porta della cucina. *Sono da Eric. Tornerò lunedì sera.*

Aprì il frigo e si versò un bicchiere di succo d'arancia. Guardò la posta ma, a parte le bollette, non c'era niente di interessante. Quando squillò il telefono, si diresse rapidamente in soggiorno.

'Eva, ciao. Sono Liz. Come stai? Sono giorni che cerco di contattarti.'

'Ero con Steve al lago.'

'Che romantico. Sei così fortunata.'

'Fortunata non è la parola che userei in questo momento.'

'Tutto ok?'

'Si. Scusa, parlo troppo.'

'Ascolta, c'è qualcosa di cui volevo parlarti. Si tratta della signora Austin.'

'Perché non vieni qui? Christine è da Eric, quindi sono sola. Possiamo ordinare una pizza e passare una serata tra donne.'

'Piano perfetto. Sarò lì tra circa un'ora.'

Eva raccolse la borsa da viaggio che aveva portato alla casa di campagna ed entrò nella sua camera da letto per disfarla. La fissò, e decise di farlo un altro giorno. Si cambiò e si sedette in soggiorno, pensando a tutte le cose che erano successe di recente. Quando sentì il campanello, si precipitò alla porta. 'Ciao, Liz. Entra,' disse Eva quando aprì la porta.

'Sei carina e vestita comoda. Vorrei che me lo avessi detto. Avrei indossato anche io la tuta.'

'Posso offrirti un drink?'

'Hai del vino aperto ...?'

'No. Ma ora apro una bottiglia. Ne voglio un bicchiere anch'io. Vai in soggiorno. Sarò lì tra un minuto. A proposito, il menu della pizza è sul tavolino.'

'Mhhhh, pizza.'

Eva entrò in soggiorno con una bottiglia di vino rosso e due bicchieri. 'E la signora Austin? Sta bene?' chiese Eva.

'Sì. Non c'è niente che non va in lei,' disse Liz. 'Beh, in altre parole, è la stessa.'

'Allora qual è il problema?'

'Dopo che tu e Christine siete venute a trovarla, il dottor Johnson mi ha chiamata nel suo ufficio e mi ha rimproverata severamente. L'adorabile Miranda lo tiene informato su tutto ciò che accade nella casa di cura. Gli ha detto che siete venute a trovarla anche un'altra volta.'

'Che strega. Che cosa le importa?' chiese Eva.

'Si è arrabbiato con me perché non siete familiari e voleva sapere perché voleste fare visita alla signora Austin. Non ho mai visto quell'uomo interessato a nessuno dei pazienti e ora, all'improvviso, vuole sapere i dettagli,' disse Liz, e bevve un bel sorso di vino.

'Gliel'hai detto?'

'Dirgli cosa ...? Gli ho detto che la signora Austin sembra familiare a te e Christine. È tutto. Mi ha chiesto dove l'avevate vista prima. Gli ho detto che non lo sapevo.'

'Grazie.'

'Mi ha detto che tu e Christine non potete più farle visita e se scopre che lo avete fatto, probabilmente mi licenzierà.'

'Che verme. Può farlo?'

'Non sarei sorpresa. Gli ho detto che sarebbe stato un bene per la signora Austin avere delle visite e che sarebbe potuta addirittura uscire dalla sua depressione. Tuttavia, non credo che soffra di depressione e questa osservazione sarà inclusa nella mia cartella di valutazione personale. Sono così arrabbiata che vorrei strangolarlo.'

Eva poteva vedere che Liz si stava arrabbiando solo pensando all'episodio. 'Ordiniamo la pizza. A pancia piena sono sempre più calma.'

'Prenderò la capricciosa e il pane all'aglio,' disse Liz.

Eva sorrise. Si avvicinò al telefono e fece l'ordine. 'Ho dovuto ordinare anche la cheesecake. È deliziosa. Dovrebbe arrivare tra venti minuti.' Eva si sedette di nuovo accanto a Liz.

'Comunque, ricordi che mi hai chiesto chi paga le cure mediche della signora Austin? Ho indagato. L'associazione di beneficenza che paga per la signora Austin è molto strana. Prima di tutto, non hanno un sito web e, in secondo luogo, non sono riuscita a trovare un contatto da nessuna parte. Abbastanza strano per un ente di beneficenza che sopravvive solamente grazie alle donazioni. Ho consultato i registri per ottenere informazioni. Ho scoperto che il presidente è una signora di nome Marlene Patterson.'

'Marlene Patterson?' chiese Eva, sbalordita.

'Sì ... e sai chi è Marlene Patterson?' continuò Liz senza prestare attenzione alla reazione di Eva. 'È la moglie del dottor Matthew Patterson: il medico che ha ricoverato la signora Austin e che è anche incaricato di prescrivere le sue medicine.'

'Il dottor Patterson è responsabile del ricovero della signora Austin?' Eva poteva sentire il suo cuore battere fortissimo.

'Qual è il problema? Sei molto pallida,' chiese Liz. 'Qual è comunque la storia con la signora Austin? Perché sei così interessata a lei? '

Senza rispondere, Eva si alzò e si avvicinò al piccolo cassettone di legno sotto la finestra e aprì un cassetto. Prese una grossa busta bianca e rossa e tornò al divano. Prese la foto e la mostrò a Liz.

'Ecco la signora Austin. E questo è il dottor Patterson. Gli altri uomini dietro sono medici che lavorano per il dottor Patterson in un'azienda farmaceutica chiamata PharmaTech.' Eva indicò ogni volto quando parlava.

'Dove l'hai trovata?' Liz esaminò la foto da vicino.

'Il dottor Patterson è anche il nostro medico. Si prende cura di me e di Christine sin da quando eravamo bambine.' Eva si fermò lì. Non voleva dire a Liz dove aveva trovato la foto e sperava che Liz non l'avrebbe chiesto di nuovo.

'La signora Austin sembra così felice e così giovane in questa foto.'

Eva annuì. Iniziò a sentirsi irrequieta. Voleva disperatamente parlare con Christine. Non poteva essere una coincidenza che il dottor Patterson si stesse occupando della signora Austin e di loro allo stesso tempo. Doveva esserci qualcos'altro sotto, qualche connessione.

Il campanello suonò. Eva si alzò e prese il portamonete dalla borsetta. 'Ti dispiace pagare le pizze?' chiese Eva. 'Vado a prendere i piatti in cucina' e porse il portamonete a Liz. Mentre Eva entrava in cucina, prese il telefono e chiamò il numero di casa di Eric. 'Eric, sono Eva. Posso parlare con Christine?'

'No. Sta facendo il bagno in questo momento,' disse sgarbatamente lui.

'Puoi chiederle di chiamarmi quando ha finito?'

'Va bene.' Eric non era dell'umore giusto per parlare con lei e mise giù il telefono senza aggiungere altro.

Eva fissò il telefono, sorpresa, e scosse la testa. Cosa vedeva Christine in questo ragazzo? Era scortese e antipatico. Prese i piatti dalla credenza, aprì il cassetto per prendere coltelli e forchette, si mise un rotolo di carta da cucina sotto il braccio e tornò in soggiorno.

Annusò le pizze e all'improvviso si sentì molto affamata. Aprì la scatola con il pane all'aglio e se ne mise due pezzi grossi nel piatto. Senza usare il coltello, ne strappò un pezzo e se lo ficcò in bocca.

'Buonissimo. È delizioso. Sto morendo di fame,' disse Eva con la bocca piena.

'Non dirmelo. Anch'io sto morendo di fame. Faresti meglio a mangiare velocemente, prima che io mi finisca tutto.'

Eva sorrise. Amava Liz. Era davvero di compagnia. Eva si sentiva a suo agio con lei. Le piaceva che potesse dirle qualsiasi cosa senza essere giudicata.

'Sai cosa farò? Diminuirò lentamente i farmaci della signora Austin. Sono io che glieli somministro ogni giorno. E se le dessi una goccia in meno al giorno e magari mezza compressa in meno a giorni alterni?' disse mentre si infilava un grosso pezzo di pizza in bocca. 'In questo modo, non dovrebbe avere effetti collaterali sgradevoli. Diventerà un po' più lucida e potremo scoprire qual è il suo rapporto con il dottor Patterson e perché l'ha messa lì dentro, in ciò che non potrebbe essere descritto diversamente da un coma.'

'Non puoi farlo, Liz. Prima di tutto, non sappiamo quanto abbia bisogno delle sue medicine e, in secondo luogo, potresti perdere il lavoro. Apprezzo che tu voglia aiutare, ma non sono sicura che questa sia la strada da percorrere. Diamine, potresti finire in prigione per negligenza.' Eva prese una fetta di pizza.

'Cosa suggerisci di fare? Posso dirti con certezza che il cervello della signora Austin sarà bollito in circa due anni. La quantità di farmaci che prende è folle. Ho sempre avuto il sospetto che ci fosse qualcosa che non andava. La signora Austin non ha istinti pazzi o suicidi.'

'Ma sei disposta ad assumerti la responsabilità?' chiese Eva. 'Potresti sbagliarti e la signora Austin potrebbe essere pazza o qualsiasi altra cosa. E quando diventa più lucida? Sono sicura che riceva visite regolari dal medico della casa di cura o anche dal dottor Patterson?'

'Il dottor Patterson non va alla casa di cura da circa un anno,' disse Liz e fece una pausa. 'Sai cosa? Non l'ho mai incontrato. Viene solo la sera quando non c'è personale sul posto.' Ci pensò su un momento e scosse la testa. 'Posso dare alla signora Austin le sue medicine prima che il dottor Johnson faccia il suo giro una volta alla settimana. In questo modo, lei dormirà.'

'Non ne sono sicura,' disse Eva. Tuttavia, si stava eccitando all'idea di poter parlare con la signora Austin.

'Ho preso la mia decisione. Non lo sto facendo solo per te. Lo sto facendo anche per la signora Austin,' disse Liz con fermezza. 'Si merita una vita migliore di quella che ha adesso. Sono un'infermiera pienamente qualificata e posso farlo. Se comincio a diminuire lentamente i suoi farmaci da domani in poi, dovrebbe essere in grado di avere una conversazione normale in circa due settimane.'

'Ma cosa faremo poi? Miranda veglia sulla casa di cura come una guardia carceraria e lei e il dottor Johnson hanno detto molto chiaramente che io e Christine non dobbiamo più metterci piede.'

'Potrete venire la sera, quando la reception è chiusa.'

Eva aprì la sua cheesecake e si fiondò col cucchiaino. Era nervosa. Sapeva che quello che stavano per fare era estremamente pericoloso. Pensò al dottor Patterson. Lo conosceva da tutta la vita, ma solo ora stava scoprendo che uomo potente fosse; e per giunta pericoloso. Volevano davvero mettersi contro di lui? Il telefono squillò ed Eva per poco non balzò dal suo posto.

'Ciao, sono io. Cosa vuoi?'

Eva era sorpresa che Eric avesse riferito a Christine il messaggio. 'Torni a casa stasera? Liz è qui e ha notizie sulla signora Austin.' Sentì un clic sul telefono.

'Resto da Eric questa sera. Ti ho lasciato un biglietto sul frigo. Che notizie ha? Qualcosa riguardo la foto?'

Eva all'improvviso andò fuori di testa per il clic aveva sentito. 'Niente. Te lo dico un'altra volta. Ti auguro una bella serata e ci vediamo domani.' Eva mise giù il telefono e fissò la cornetta. Sapeva di aver sentito il clic sul telefono, ma poteva essere stato un problema tecnico.

Eva tornò in soggiorno e, all'improvviso, si sentì spaventata. Non riusciva a liberarsi di quella sensazione. 'Christine non torna a casa questa sera. Dorme da Eric. Ti va di dormire qui? Possiamo aprire un'altra bottiglia di vino e sbronzarci?' Eva sperava di non sembrare troppo disperata.

'Devo andare a casa. Domani mattina devo lavorare.'

'Ti dispiace se dormo a casa tua? Non voglio stare da sola questa sera. Steve è andato fuori città per una riunione, quindi non posso andare da lui. So di essere sciocca, ma lo apprezzerei.'

'Certo che puoi dormire da me. Andiamo a casa mia e apriamo una bottiglia lì. Che ne dici?'

Eva balzò in piedi e corse in camera sua per prendere la sua borsa da viaggio. Svuotò la borsa nel cestino dei vestiti sporchi, mise un po' di biancheria intima pulita e decise che i jeans e una maglietta con la sua borsa per il trucco erano sufficienti per una notte. Si guardò intorno e intravide sé stessa nello specchio. Si fissò per un momento. Qualcosa stava per succedere, poteva sentirlo.

33

Il furto

La mattina dopo, Eva prese un taxi per il suo ufficio. Aveva dormito bene e, sebbene avesse un leggero mal di testa, si sentiva in forma. Decise che prendere i mezzi pubblici era fuori discussione. Liz non viveva in centro o vicino a una comoda linea di autobus o a una stazione della metropolitana e le ci sarebbero volute ore per raggiungere l'ufficio. Entrò nell'agenzia di modelle alle nove meno dieci e accese il computer.

'Com'è la tua agenda oggi?' chiese Zaria.

'Zaria, mi dispiace non sapevo che fossi già qui.'

'La tua agenda?'

'Sono abbastanza impegnata oggi. Ho diversi *go-see* da preparare e devo incontrare alcune ragazze per discutere delle loro performance.'

'Assicurati di venire nel mio ufficio verso le dieci. Ho bisogno di parlarti della dieta di alcune ragazze.'

Ragazze magrissime di diciassette anni a dieta. A cosa sta arrivando il mondo? Pensò Eva mentre il suo capo tornava in ufficio. Zaria aveva modi autorevoli con lei. Era stata lei stessa una modella e in qualche modo non riusciva a superare il fatto che non era più in grado di fare la modella a causa della sua età. Sfogava la sua frustrazione sul suo staff. Poteva essere particolarmente dura con Eva, che non era una taglia zero e aveva curve che gli uomini adoravano. Eva non aveva mai capito questa moda di essere così magre. Soprattutto quando molte persone nel mondo morivano di fame. Le ragazze stavano giocando con la loro vita e la loro salute, e nessuno ci pensava.

Eva stava diventando sempre più consapevole che aveva bisogno di iniziare a cercare un altro lavoro. Ammirava e invidiava Liz. Aveva una tale passione per il suo lavoro ed era dedicata ai suoi pazienti. Eva sapeva che non avrebbe mai lavorato come infermiera o badante. Tuttavia, doveva esserci una via di mezzo. Verso le undici prese il telefono per chiamare Christine, ma partì la segreteria.

'Ciao. Sono io. Sei libera oggi a pranzo? Ho delle notizie sulla signora Austin. Chiamami.' Verso mezzogiorno Eva non aveva ancora sue notizie e decise di telefonare di nuovo. Il messaggio di assenza dall'ufficio di Christine era ancora attivo. Eva mise giù il telefono senza lasciare un messaggio. Quella sera a casa avrebbe parlato con Christine.

Alle cinque in punto, spense il computer e preparò la borsa. 'Eva, lavori part-time oggi?'

'Divertente, Mark. Ma, a differenza tua, ho una vita fuori da questo ufficio.' Gli fece una pernacchia e se ne andò.

Uscì dall'edificio, promettendo a se stessa di prendere un giornale e iniziare a cercare un altro lavoro. Quando arrivò alla fermata dell'autobus, era piena di gente. Sapeva che avrebbe dovuto lottare per farsi spazio. Quando vide l'autobus arrivare in lontananza, tutti iniziarono a muoversi per arrivare in prima fila, compresa Eva. 'Hey ragazza. Guarda dove vai!,' Le disse una signora con molte buste in mano.

'Sono così dispiaciuta. Per favore, mi perdoni,' disse Eva con un grande sorriso. Era un'esperta in questo. Lentamente, ma con insistenza, si fece strada in avanti. Si scusò con tutti quelli che toccava, come se fosse sua prerogativa saltare la coda. Appoggiò la schiena sulla parete in fondo all'autobus e iniziò a leggere il giornale. Quando finalmente raggiunse la sua fermata, saltò fuori e tirò un sospiro di sollievo. Amava vivere a Londra ma odiava spostarsi durante l'orario di punta.

Era una bella giornata ed Eva iniziò a camminare a passo svelto in salita. Anche se lo odiava, almeno poteva bruciare alcune delle calorie della sera prima.

***

Eva aprì la porta dell'appartamento e urlò. 'Cosa ... cosa è successo qui?' Entrò in cucina. I cassetti erano stati svuotati e tutte le pentole e le padelle giacevano sul pavimento. Anche tutte le altre stanze della casa erano sottosopra.

Eva si guardò intorno e vide che mancavano la TV, il lettore DVD e il computer. La loro collezione di CD era sparpagliata sul pavimento. Molti erano rotti perché qualcuno li aveva calpestati. Prese un cuscino, lo mise sulla sedia e si sedette guardandosi intorno incredula. Erano state derubate.

'Perché svaligiare questa casa? Non abbiamo niente!' si disse Eva ad alta voce. Sentì la chiave nella porta e corse all'ingresso. Prima che Christine potesse dire qualcosa, Eva gridò: 'Siamo state derubate.'

'Che cosa...?'

'Guardati intorno. Hanno messo a soqquadro l'intero posto. Hanno preso la TV, il lettore DVD e il computer, ma hanno lasciato il lettore CD.'

Christine attraversò l'appartamento senza dire una parola. Camminava da una stanza all'altra, scuotendo la testa e alla fine disse: 'Perché ...? Hai telefonato alla polizia? '

Eva scosse la testa ma iniziò a cercare il telefono sotto i

243

giornali. Compose il numero e denunciò l'accaduto. 'Saranno qui a breve,' disse.

Anche Christine prese un cuscino e si sedette sul divano 'Suppongo che dobbiamo lasciare tutto così com'è. Forse vogliono prendere le impronte digitali.' Si sedettero una accanto all'altra senza parlare.

***

'Signore, voleva che raccogliessi tutte le informazioni che potevo sulla signora Rhodes e la signora Williams. Il centralino del pronto intervento ha appena ricevuto una chiamata dalla signora Williams. A quanto pare, il loro appartamento è stato svaligiato. Ecco i loro file.'

L'ispettore McMillan alzò lo sguardo. Aprì i file e li esaminò. 'Per favore, dì al pronto intervento che mi unirò a loro.'

L'ispettore McMillan si alzò, prese il cappotto e uscì dal suo ufficio. Salì sulla sua Range Rover che era nel suo spazio riservato fuori dalla stazione di polizia e partì. Mentre si avvicinava all'appartamento delle ragazze, vide che il pronto intervento era già sul posto. Parcheggiò la macchina davanti all'ingresso ed entrò nell'edificio. La porta dell'appartamento era aperta.

'Buon pomeriggio, ispettore abbiamo controllato l'appartamento, ma non riusciamo a trovare segni di effrazione.'

'Dove sono la signora Williams e la signora Rhodes?'

'Sono in soggiorno. La prima porta a sinistra.'

McMillan si diresse verso il soggiorno dove trovò le ragazze sedute sul divano, che venivano interrogate da un poliziotto che non aveva mai visto prima. Il poliziotto alzò lo sguardo dal suo taccuino e disse a McMillan di aspettare all'ingresso.

'Il mio nome è ispettore McMillan. Ci penso io da qui.'
Fece cenno al giovane poliziotto di uscire dalla stanza. Odiava
i novellini. Ne aveva visti troppi nel corso della sua lunga
carriera e pochi di loro erano diventati abili detective. Di
solito erano persone insicure e con la sete di potere che
avevano bisogno di un''uniforme per sentirsi superiori agli
altri.

Eva e Christine sorrisero quando lo videro. C'era
qualcosa in questo uomo alto e grosso che le rassicurava
molto. 'Non è un po' troppo importante per occuparsi di un
piccolo furto in appartamento?' chiese Christine.

L'ispettore McMillan chiuse la porta del soggiorno e si
sedette su una delle sedie. ''Hanno lasciato un bel casino qui,'
disse guardandosi intorno. 'Hanno preso qualcosa?'

'Solo la TV, il lettore DVD e il computer. Non abbiamo
gioielli o altri oggetti di valore,' rispose Christine.

'Qualcos'altro che potrebbero aver preso? Qualcosa
che è importante per voi, ma non ha necessariamente qualche
valore in denaro?'

Christine guardò Eva e alzò le spalle. 'Non riesco a
pensare a niente.'

All'improvviso, Eva balzò in piedi e iniziò a rovistare
nella confusione sul pavimento.

'Cosa stai facendo?' chiese Christine, sorpresa.

'La foto ... Christine, la foto. Aiutami a cercarla. È nella
busta bianca e rossa.'

Christine si tuffò sul pavimento e iniziò freneticamente
a cercare la foto con Eva. Dopo cinque minuti di ricerca
ansiosa, Eva si sedette sul pavimento. 'Non c'è... l'hanno
presa, Christine. Hanno preso la foto. Entrambe le copie erano
nella busta.' Eva tremava.

'Di cosa sta parlando? Quali foto? E perché sono così
importanti?' chiese McMillan.

'È una storia terribilmente lunga e probabilmente non

significa niente,' disse Christine alzandosi da terra. Si sentiva esausta.

'Lasci che sia io a giudicare la sua importanza. A proposito, ho un sacco di tempo a disposizione,' disse McMillan. Chiamò uno degli agenti di polizia, chiedendo loro di portare un bicchiere d'acqua per Eva.

'Nessun problema. Lo prenderò da sola.' Tornò in soggiorno con una bottiglia di vino sotto il braccio e tre bicchieri in mano. 'Penso che un bicchiere di vino potrebbe essere utile.'

'Io sono in servizio. Voi ragazze, prendetene tranquillamente un bicchiere. Calmatevi e parlatemi di queste foto.'

Christine raccontò la storia di come avevano preso la foto dalla casa di campagna. Esitò per un momento, ma decise di raccontare l'intera storia all'ispettore McMillan.

'Voi ragazze conoscete bene il dottor Patterson?' chiese l' ispettore McMillan. Non alzò lo sguardo dal suo blocco per appunti.

'È il nostro medico da quando eravamo bambine. Eva ed io siamo cresciute all'orfanotrofio Mercy Home. Ci è stato detto da uno degli assistenti che il dottor Patterson offrì i suoi servizi dopo aver letto sul giornale che eravamo state lasciate sui gradini,' disse Christine.

Si sentiva strana a parlare del suo passato. Ogni volta che qualcuno le chiedeva informazioni, diceva che era orfana, ma non diceva mai a nessuno che era stata lasciata fuori dall'orfanotrofio. Ora che stava parlando con un perfetto sconosciuto, si rese improvvisamente conto di essere imbarazzata dal fatto che i suoi genitori non la volessero.

'Dovrebbe sapere che esco con Steven Patterson. È il figlio del dottor Patterson,' lo interruppe Eva.

Christine si rese conto che Eva era nervosa. Lo shock di essere state derubate era una cosa, parlare del proprio passato era un'altra.

'Perché ci chiede del dottor Patterson?' chiese Christine. 'Non ci ha chiesto nient'altro riguardo al furto. Lei è qui perché siamo state derubate, no?'

L'ispettore McMillan posò il taccuino e si strofinò il viso con le mani. Per un attimo sembrò che fosse immerso nei suoi pensieri; come se non fosse sicuro se parlare o no. 'Avete telefonato al mio ufficio per chiedermi dell'incidente degli Eastman e di eventuali sospettati. Il mio principale sospettato in quel caso era il dottor Patterson.'

McMillan guardò le ragazze a disagio. 'L'incidente è stato causato da un tubo del freno danneggiato, che abbiamo scoperto durante le indagini. Abbiamo trovato l'olio dei freni davanti a casa sua ma, poiché l'olio non è stato trovato anche nella sua proprietà, non ho potuto fare nulla.'

Christine posò la mano su quella di Eva e fece cenno a McMillan di continuare. 'Dovreste anche sapere che la signora Eastman aveva contattato il dipartimento di polizia diverse settimane prima dell'incidente. Non le ho parlato personalmente perché le sue accuse e le sue paure non erano basate su nulla di specifico e, francamente, l'abbiamo considerata una casalinga drammatica e paranoica. Il dottor Patterson era un medico affermato e influente. Quando la signora Eastman ci ha contattati, accusando il dottor Patterson di essere un assassino, il dipartimento di polizia, purtroppo, non ha prestato attenzione.'

McMillan si alzò e andò alla finestra. Mentre osservava l'esterno, disse: 'Il dottore e la signora Eastman furono trovati morti dieci giorni dopo nella loro macchina manomessa. Ci siamo buttati immediatamente sul dottor Patterson ma, come ho detto, non siamo riusciti a trovare alcuna prova concreta contro di lui. Siamo stati costretti a definirlo uno sfortunato incidente.'

All'improvviso, chiamò uno dei novellini per farsi

portare un bicchiere d'acqua. Non parlò finché non ebbe finito di bere tutta l'acqua. "Non mi sono mai perdonato. Se solo avessi prestato attenzione, il dottore e la signora Eastman sarebbero ancora vivi,' disse, e sospirò profondamente. 'Nel mio lavoro, non è sempre facile capire chi è sincero o semplicemente pazzo. Quando voi due avete chiamato il mio ufficio, mi sono incuriosito; due giovani donne interessate a questo vecchio caso. Mi dispiace dover dire che ho letto tutto quello che c''è in archivio su di voi due e mi sono imbattuto nel dottor Patterson. Negli anni ho raccolto tutte le informazioni possibili su di lui. Tuttavia, è molto ben protetto. Sembra non essere un santo ma, ogni volta che scavo più a fondo, mi imbatto in un muro di mattoni di persone che lo proteggono. Non c'è niente di tangibile che possa dirvi, tuttavia, quello che so è che questa foto è di grande importanza per il vostro dottor Patterson.'

'Come ...?' chiese Christine

'È evidente che il furto è una messa in scena. Hanno preso la vostra TV, il lettore DVD e il computer, che probabilmente non valgono nulla sul mercato nero. Sono venuti qui per qualcos'altro.' L'ispettore McMillan si frugò nella tasca della giacca. Prese due biglietti da visita e li porse a Christine ed Eva. 'Tutti i miei numeri sono qui. Se ricordate qualcosa, non importa quanto piccolo, per favore chiamatemi immediatamente, a qualsiasi ora,' disse, e uscì dalla stanza; lasciando Christine ed Eva sbalordite.

Eva fu la prima ad alzarsi. Cominciò a raccogliere i fogli dal pavimento e, senza guardare, li rimise nella cassettiera. Lasciò la stanza e tornò con una scopa per raccogliere il vetro rotto che era per terra.

Christine la fissò mentre raccoglieva il vetro e, senza dire niente, entrò in cucina e iniziò a riordinare. Impiegarono circa due ore per rimettere in ordine l'appartamento.

'Vuoi una tazza di tè?' chiese Christine a Eva, che si era

seduta al tavolo della cucina. Prima che potesse rispondere, Eva scoppiò in lacrime. Piangeva come non aveva mai pianto prima. Ansimò in cerca di aria; i singhiozzi le scuotevano tutto il corpo. Non riusciva a fermarsi. Anni di dolore e angoscia vennero a galla. Christine l'accompagnò a una sedia e la cullò come una bambina.

34

Un altro incontro

Liz entrò nella stanza della signora Austin per darle le sue medicine. Quella sera il dottor Johnson stava facendo il suo giro e Liz doveva assicurarsi che la signora Austin stesse dormendo prima che lui entrasse nella sua stanza. Liz era accanto al letto e stava preparando una siringa; all'improvviso, la signora Austin le afferrò il polso. Liz balzò indietro e fece un urlo. 'Niente più farmaci,' sussurrò la signora Austin.

Liz si sedette sul bordo del letto e mise la mano sul braccio della signora Austin. 'Signora Austin, mi ascolti attentamente,' sussurrò Liz. 'Devo darle questo farmaco. Il dottor Johnson sta facendo il suo giro di controllo. Se scopre che sto diminuendo i suoi farmaci, verrò licenziata e probabilmente le verranno prescritti farmaci ancora più pesanti. Signora Austin, deve fidarsi di me. Riesce a capirmi?'

'Huuummm.'

'Per favore, signora Austin. Se capisce, mi stringa la mano.' Liz mise la mano dentro quella della signora Austin e fu sollevata quando sentì una stretta. 'L'effetto del farmaco che le sto somministrando svanirà rapidamente. Verrò domani mattina.' Liz sentì dei passi nell'ingresso che si avvicinavano. Iniettò rapidamente il medicinale.

'Liz, cosa ci fai qui?' chiese il dottor Johnson.

'Volevo assicurarmi che la signora Austin fosse a suo agio e che il letto fosse a posto per la notte,' disse Liz. E, senza aspettare una risposta, uscì dalla stanza. Si diresse rapidamente alla sua postazione per prendere la borsetta. Aveva finito il suo turno e voleva lasciare la casa di cura il prima possibile. Passò davanti alla reception e augurò a Miranda una piacevole serata. Quando salì in macchina, tirò fuori la siringa dalla tasca dell'uniforme e la sistemò sul sedile del passeggero. La reazione della signora Austin alla diminuzione del farmaco era stata notevole. Si guardò il polso e sorrise.

Liz decise di andare da Eva e Christine per dare loro la notizia. Accese la radio e canticchiò una canzone che non aveva mai sentito prima. Guidò fino alla loro strada e parcheggiò la macchina di fronte all'appartamento.

'Liz, che piacevole sorpresa,' disse Christine quando la vide fuori dalla porta. 'Entra. Siamo in soggiorno.'

Eva balzò in piedi quando vide la sua amica entrare dalla porta. 'Liz, come stai? Non posso dirti quanto sono felice di aver dormito a casa tua la scorsa notte. Siamo state derubate. Hanno messo sottosopra l'intero appartamento,' disse.

'È orribile. Avete chiamato la polizia?' chiese Liz.

'Sì. Ma non hanno potuto fare molto altro che consigliarci nuove serrature per la porta e le finestre.'

Eva decise di non dire a Liz delle foto mancanti e della loro conversazione con l'ispettore McMillan.

'Per fortuna, eravate entrambe fuori. Essere derubati non è una cosa da niente; trovarsi in casa quando succede deve essere terrificante.'

'Siediti. Fai come se fossi a casa tua,' disse gentilmente Christine.

Liz si tolse il cappotto e si mise a suo agio sulla sedia beige ispirata a Napoleone III. 'Sono venuta per parlarvi della signora Austin. Questa sera era abbastanza lucida. Ho dovuto farle un'iniezione perché il dottor Johnson fa sempre il suo giro di controllo il martedì sera. Mi ha afferrato il polso e mi ha detto di non darle più medicine.'

'È meraviglioso,' disse Christine. 'Quando pensi che potremo parlarle?'

'Probabilmente tra circa una settimana o giù di lì. Dobbiamo organizzare l'incontro con attenzione. Dobbiamo assicurarci che Miranda e il dottor Johnson non siano nella struttura.'

'Certo ... Facci sapere quando pensi che sia una buona giornata e un buon momento,' disse Christine.

Le ragazze parlarono del furto e della signora Austin e di quello che, eventualmente, avrebbe potuto dir loro della foto. Dopo un'ora, Liz disse: 'Domani mattina ho il turno presto. È meglio che io vada. Ho bisogno di dormire per rimanere bella.'

'Certamente. Grazie ancora, Liz. Sei la migliore,' disse Christine e l'abbracciò.

Christine mise le lasagne nel forno. Il delizioso profumo di carne, salsa di pomodoro e formaggio riempiva l'appartamento. Christine continuava a sperare che il timer si muovesse più velocemente. Stava morendo di fame. Aveva già messo i piatti in tavola ed era pronta a mangiare. Prese una sedia e si sedette davanti al forno. Anche se lo stava aspettando, quando suonò il timer, per poco non sussultò. Si mise i guanti da forno verdi e tirò fuori la lasagna fumante.

'Eva, la cena è pronta,' gridò.

Immediatamente, Eva corse in cucina; come se un leone la stesse inseguendo. 'Sto morendo di fame. Dammene un bel pezzo.'

Christine divise la lasagna in due pezzi e riempì i due piatti. Nessuna delle due parlò durante la cena. Dopo aver finito, Eva si sedette e si accarezzò lo stomaco. 'Mangiare fa bene. Dopo aver finito mi sento sempre alla grande,' disse togliendosi il maglione.

Christine sorrise e, dopo aver finito, Eva prese i piatti e li mise nella vecchia lavastoviglie. 'Non riesco a credere che questa vecchia bambina funzioni ancora.'

'Non portare iella. Mi aspetto che si rompa da un giorno all'altro,' disse Christine e andò verso il frigorifero per prendere due birre. Ne porse una ad Eva ed entrambe bevvero dalla bottiglia. Christine tornò al tavolo.

'Fai attenzione a non inciampare sul linoleum sgretolato,' scherzò Eva.

'Questo posto sta cadendo a pezzi. Dobbiamo guardare dove camminiamo, le serrature non funzionano e non abbiamo i doppi vetri,' disse Christine e si sedette accanto a Eva.

'Quindi, la prossima settimana è il giorno fatidico. Da un lato, voglio parlarle. Dall'altro, sono anche preoccupata per quello che ha da dire. E se abbiamo sbagliato tutto e lei non è nemmeno la donna della foto? O peggio, è un'ottima amica del dottor Patterson.'

'Lo scopriremo presto,' disse Eva. Cercava di fare l' indifferente, ma era agitata. tanto quanto Christine. Le emozioni che aveva avuto le sarebbero bastate per tutta la vita. 'Vado a telefonare a Steve,' disse.

***

Christine si sedette nella vecchia cucina e si guardò intorno. Tutto sembrava così vecchio. Non le era mai importato molto dell'appartamento. Per lei era sempre stato temporaneo, sebbene vivessero lì da più di sette anni. Si era concentrata sul matrimonio per la maggior parte del tempo. Mentre si guardava intorno, si rese conto che si stava prendendo in giro. Questa era la sua vita adesso. Non era

254

sicura se questa consapevolezza la facesse sentire sollevata o triste. Pensò di telefonare a Eric ma decise di non farlo.

'Cosa stai facendo?' chiese Eva quando tornò in cucina.

'Niente...'

'Beh, sembra che tu stia facendo qualcosa.' Si fermò dietro Christine e sbirciò da sopra la sua spalla e vide che Christine stava facendo la famosa lista di pro e contro per Eric. 'Hai bisogno del mio contributo?' chiese Eva con un sorriso sfacciato.

'Vai fuori di qui. Dammi un po' di privacy.' I pro stavano arrivando molto rapidamente. Era bello, aveva un buon lavoro e aveva un gusto eccellente. Sul lato dei contro della lista, scrisse: *Non mi ama nel modo in cui voglio essere amata.*

Fissò il pezzo di carta e continuò a scrivere: *non lo amo.* Mise giù la penna e realizzò che la sua relazione con Eric era finita!

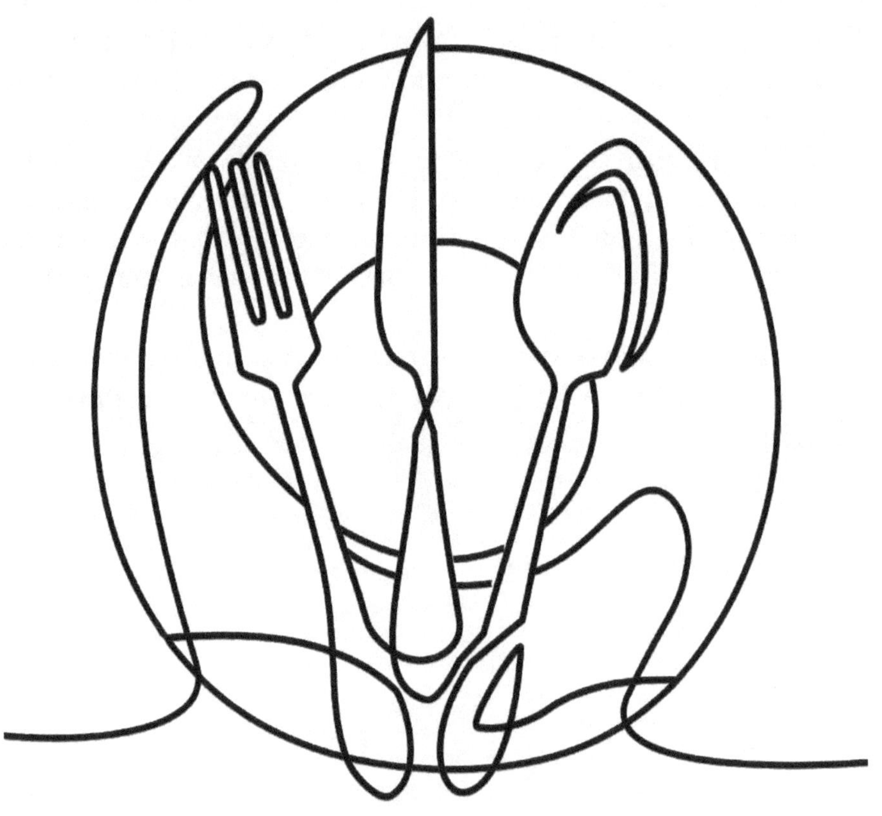

35

Café des Arts

'Mia madre ci ha invitati a cena,' disse Steve, quasi ridendo. Sapeva già quale sarebbe stata la reazione di Eva.

'Fantastico. Proprio quello di cui avevo bisogno.'

'Questa volta non sarà a casa. Ha prenotato un tavolo al *Café des Arts*.'

'*Café des Arts?* Non è quel pretenzioso locale francese in città?'

'Esattamente.'

'Cribbio, Steve, non lo so. Non ho niente da indossare e sono sicura che mi renderò ridicola.'

'Indossa quello che vuoi. Hai sempre un aspetto fantastico.'

'Si, certo.'

'Ci sono altre cattive notizie. Sono stati invitati anche Daulton e Annabel Malmesbury.'

'Steve, no! Non potresti inventare qualche scusa per me? Sono sicura che tua madre mi ha invitata solo per mettermi in imbarazzo.'

'Eva, non essere sciocca. Andrà tutto bene. Per me è importante che tu venga. Dobbiamo dimostrare a mia madre che siamo una coppia. Se non ti presenti, lo vedrà come un invito a immischiarsi ancora di più nella mia vita.'

Eva sospirò profondamente: 'Hai ragione. Facciamolo.'

'Grandioso. Vengo a prenderti verso le 7.'

Eva cercò nel suo guardaroba un vestito adatto. Sospirò pesantemente. La maggior parte dei suoi vestiti erano già sul letto. Alla fine, decise di indossare un semplice tubino nero al ginocchio. 'Chris, posso prendere in prestito le scarpe nere che hai comprato?' urlò Eva dalla sua camera da letto.

'A patto che ti prenda cura di loro.'

Eva trascorse ore in bagno, mettendosi maschere per il viso, radendosi le gambe, sistemandosi le sopracciglia e truccandosi. Come sempre, Steve arrivò puntuale. Aprì la porta e vide l'approvazione sul suo volto. 'Sei stupenda.'

'Grazie,' disse e lo baciò. 'Speriamo che vada tutto bene. A proposito, per quanto riguarda il menù? Hanno cibo normale o solo cosce di rana e lumache?'

'Eva, sono sicuro che faranno un hamburger e patatine fritte se glielo chiedi,' disse Steve, stringendole la vita.

Parcheggiarono la macchina lì vicino e andarono al ristorante. Eva si sentì battere il cuore fortissimo. Odiava l'effetto che Marlene aveva su di lei. Quella donna sapeva come farla sentire senza speranza e semplice. Ogni volta che era con Marlene, si sentiva come una bambina di dieci anni.

Furono accolti alla porta da un'elegante hostess. 'Mi segua, signor Patterson,' disse con un forte accento francese. Il ristorante era molto sofisticato. Tutti i camerieri erano vestiti di bianco e nero e ed i tavoli erano presentati alla perfezione. Mentre si avvicinavano al loro tavolo, Eva vide che gli altri erano già arrivati.

'Steven, che bello vederti,' disse Marlene e si alzò per abbracciare suo figlio.

Eva, è un piacere vederti,' disse Daulton. Sembrava veramente felice di vederla.

Eva salutò Annabel Malmesbury, che indossava un abito lungo blu scuro con scollo all'americana. Annabel annuì e la squadrò dall'alto verso il basso. Eva sentì i suoi nervi alle stelle. Non era assolutamente a suo agio e tutti lo sapevano.

'Spero non ti dispiaccia, ma abbiamo già iniziato con il vino.' Marlene parlò solo a Steve. Quando finì di accarezzare il braccio di Steve e di chiedere informazioni sul suo lavoro e sulla sua salute in generale, rivolse la sua attenzione a Eva. 'Eva, ti porto un menù. Temo che il menù sia disponibile solo in francese. Ma posso rimediare.' Fece cenno a uno dei camerieri di passaggio di portarle un menu in inglese.

Eva si sentiva disperatamente infelice. Non solo non parlava francese, ma non aveva nemmeno idea di cosa sarebbe stato appropriato ordinare in un ristorante come quello. Sorrise al cameriere che le porse il menu. Non riconobbe il suo gesto amichevole. *Fantastico, anche il cameriere pensa che io sia una perdente.*

'Sapevi che Annabel ha trascorso molto tempo a Parigi e St. Tropez?' disse Marlene. Quindi, rivolse di nuovo tutta la sua attenzione a Steve. 'Le ho già chiesto di ordinare per me.'

'Marlene, per favore. Sei troppo gentile, ma non mettermi in imbarazzo,' disse Annabel, con un sorriso falso.

Eva cercò di decifrare il menu. Non riusciva a distinguere gli antipasti dai primi e non aveva assolutamente idea se ordinare da entrambe le sezioni. Decise che avrebbe ordinato qualcosa dalla lista *delle specialità* e sperò per il meglio. Il menu inglese non si è mai materializzato.

'Hai bisogno di aiuto con questo stupido menù?' sussurrò Daulton, che era seduto accanto a lei.

Eva era scioccata. Si voltò e, per la prima volta, lo vide con un sorriso sfacciato sul viso. 'Vorrei qualcosa con il pollo. Nulla di complicato; solo qualcosa che posso mangiare senza mettermi in imbarazzo. Non sono sicura degli antipasti. Perché non scegli qualcosa per me?'

'Lascia fare a me. Farò in modo che tu mangi qualcosa di buono. Non posso promettere che saranno porzioni abbondanti, considerando che questo è un elegante ristorante francese.' Eva rise forte e si rese subito conto che non era accettabile.

'Perché voi due siete così rumorosi?' Marlene rivolse la sua attenzione a Daulton quando sentì la risata di Eva.

'Niente di importante, madre,' rispose Daulton.

Steve mise la mano sulla gamba di Eva e si avvicinò e la baciò sulla guancia. 'Sei riuscita a trovare qualcosa da ordinare?' le chiese e le rivolse lo stesso sorriso sfacciato che le aveva fatto Daulton. Eva si rese improvvisamente conto che non erano così diversi come aveva inizialmente pensato.

'Daulton si è offerto di ordinare per me.'

'Brav'uomo,' disse Steve e fece l'occhiolino a suo fratello.

La serata trascorse senza ulteriori momenti imbarazzanti per Eva. Daulton le aveva ordinato un perfetto antipasto di mousse di fegato di pollo, seguito da pollo arrosto al miele. Marlene trascorse la serata cercando disperatamente di trovare un tema in comune tra Steve e Annabel. Il dottor Patterson non parlò. Di tanto in tanto commentò il cibo.

'Per favore, perdonate mio marito. Sta lavorando troppo ultimamente. È esasperato,' Marlene parlò esclusivamente ad Annabel.

'Capisco,' rispose educatamente Annabel. 'Essere un medico così importante deve essere faticoso.'

'Steven mi ha detto che il tuo appartamento è stato svaligiato la scorsa settimana,' chiese il dottor Patterson a Eva, dal nulla.

'Sì. Fortunatamente, sia Christine che io non eravamo in casa.'

'Hanno preso qualcosa?'

'A parte la nostra TV, lettore DVD e computer, niente di niente.' Eva guardò il dottor Patterson, cercando sul suo viso qualsiasi tipo di emozione. Invece, il suo viso rimase freddo.

Terminarono la serata con un caffè e un delizioso vino da dessert. In macchina, mentre tornavano a casa, Eva sentì di potersi finalmente rilassare. 'Sono rimasta sorpresa da Daulton questa sera. Non mi sarei mai aspettata che avesse un senso dell'umorismo.'

'Daulton ha sempre sofferto le richieste di mia madre più di me. Penso che abbia paura di lei, o forse non vuole deluderla. La sua influenza lo ha reso estremamente riservato.'

Steve ed Eva si baciarono appassionatamente per oltre dieci minuti nell'auto davanti all'appartamento. Anche se si erano baciati molte volte, i baci di Steve la facevano ancora impazzire. 'Vuoi che entri un momento per assicurarmi che l'appartamento sia sicuro?'

'Non preoccuparti. Chris è a casa. Sicuramente i ladri sapranno che non abbiamo nulla di valore da rubare.' Eva saltò giù dall'auto e fece un cenno a Steve prima di aprire la porta d'ingresso.

***

Eva andò in camera sua e si tolse il vestito. Entrò in bagno per struccarsi e, mentre si lavava i denti, si fermò improvvisamente. Sentì un rumore in cucina. Si guardò allo specchio. Stava aspettando che il suo riflesso le dicesse cosa fare. Aprì lentamente la porta del bagno. *Forse era Christine che si era svegliata e voleva qualcosa da bere*, si disse. Eva andò in punta di piedi in cucina e accese la luce. Non c'era nessuno. Le finestre erano chiuse e niente sembrava fuori posto. Spense le luci e tornò nella sua camera da letto.

Mentre passava davanti alla porta di Christine, si fermò e l'aprì dolcemente. Vide Christine profondamente addormentata a letto. La stanza era gelata. Questa era la differenza tra loro da quando vivevano nell'orfanotrofio. Christine amava dormire in una stanza fredda. Eva, d'altra parte, amava la sua camera da letto bella calda. Chiuse lentamente la porta ed entrò nella sua camera. Spense la lampada da comodino e si addormentò.

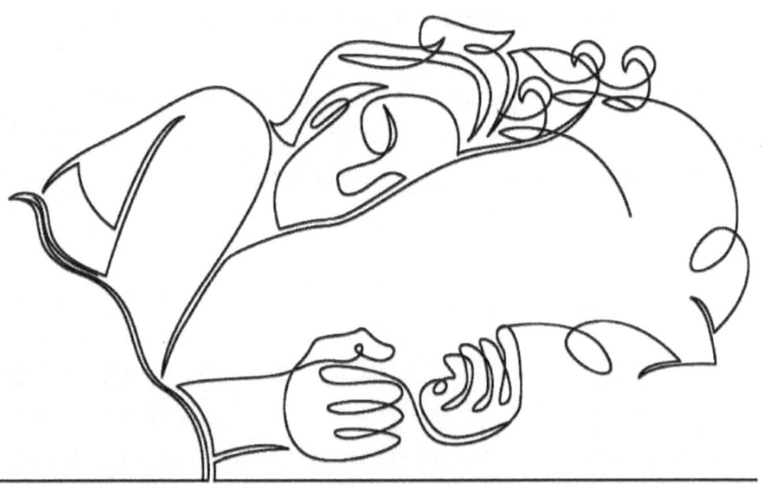

36

Il gas

Qualcuno la stava scuotendo. Perché non la lasciavano in pace? Si sentiva stanca e non voleva svegliarsi. Lo scuotimento, tuttavia, non si fermò. Eva cercò di voltarsi di nuovo per allontanarsi dal fastidio. Qualcosa di freddo le veniva lanciato in faccia. Doveva aver bevuto troppo la scorsa notte. Aveva mal di testa. Sentiva l'acqua fredda gocciolarle addosso e voleva coprirsi con il piumone.

Eva sentiva che stava scivolando via in un sonno profondo. Era vagamente consapevole che la stavano trascinando fuori dal letto. Aveva la nausea e qualcuno le stava schiaffeggiando il viso. 'Eva. Eva, mi senti? Eva, svegliati!'

Voleva parlare, ma si rese conto di avere qualcosa sulla bocca. Aprì lentamente gli occhi e si rese conto che non era nel suo letto. Mentre si guardava intorno, vide un uomo con una camicia verde seduto accanto a lei. 'Eva ...? Non preoccuparti. Starai bene. Ti portiamo in ospedale,' disse l'uomo con la camicia verde.

Di cosa stava parlando quest'uomo? Chi era? Stava iniziando a farsi prendere dal panico, ma non era in grado di muoversi. Si sentì male, chiuse gli occhi e scivolò in un sonno profondo.

Quando si svegliò, le ci volle del tempo per rendersi

conto di essere in un letto d'ospedale. Cercò disperatamente il pulsante per chiamare gli infermieri. Quando finalmente lo trovò, lo premette a lungo e aspettò nervosamente che qualcuno andasse da lei.

'Perché sono qui? Cos'è successo?' chiese alla graziosa infermiera bionda che entrò nella stanza.

'Sei stata portata qui la scorsa notte per inalazione di gas.'

'Dov'è Christine? Cos'è successo a Christine?'

L'infermiera si avvicinò al suo letto. 'Christine? È la tua coinquilina?' Eva annuì. 'Lei sta bene. Si è svegliata durante la notte ed è riuscita a portarti fuori dall'appartamento. È al ristorante al piano di sotto. Le chiederò di venire a trovarti.'

'Grazie.'

Poco dopo, Christine entrò di corsa dalla porta. 'Per fortuna, stai bene,' disse e abbracciò Eva. 'Come ti senti?'

'Mi sento come se avessi fatto baldoria per due settimane senza sosta. Mi fa male la testa e mi viene la nausea. Cos'è successo la scorsa notte?'

Christine prese una scomoda sedia di plastica bianca e la spostò vicino al letto. 'Mi sono svegliata di notte con un gran mal di testa. Era piuttosto forte. Ho deciso di prendere un'aspirina. Quando ho aperto la porta della mia camera da letto, ho sentito odore di gas. Sono tornata in camera mia per prendere una maglietta da tenere davanti al naso e alla bocca. Ho provato a svegliarti, ma eri già così intossicata che non è servito neanche gettarti l'acqua fredda sul viso. Ti ho trascinata fuori dall'appartamento e ho chiamato un'ambulanza.'

'Quindi, essere una pazza che dorme con le finestre aperte anche quando fuori fa freddo ha uno scopo,' disse Eva con un sorriso stanco. Christine sorrise e accarezzò i capelli di Eva.

'Buongiorno, signore.' Daulton Patterson varcò la

porta. 'Come ti senti?' chiese ad Eva, mentre le controllava il battito. 'Ci hai fatto prendere uno spavento. Per fortuna, Christine è riuscita a farti uscire dall'appartamento in tempo.' Sorrise a Christine mentre continuava a controllare Eva. Christine si sentì arrossire e tornò al lavandino per prendere dell'acqua per Eva. Si sentiva ridicola. Non era un'adolescente.

'Quando posso tornare a casa?'

'Vorrei che tu rimanessi per la notte e, se tutto va bene, potrai tornare a casa domani mattina,' disse, mentre prendeva appunti sulla cartella clinica di Eva. 'Hai fatto venire qualcuno a controllare la fuga di gas?' chiese Daulton a Christine.

'Non ancora. Adesso sto da Eric. Cercherò di chiamare qualcuno che venga a controllare l'appartamento oggi.'

'Voi ragazze non siete state fortunate in quell'appartamento di recente,' commentò Daulton, a braccia incrociate.

'Forse è ora che ci trasferiamo.' Christine guardò Eva, che annuì in segno di assenso.

'Un dottore ti ha fatto un controllo?' chiese a Christine e, senza esitazione, le afferrò il polso e iniziò a misurarle il battito. Christine era rossa dietro le orecchie e poteva sentire il suo cuore battere forte.

'Sì. Sto bene. Hanno anche prelevato alcuni campioni di sangue.' Tirò indietro il braccio.

'Bene. Verrò a trovarti più tardi, Eva,' disse Daulton e lasciò la stanza. 'E' stato un piacere rivederti, Christine.'

'Ti ho appena vista arrossire per Daulton?'

'No. Non l'ho fatto. Sono solo stanca e agitata.'

'Se lo dici tu,' Eva rispose con una voce infantile.

'Eva, perché devi sempre essere così sfacciata? Smettila.'

'Scusa. Vieni a sederti con me ...'

La mattina dopo, Christine prese un taxi per andare in ospedale a prendere Eva. Era rimasta da Eric. Non voleva passare del tempo da sola nell'appartamento: prima il furto e ora la fuga di gas. Daulton aveva ragione. Era ora di trovare un altro appartamento e lasciarsi alle spalle i brutti ricordi.

Quando il taxi di Christine arrivò all'ingresso dell'ospedale, Eva stava aspettando vicino alla porta. 'Come ti senti?' chiese Christine, mentre aiutava Eva a salire in macchina.

'Bene. Sono felice di alzarmi da questa sedia a rotelle.'

Era evidente a Christine che non era pronta a parlare dei recenti eventi. Quando arrivarono all'appartamento, c'era un ingegnere della compagnia del gas che lavorava sul posto. Christine aiutò Eva a entrare nell'appartamento e tornò fuori. 'Ha trovato la perdita?' chiese all'ingegnere.

'Non è qui fuori. Tutti i tubi che portano a casa vostra sono in perfetto ordine. Devo ancora controllare all'interno dell'appartamento,' disse. Christine lo fece entrare. L'ingegnere entrò in cucina e spostò il fornello dal muro. 'Avete pulito qui dietro di recente?' chiese.

'No,' disse Christine, quasi imbarazzata. Non avevano mai pulito dietro il fornello.

'Bene, la valvola limitatrice di pressione è completamente rotta. Questa è una grossa perdita e vi avrebbe ucciso in poche ore se non ti fossi svegliata.' L'ingegnere scosse la testa. 'Sei sicura di non aver pulito qui dietro? Forse l'ha fatto la tua coinquilina. Queste valvole non si staccano così facilmente.' 'Gliel'ho detto, nessuna di noi due ha pulito dietro il fornello.' Christine uscì dalla stanza, non sicura del motivo per cui si sentiva così arrabbiata. 'Dobbiamo trasferirci immediatamente', disse Christine mentre entrò nella camera da letto di Eva e iniziò a preparare i suoi vestiti. 'L'ingegnere è convinto che abbiamo pulito dietro il fornello e abbiamo rotto la valvola.'

'Potrebbe essersi rotta da sola.'

'L'ingegnere mi ha detto che è quasi impossibile che la valvola si sia rotta da sola. Eva, per favore. Non mi sento più al sicuro qui.' Christine si sedette sul letto di Eva. 'Non ce la faccio più. La scorsa notte da Eric, ho avuto un altro incubo.' Le spalle di Christine tremavano mentre piangeva piano.

'Hai ragione, Christine. Ho cercato di ignorarlo, ma anche io sto iniziando a sentirmi spaventata qui. All'inizio pensavo fosse una stupida paranoia, ma ora non ne sono così sicura. Chiamo Steve. Resteremo da lui finché non troveremo un altro appartamento. Tu vai a fare le valigie. Io finisco di fare i bagagli qui. Andiamo via subito.'

***

Christine ed Eva erano da Steve da circa una settimana e si stavano divertendo. Eva era elettrizzata dal fatto che a Christine piacesse così tanto Steve. Si sentiva assurdamente orgogliosa.

Steve stava lavorando lunedì sera tardi quando Eva ricevette una chiamata da Liz. 'Il dottor Johnson e Miranda sono entrambi fuori questa sera e la signora Austin si sente molto bene. Se volete ancora parlarle, penso che dovreste venire questa sera.'

'Verso le 8?'

'Si va bene. Ma assicurati di parcheggiare la macchina dietro l'ospedale. Hai la macchina di Steve, vero?'

Eva chiese a Christine di guidare. Non riusciva a impedire alle sue mani di sudare. Christine acconsentì, ma solo perché non aveva altra scelta. Erano entrambe agitate in macchina. Mentre guidavano verso la casa di cura, la tensione era insopportabile. Christine parcheggiò la macchina dietro l'edificio come le aveva detto Liz e rimase seduta.

'Non dobbiamo farlo per forza. Possiamo fingere che

non sia mai successo. Non abbiamo mai trovato la foto. Cercheremo un altro dottore e non vedremo mai più il dottor Patterson,' mormorò Christine.

'Andiamo Chris. Prima lo facciamo, prima finirà,' ordinò Eva, e si diresse a passo svelto verso l'ingresso.

Christine chiuse la portiera della macchina e corse dietro ad Eva. Liz era in piedi nell'area della reception e aprì le porte scorrevoli. 'Ciao, Liz. Grazie per averlo fatto,' disse Eva e l'abbracciò.

Liz iniziò a camminare attraverso il corridoio verso la stanza della signora Austin. Eva prese la mano di Christine e la strinse delicatamente. La camminata nel corridoio sembrava la più lunga che avessero mai fatto. Christine poteva sentire il suo cuore battere forte e il suo respiro era affannato. Era stordita e si fermò nel corridoio per appoggiarsi al muro.

'Chris, andrà tutto bene...' Christine poteva vedere la stessa ansia che provava sul viso di Eva. Era evidente che Eva fingeva di essere coraggiosa. 'Posso entrare da sola.'

'No. Hai ragione. Facciamolo,' disse Christine.

Liz aprì la porta, accese la luce e andò al letto della signora Austin. Lei stava dormendo. 'Signora Austin. Può svegliarsi? Ha una visita.' Liz scosse gentilmente la spalla della signora Austin.

'Signora Austin. Vogliamo che si svegli. È importante.' Questa volta Liz la scosse un po' più forte.

La signora Austin aprì gli occhi e guardò Liz. 'Che ore sono?' sussurrò.

'Sono le 8 di sera, signora Austin. Ha delle visite. Queste sono le mie amiche, Eva e Christine.'

'Chi siete?' chiese la signora Austin.

Christine si fece avanti e si fermò accanto a Liz. 'Non ci conosce, signora Austin. Ma abbiamo entrambe la sensazione di conoscerla.' La signora Austin non rispose. 'Abbiamo trovato una sua foto.'

La signora Austin continuò a guardare Christine ed Eva senza rispondere. 'La foto è stata scattata in Sud America e lei è lì con il dottor Matthew Patterson,' continuò Eva.

'Portale via da me! Falle uscire di qui!' gridò la signora Austin. 'Perché le hai portate qui?' guardò Liz scioccata e disgustata.

Liz cercò di calmare la signora Austin. Fece cenno a Eva e Christine di lasciare immediatamente la stanza. Entrambe le ragazze non riuscirono a uscire dalla stanza abbastanza velocemente. Nel corridoio, si guardarono l'un l'altra. Entrambe sembravano spaventate. Rimasero in piedi nel corridoio per circa cinque minuti finché Liz non uscì dalla stanza della signora Austin.

'Mi dispiace. Qualcosa che hai detto deve aver scatenato questa reazione. Le ho parlato e l'ho convinta che siete buone amiche. Si è calmata e ha accettato di vedervi. Non vuole che vi avviciniate a lei, quindi mantenete le distanze.'

Christine ed Eva rientrarono nella stanza, piano piano. Avevano paura che la signora Austin si arrabbiasse di nuovo, così rimasero vicino al muro, il più lontano possibile dal letto.

'Signora Austin. Ci dispiace di averla spaventata. Speravamo che potesse rispondere ad alcune domande. Abbiamo trovato la foto nella casa di campagna del dottor Patterson,' disse Christine.

'Di che foto stai parlando?'

'È una foto di gruppo. C'è lei, il dottor Matthew Patterson, la signora Eastman, il dottor Ronald Bernard, il dottor William Abrahams e ...'

'Il dottor Carlo Alamilla,' la signora Austin concluse la frase di Christine.

'Giusto. E ci sono anche alcune donne del posto nella foto.'

'E ...' la signora Austin iniziò a chiedere, 'perché siete

così interessate a me o alle persone in quella foto?'

'Signora Austin, questo potrebbe sembrarle molto strano, ma Liz ci ha detto che soffre di terribili incubi.'

'Discuti di tutti i tuoi pazienti con i tuoi amici?' chiese la signora Austin a Liz, irritata. Liz ignorò l'osservazione della signora Austin e fece cenno a Christine di continuare.

'Noi, Eva ed io ... abbiamo lo stesso incubo.'

La signora Austin le guardò. I suoi occhi quasi le prendevano in giro. 'Un incubo? Quale incubo sarebbe?'

'C'è un terremoto e molta confusione. Poi, quando tutto sembra calmarsi, c'è una luce blu all'orizzonte. La luce blu si muove velocemente finché non si espande dappertutto.' Eva si appoggiò al muro. Si rese conto che quando raccontava la storia, non sembrava poi così spaventosa. Tuttavia, si sentiva terrorizzata solo a parlarne. Christine si mise accanto a lei e la cinse con un braccio. Quando guardarono la signora Austin, videro le lacrime che le scorrevano sul viso.

'Signora Austin, per favore, ci dica cosa significa?' chiese Christine. 'Questo incubo ci perseguita da quando avevamo quindici anni.'

'È una lunga storia. Per prima cosa, dovete dirmi qual è il vostro rapporto con Matthew Patterson.'

'Il dottor Patterson è il nostro medico da quando eravamo bambine. Lo conosciamo da tutta la nostra vita.'

'Venite qui.' La signora Austin le chiamò vicine. 'Qualunque cosa voi facciate, non fidatevi di quell'uomo. Non fidatevi di sua moglie. Non fidatevi dei suoi colleghi.'

'Ma qual è il suo rapporto con il dottor Patterson e gli altri?' chiese Eva.

'Il dottor Patterson mi ha dato un bambino. Ha eseguito la fecondazione in vitro. A quei tempi questa non era una procedura disponibile come lo è oggi. Altri medici non lo avrebbero mai offerto a una donna single.' La signora Austin fece un respiro profondo. 'Il dottor Patterson mi ha detto che mi avrebbe aiutata. Quindi, ho lavorato con lui in Cile. Sono rimasta incinta come sapete dalla foto... ma il mio bambino è morto.'

Era evidente che la signora Austin fosse esausta. All'improvviso, sentirono un rumore nel corridoio. Tutte e tre le ragazze si fissarono contemporaneamente.

'Darò un'occhiata. Restate qui,' sussurrò Liz e andò alla porta. L'aprì dolcemente e guardò dietro l'angolo. Fece un salto indietro e spense le luci.

'È il dottor Johnson con un altro uomo che non ho mai visto prima. Dovete uscire di qui.' Spinse Christine ed Eva verso la finestra. Liz aveva problemi ad aprire la finestra; non riusciva a girare la maniglia. Potevano sentire i passi nel corridoio avvicinarsi.

'Cosa sta succedendo?' chiese la signora Austin.

'Finga di dormire. Il dottor Johnson sta venendo da questa parte e non può vederla sveglia', sussurrò Liz in preda al panico. Tirò con forza la maniglia della finestra e alla fine riuscì ad aprirla. 'Saltate!' sussurrò in fretta a Christine ed Eva.

'E tu?' chiese Christine.

'Starò bene. Andate via di qui.' Liz le spinse. Eva perse una scarpa quando cadde nell'aiuola sotto la finestra. Si ferì un braccio sui cespugli di rose. Prima che potesse spostarsi, Christine le cadde addosso.

Eva cercò di non urlare, ma la caduta di Christine le ferì gravemente la caviglia. Mentre strisciavano via, Liz chiuse la finestra e tirò la tenda. Si tuffò sotto il letto della signora Austin e cercò di tenere sotto controllo il suo respiro quando la porta si aprì.

37

La signora Austin in pericolo

La luce si accese e Liz si rannicchiò il più possibile. Vide due paia di scarpe nere che si avvicinavano al letto. Una voce che non riconobbe parlò: 'Jennifer. Jennifer. Perché hai voluto dare retta a Diane Eastman? Sarebbe andato tutto bene se tu fossi rimasta zitta. Quella stupida donna decise di ascoltare la sua coscienza dopo che suo figlio era annegato nella loro piscina. Tu e Diane avete quasi rovinato tutto per noi. Il fatto è che mi sei sempre piaciuta ma, come sempre, Marlene aveva ragione. Non avremmo dovuto tenerti.'

'Cosa vuoi fare?' Liz riconobbe la voce del dottor Johnson.

'Quanto sta prendendo adesso?'

'Abbiamo usato una miscela di anestetici leggeri. È stata completamente fuori di sé; incapace di comunicare o muoversi da sola.'

'Forse puoi iniziare ad aumentare il dosaggio. Poi, tra circa tre settimane, aggiungi il curariform. Dovrebbe bastare.'

'Ma questa è eutanasia,' rispose il dottor Johnson.

'Non fare l'innocente, Daniel. Sono anni che dai a questa donna farmaci non necessari e non hai mai avuto problemi a farlo.'

'Sì. Ma non l'eutanasia.'

'Daniel. Non dimenticare chi paga il tuo generoso

stipendio. Possiedo questa casa di cura. Sono il tuo capo e farai come dico.' L'uomo lasciò la stanza e il dottor Johnson lo seguì. Liz si lasciò sfuggire un sospiro di sollievo. Strisciò fuori da sotto il letto e prese la mano della signora Austin.

'Signora Austin, sta bene?'

'Quello era Matthew Patterson. Ha finalmente deciso di sbarazzarsi di me per sempre,' disse la signora Austin con voce amara. 'Sapevo che questo giorno sarebbe arrivato. Era solo questione di tempo.'

'La porterò fuori di qui. Lo prometto, signora Austin. Non si preoccupi,' sussurrò Liz.

'Quelle due ragazze che erano qui, ho bisogno di parlare di nuovo con loro.'

'Sicuro. Organizzerò un incontro. Adesso devo andare. Se vedono la mia macchina, riceverò sicuramente lo stesso trattamento che intendono dare a lei.' Liz aprì lentamente la porta e corse velocemente per andarsene attraverso la porta sul retro….

***

Christine ed Eva sedevano nell'auto di Steve dietro la casa di cura. Erano troppo spaventate per avviare la macchina ed andarsene, temevano che il dottor Johnson potesse vederle o sentirle. Dopo dieci minuti, Christine aprì la portiera della macchina e scese.

'Cosa stai facendo? Torna in macchina, adesso. Potrebbero vederti,' sussurrò Eva.

'Voglio vedere se l'auto del dottor Johnson è ancora parcheggiata davanti all'ospedale. Vuoi stare qui tutta la notte e aspettare che la bella Miranda ci trovi?'

Eva seguì Christine. 'Ho perso una scarpa,' disse Eva. Il suo piede era dolorante. Il cespuglio di rose le aveva provocato delle ferite. Passarono davanti alla cucina e ai vari edifici esterni che ospitavano sedie a rotelle, stampelle e scatole di prodotti per la pulizia della struttura. Attraversarono un'area pavimentata che collegava ulteriori edifici esterni con la casa di cura principale quando si accese una luce perimetrale anti-intrusione. Christine ed Eva si tuffarono a terra.

'Ahhhh!' disse Christine in silenzio e si accucciò, tenendosi la mano. Aveva messo la mano in un chiodo che sporgeva da una cornice di legno. Il sangue le scorreva lungo la mano e il braccio. Si tolse la sciarpa dal collo e iniziò ad avvolgerla intorno alla ferita. Si mossero lentamente e sentirono una delle porte aprirsi. Eva si rese conto di aver smesso di respirare e pensò che stesse per svenire. Mentre si sedettero vicine, videro Liz sgattaiolare fuori dalla porta.

'Liz,' sussurrò Eva.

Liz si fermò e guardò indietro. Christine ed Eva si alzarono e strisciarono sulle mani e sulle ginocchia verso di lei. Era in piedi con la schiena premuta contro il muro. 'Cosa ci fate ancora qui voi due?' chiese.

'Non siamo riuscite ad andarcene. Avrebbero sentito la macchina,' sussurrò Eva con calore.

'C'è un ingresso sul retro!'

'Mi dispiace. Non ho studiato la mappa attentamente prima di venire qui,' rispose Eva. 'Dove diavolo è questo ingresso sul retro?'

Liz fece loro segno di seguirla. Si fecero strada tra i fitti cespugli spinosi dietro la casa di cura. Christine sentì i suoi vestiti strapparsi. Quando finalmente arrivarono, rimasero ferme per un momento, per riprendere fiato.

'La tua macchina è laggiù. La mia è proprio dietro quel bidone della spazzatura. Ti suggerisco di non accendere i fari della macchina finché non lo faccio io,' disse Liz e, senza aspettare una risposta, corse alla sua macchina. Christine ed Eva corsero alla macchina di Steve. Christine accese il motore e seguì Liz.

Percorsero una stradina di campagna non asfaltata. Liz stava guidando lentamente e finalmente, dopo cinque minuti, accese i fari. Christine seguì la Honda Accord rossa di Liz fino a quando non si fermò. Parcheggiò dietro di lei e scese.

'Scusate se vi ho sgridate prima. Ero così spaventata. Per un momento, ho pensato che me la sarei fatta sotto,' disse Liz. Eva scese dall'auto e zoppicò verso Christine e Liz. 'Cosa ti è successo?' chiese Liz, e non poté fare a meno di sorridere quando vide Eva zoppicare verso di lei.

'Ho perso una scarpa!'

'Che cosa è successo lì dentro?' chiese Christine.

Liz raccontò loro della visita che il dottor Johnson e il dottor Patterson avevano fatto alla signora Austin. 'Ero sdraiata sotto il letto. Non sono mai stata così spaventata in tutta la mia vita.' Liz si teneva una mano sul collo e la strofinava così forte che tutto il collo le diventò rosso. Eva poteva ancora vedere la paura nei suoi occhi mentre parlava. 'Abbiamo un problema più grande,' continuò Liz. 'Stanno progettando di ucciderla in circa tre settimane.'

'Cosa!' esclamò Christine.

'Vogliono aumentare il dosaggio del suo attuale farmaco e, in tre settimane, vogliono aggiungere un altro anestetico che provocherà la sua morte. È lo stesso cocktail che usano per l'eutanasia. Non so come, ma dobbiamo portare fuori dalla casa di cura la signora Austin.' Liz aveva le lacrime agli occhi e guardò Christine ed Eva in cerca di risposte.

'Non preoccuparti Liz. Penseremo a qualcosa,' disse Christine.

'Ha detto qualcos'altro?' chiese Eva

'Il dottor Patterson ha parlato di una *Diane Eastman*. Ho avuto l'impressione che fosse una delle ragioni principali per cui ha messo la signora Austin nella casa di cura.'

Christine guardò Eva. *Perché dopo tanti anni? Perché*

voleva ucciderla adesso? E non prima? Si chiese Christine. Inoltre, non aveva idea di come portare la signora Austin fuori dalla casa di cura o dove portarla. 'Dobbiamo tornare a casa. Puoi guidare?' chiese Christine.

'Sì. Ce la faccio,' disse Liz. 'Eva, faresti meglio a darmi la tua scarpa. Potresti averla persa nella stanza della signora Austin. Se qualcuno la trova, almeno posso dire che è mia.'

Eva fissò Liz, stupita. Non importava quanto fosse sconvolta, Liz stava ancora pensando chiaramente. Eva si tolse la scarpa e gliela diede. Senza aggiungere altro, Liz salì in macchina. Prima di partire, aprì il finestrino. 'Seguitemi fino all'incrocio. Quella strada vi riporterà in città.'

Il giorno seguente, Eva aveva dolori in tutto il corpo. Quando Christine le era caduta addosso l'aveva riempita di lividi. Gettò indietro le lenzuola e si guardò la caviglia gonfia. Le sue gambe erano ricoperte di graffi. Si alzò e andò in cucina per prendere del ghiaccio. Si versò una tazza di caffè mentre Christine entrava.

'Buongiorno.'

'Buongiorno, Chris. Hai dormito un po'?'

'Abbastanza. Cosa ha detto Steve?'

'Stava già dormendo quando siamo tornate e, questa mattina, è uscito molto presto ... Cosa faremo con la signora Austin?'

Christine pensò per un momento e corse a prendere il cellulare. 'Ho un piano su come far uscire la signora Austin da quella casa di cura.'

***

Il campanello di Steve suonò. Eva rispose al citofono. 'Christine! È Eric per te,' urlò.

Christine entrò in soggiorno. Aveva una benda grande e voluminosa sulla mano e le sue gambe non sembravano

277

migliori di quelle di Eva. Aprì la porta ad Eric e lo salutò con un bacio. Eric la fissò.

'Cosa ti è successo?' chiese.

'Eva ed io siamo andate a fare un'escursione ieri. Siamo scivolate e siamo cadute in un cespuglio spinoso,' disse Christine. Stava ripensando alla loro relazione e pensava che lasciarlo intromettere nella sua vita ora non sarebbe stata una buona idea.

'Dove siete andate?'

'Siamo state in montagna, vicino la casa di campagna,' si affrettò a dire Eva, dopo aver visto l'esitazione di Christine.

Eric guardò Christine, che arrossì leggermente. Era evidente che non le credeva ma non sapeva come affrontare il problema. 'Devi portarmi lì, Christine,' disse.

'Christine ha giurato di smettere di fare escursioni. Era messa anche peggio di me. Vuoi qualcosa da bere?' Eva cercò di cambiare argomento. Poteva vedere l'irritazione sul suo viso.

Christine andò al divano e si sedette. Sapeva che Eric la stava fissando. 'Eva, potresti darci un minuto?'

Eva guardò Christine con un'espressione sospettosa ma non aveva altra scelta che accontentarla. Christine aspettò che Eva uscisse dalla stanza e si voltò verso Eric. 'Eric, mi dispiace, ma questa relazione non funziona per me. Abbiamo provato entrambi, ma è ovvio che vogliamo cose diverse dalla vita.'

Eric si appoggiò allo schienale del grande divano e sospirò profondamente. 'Christine, ti amo. Non voglio perderti, non di nuovo. Forse ora vogliamo cose diverse, ma a lungo termine vogliamo le stesse cose.' Le mise una mano sulla gamba. 'Voglio sistemarmi e avere una famiglia con te.'

Christine non rispose. Si sentiva orribile. Lo scrutò in viso ma non riuscì a individuare cosa stesse pensando. I suoi occhi si fecero tristi e disperati. Le prese le mani tra le sue.

'Christine, per favore dammi un'altra possibilità. Voglio farti felice. Voglio costruire una vita con te. Mai in tutta la mia vita mi sarei aspettato di incontrare qualcuno come te. Voglio che tu sia la madre dei miei figli.'

La guardò con grandi occhi da cucciolo. Christine si sentiva malissimo. Doveva amarla. Ma perché non l'aveva mai sentito? I suoi pensieri stavano galoppando. Non voleva ferirlo.

'Forse possiamo prenderci una pausa?' Era un cliché. Fissò la sua mano in quella di Eric. La verità era che lei voleva che lui se ne andasse e smettesse di farla stare male. Quando alzò lo sguardo, fu sbalordita nel vedere le lacrime che gli scorrevano sul viso.

'Non lasciarmi, Christine. Non posso vivere senza di te.' Era un pianto disperato e Christine non ce la faceva più. Lo baciò. 'Christine, non spaventarmi mai più così.' La prese tra le braccia e la baciò.

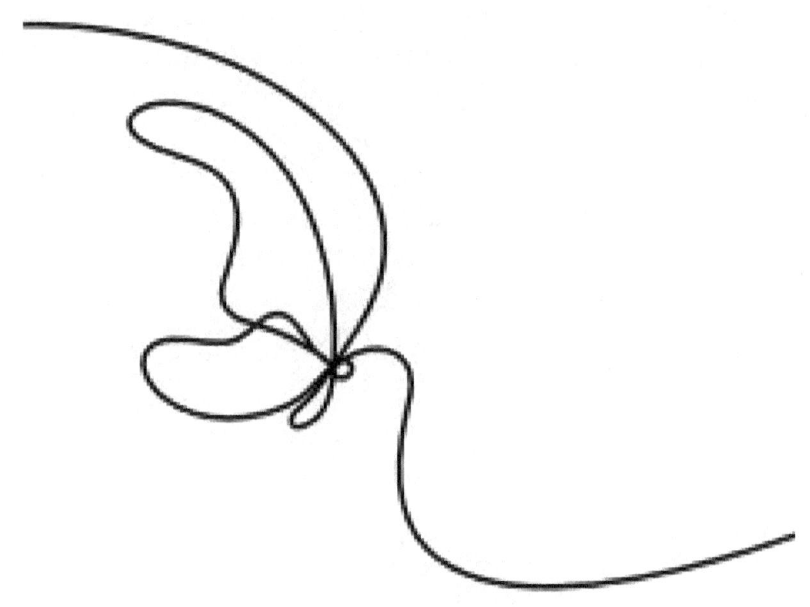

38

Il salvataggio della signora Austin

Liz fece il suo giro nella casa di cura. Si fermò a chiacchierare con alcuni dei pazienti. Non appena finì, la prima cosa che fece quella mattina fu cercare la scarpa di Eva nella stanza della signora Austin e sotto la finestra all'esterno. Quando non la trovò, pensò che Eva l'avesse persa mentre camminava verso la sua macchina. Tornò in infermeria per un caffè. Una delle sue colleghe la fermò e le disse che Miranda la stava cercando. Liz sospirò pesantemente. Mentre si avvicinava al banco della reception, Miranda sollevò la scarpa che stava cercando disperatamente.

'Uno degli addetti alle pulizie ha trovato questa nella stanza della signora Austin.'

'Buon per lui ... Jane mi ha detto che volevi vedermi,' disse Liz con calma.

'Non credi che sia strano che qualcuno abbia trovato una scarpa nella stanza della signora Austin? Non è esattamente il suo stile.'

'Per favore, Miranda. Ho una giornata impegnativa. Avevi qualcosa di cui discutere o volevi parlarmi di una scarpa?'

'C'è un'altra cosa. Quando sono entrata stamattina, ho

281

notato che il sistema di sicurezza era stato spento. Non dimentico mai di accenderlo.'

'Beh, forse la tua memoria non è più quella di una volta. Se non c'è nient'altro ...?' Liz si voltò e si allontanò. Pregò che Miranda credesse al suo bluff.

Liz finì la sua pausa caffè di metà mattina e guardò nervosamente l'orologio. Alle undici precise, si alzò e andò nella stanza della signora Austin. Prese una borsa dall'armadio e iniziò a mettere in valigia i pochi averi posseduti dalla signora Austin. La svegliò e le diede una vestaglia blu scuro in micro-pile da indossare.

'Cosa pensi di fare?' Il dottor Johnson entrò nella stanza.

'Abbiamo ricevuto una lettera dal dottor Patterson che dice che vuole che prepariamo la signora Austin per essere trasferita all'Ospedale di Hampstead.'

'Hampstead?!' Il dottor Johnson uscì dalla stanza e andò all'infermeria. Trovò una lettera firmata dal dottor Patterson in cui affermava che la signora Austin doveva essere pronta per essere trasferita alle undici e mezza. Prese il telefono e chiamò lo studio del dottor Patterson.

'Mi dispiace, dottor Johnson, il dottor Patterson è in riunione e non deve essere disturbato per nessun motivo.'

'Rebecca, è particolarmente urgente.'

'Mi dispiace. Non posso aiutarla. Dovrà richiamare più tardi questo pomeriggio.'

Il dottor Johnson mise giù il telefono e chiamò Miranda. 'Quando è arrivata la lettera del dottor Patterson?'

'È stata consegnata a mano questa mattina intorno alle nove.'

'Ho provato a contattare il dottor Patterson, ma non è raggiungibile. Continua a provare ogni cinque minuti,' ordinò sgarbatamente il dottor Johnson a Miranda.

Entrò nel suo ufficio e sbatté la porta dietro di sé. Qual

era il problema con quel vecchio pazzo? Solo la notte scorsa gli aveva dato l'ordine di sopprimere la signora Austin, e ora la stava facendo trasferire.

Vide un'ambulanza fermarsi fuori dall'atrio. Due paramedici vestiti con uniformi verdi entrarono nell'area della reception e informarono Miranda che erano lì per prelevare la signora Austin.

Il dottor Johnson uscì dal suo ufficio e vide Liz che spingeva la signora Austin su una sedia a rotelle. Il cuore di Liz batteva in modo incontrollabile. Voleva correre lungo il corridoio e andarsene. Quando Liz raggiunse l'area della reception, il dottor Johnson si unì a Miranda dietro il banco. Lo vedeva mentre componeva freneticamente un numero sul telefono. 'Ho bisogno di parlare con il dottor Patterson adesso!' gridò.

Liz decise di non fermarsi e continuò a spingere la signora Austin fuori dall'edificio verso l'ambulanza. La rampa per portare la sedia a rotelle nell'ambulanza non era ancora stata preparata. Liz fermò la sedia a rotelle il più vicino possibile all'ambulanza.

'Signora Austin, ho bisogno che lei sia forte per me. La solleverò e ho bisogno che lei mi aiuti il più possibile.'

Liz prese la signora Austin sotto le braccia per sollevarla. Era molto più pesante di quanto Liz si aspettasse. La sollevò con tutta la forza che aveva e quasi la trascinò sull'ambulanza.

'Mi dispiace per questo, signora Austin. Andrà tutto bene. Christine ed Eva la aspetteranno all'ospedale.'

'Grazie, Liz,' disse dolcemente la signora Austin. Poteva vedere che era completamente esausta dallo sguardo sul suo viso e dal suo corpo molle.

Liz saltò giù dall'ambulanza e tornò nella casa di cura. Il dottor Johnson stava ancora cercando di contattare il dottor Patterson senza successo. Sbattè il telefono e consegnò all'autista dell'ambulanza i documenti necessari per il rilascio. Mentre Liz passò, lui la prese saldamente per il braccio.

'So che hai qualcosa a che fare con questo. Non ti azzardare a pensare che la passerai liscia!' Mentre diceva l'ultima parola, la spinse via. Liz quasi cadde a terra. Andò alla postazione dell'infermiera e raccolse le sue cose.

'Jane, non mi sento affatto bene. Vado a casa,' disse Liz a una delle sue colleghe.

Corse fuori dalla porta verso la sua macchina. Si sedette per diversi minuti, appoggiando la testa sul volante. Ce l'avevano fatta. La signora Austin era al sicuro.

39

Un nuovo appartamento

'Signora Austin ...' Christine corse quando la signora Austin uscì dall'ambulanza. 'È andato tutto bene?'

'Sto bene,' rispose, ancora stanca. Aveva difficoltà a stare seduta dritta sulla sedia a rotelle.

'Porta subito questa signora al quarto piano,' disse Daulton a una delle infermiere vicine.

Christine si avvicinò a Daulton. 'Grazie, Daulton. Non posso dirti quanto apprezzo quello che hai fatto.'

'Non ho fatto niente. Sto ricoverando una signora che mi hai detto non sta bene. Questo è il mio lavoro,' disse e le fece un caldo sorriso. 'Vado su e comincerò a eseguire alcuni esami.'

'Puoi farci sapere quando possiamo farle visita?' Christine chiamò Daulton, che era già davanti all'ascensore.

'Questa sera farò un salto all'appartamento di Steve.'

'Eva, sono Liz. È arrivata?'

'Lei sta bene. Al momento stanno eseguendo alcuni esami. Speriamo di poter venire a trovarala domani.'

'Ho dovuto lasciare la casa di cura. Il dottor Johnson è sospettoso e arrabbiato,' disse Liz. Parlò in modo sorprendentemente veloce. 'Inoltre, hanno trovato la tua scarpa nella stanza della signora Austin. Eva, ho paura. Posso

285

restare a casa tua stasera?'

'Liz, stiamo da Steve. Fammi vedere cosa posso fare. Ti richiamo tra circa un'ora. Va bene?'

'Certamente.'

Eva mise giù il telefono e tornò in ospedale. 'Christine, dobbiamo trovare un appartamento. Liz è stata costretta a lasciare la casa di cura ed è terrorizzata. Non ha un posto dove stare adesso.'

Christine uscì e fece segno a Eva di venire con lei. Presero la metropolitana più vicina e scesero alla fermata dove c'era una delle più grandi agenzie immobiliari. Quando arrivarono, guardarono le offerte nella vetrina.

'Guarda questo. È ad Harvist Road a Queen's Park.'

'Perfetto. Entriamo,' disse Christine. 'Mi scusi. L'appartamento completamente arredato con le due camere da letto è ancora disponibile?' Chiese Christine al giovane agente immobiliare, che non poteva avere più di diciannove anni.

'Diamo un'occhiata,' disse, cercando di mostrarsi sicuro di se.

'Inoltre, deve essere disponibile immediatamente,' disse rapidamente Christine.

'Ecco qui. Sì. È ancora sul mercato.'

'Grandioso. Lo prendiamo.'

'Mi scusi, non vuole vederlo prima?'

'No. Lo prendiamo.'

Senza fare ulteriori domande, chiese loro i documenti e prese un contratto di affitto. 'Preparerò il contratto. Devo anche fare alcune verifiche pre-contrattuali. Questo è il mio primo appartamento in affitto,' disse, e rise imbarazzato.

'Perché non torniamo tra circa un'ora,' disse Eva.

Il ragazzo guardò in alto, sollevato. Christine ed Eva camminarono per le strade finché non passarono davanti a una piccola tavola calda. Entrarono e si sedettero a un tavolo lontano dalla porta e ordinarono il pranzo. 'Saremo ancora vicine al *"Paradise by the way of Kensal Green,"* il nostro pub preferito.'

'Liz, ciao. Sono Eva. Abbiamo trovato un nuovo appartamento e potrai stare da noi.'

'Che sollievo,' rispose Liz. 'Come diavolo hai fatto a trovare un appartamento così in fretta?'

'È incredibile quello che puoi ottenere quando ci metti la testa.' Eva diede a Liz il loro nuovo indirizzo e le chiese di incontrarle lì tra circa tre ore.

'Grazie, Eva. Ci vediamo dopo.'

'È meglio che telefoni anche a Steve per dirgli che abbiamo trovato un nuovo appartamento,' disse Eva.

'Perché non mangi prima e ti calmi. Prima di essere troppo contente, aspettiamo di aver firmato il contratto e di avere le chiavi in mano.'

'Superstiziosa? Non conoscevo questo aspetto di te.'

Si sedettero nella piccola tavola calda, aspettando che il tempo passasse. Entrambe ordinarono salsicce e purè di patate ma non furono in grado di mangiare molto, nonostante il cibo fosse delizioso. Continuavano a fissare l'orologio. Dopo un'ora, Eva si alzò.

'Non gli ci vuole più di un'ora per redigere i documenti e fare un controllo.' Si avvicinò alla cassa e pagò il pranzo.

Christine si alzò. Era sollevata. Mentre entravano nell'ufficio dell'agente immobiliare, il giovane alzò lo sguardo e sorrise. 'È tutto a posto. Ho bisogno che firmiate entrambe sulla linea tratteggiata,' disse, sorridendo.

Anche Christine ed Eva sorrisero educatamente e firmarono il contratto di affitto per un anno. Con le chiavi in mano, uscirono dall'ufficio.

'Non è fantastico. Avremmo passato settimane a cercare un appartamento in qualsiasi altra circostanza,' disse Christine.

***

Eva decise di prendere la macchina di Steve e guidare fino al nuovo appartamento.

'Wow. E' fantastico. Mi piace il giardino di fronte. Guarda, ci sono anche delle panchine,' disse Eva

'È un bel palazzo. Dove siamo?' chiese Christine.

'Piano terra.'

Rimasero per un momento davanti alla loro nuova porta d'ingresso. Poi, sorrisero per la prima volta da giorni quando entrarono nella loro nuova casa. 'È adorabile,' disse Eva.

L'appartamento aveva un ampio soggiorno a pianta aperta con una graziosa zona pranzo e una vasta cucina. C'era una bellissima vetrata con vista sul giardino, due camere doppie e un bagno moderno.

L'arredamento era un po' datato. C'erano un divano beige scuro e una sedia abbinata. Il tavolo della sala da pranzo era in legno scuro con un inserto in vetro e quattro sedie abbinate con sedute in vimini. Christine lanciò le chiavi sul tavolo da pranzo ovale di vetro.

'Adesso scelgo la mia camera da letto.'

'Non se scelgo prima la mia.' Eva corse scherzosamente verso Christine.

'Beh, sono più o meno le stesse,' disse Christine.

Il bagno doveva essere stato rinnovato di recente perché era molto lussuoso. Tornarono in soggiorno e si sedettero su quello che era il loro nuovo divano. C'era luce in abbondanza nella stanza, un bel cambiamento rispetto al loro soggiorno buio e squallido a Kensal Green.

'Mi scusi signora. Posso telefonare al mio ragazzo adesso?'

Christine rise. Il campanello suonò e Christine rispose al citofono. 'Liz, entra. Benvenuta nella nostra nuova dimora.'

288

'Wow, Christine! È incredibile.' Liz era in piedi vicino alla porta accanto a una finestra laterale che conferiva all'appartamento un aspetto luminoso.

'Davvero? Lascia che ti faccia fare il grande tour. Eva è al telefono con Steve.'

'Questo appartamento è veramente grazioso. È costoso?'

'Solo circa il doppio del prezzo di quello vecchio. Ma penso che siano soldi ben spesi.' Liz annuì e seguì Christine in soggiorno.

'Cribbio, Liz. Mi sono appena accorta che non abbiamo niente in casa, non posso nemmeno offrirti una bibita.' Christine prese la sua borsa. 'Vado al supermercato e compro qualcosa per stasera.'

'Vuoi che venga con te?' chiese Liz.

'No, grazie. Resta qui con Eva.' A Christine sarebbe potuto servire un po' di tempo da sola per digerire gli eventi della giornata.

Quella sera, Eva andò a prendere Steve con la sua macchina alla stazione della metropolitana di Queens Park. Stava venendo a controllare il nuovo appartamento.

'Questo è proprio un bel posto. Sono contento per entrambe.' Si guardò intorno. 'Anche se, ad essere onesti, mi piaceva quando stavi a casa mia. Suppongo che dovrò ricominciare a pulire.' Eva finse di colpirlo sulla testa.

Christine era nella cucina con Liz. 'Ciao Steve. Sono felice che ti piaccia il posto,' disse Christine. 'Ho preparato degli spuntini per questa sera.'

'Grandioso.'

'Vuoi una birra? chiese Eva.

'Proprio quello che ha ordinato il dottore,' disse Steve e si sedette sul divano accanto a lei.

Il campanello suonò di nuovo e le tre ragazze sobbalzarono. Nessuno tranne le persone nella stanza sapeva dove vivevano. 'Scusate. Deve essere Daulton,' disse Steve. 'Mi ha detto che aveva intenzione di incontrarvi a casa mia questa sera, quindi gli ho dato il vostro nuovo indirizzo.'

Eva si alzò e andò al citofono per farlo entrare.

Daulton entrò in soggiorno con una bottiglia di vino rosso sotto il braccio. 'Bene, vedo che qualcuno ha già fatto la spesa,' disse, mentre metteva la bottiglia accanto alle altre che Christine aveva comprato prima. 'È un appartamento molto carino. Come avete fatto a trovarlo così velocemente?' chiese, prevalentemente a Christine.

'Abbiamo deciso di prendere il primo appartamento ammobiliato con due camere da letto che era disponibile immediatamente. Siamo rimaste sorprese di essere riuscite a trovarlo così rapidamente.'

'Davvero molto bello. Cosa farete con gli altri mobili?'

'Lasceremo tutto per il prossimo inquilino,' disse Eva. 'Né Christine né io vogliamo ricordarci del tempo passato in quell'appartamento.'

'Daulton, non credo che tu abbia conosciuto la nostra amica, Liz,' disse Christine, desiderando che Liz si sentisse a suo agio.

Daulton salutò Liz, si sedette su una delle sedie della sala da pranzo e aprì una birra.

'Non ti credevo un bevitore di birra,' disse Christine.

'Ci sono molte cose su di me che non sai.' Daulton rispose ammiccando.

Christine arrossì e tornò in cucina. Finì di mettere le torte salate, il pane all'aglio e l'insalata sul tavolo e disse a tutti di servirsi da soli.

'A proposito, dovete tornare entrambe in ospedale,' disse Daulton a Christine ed Eva. 'C'è stata un pò di confusione con i vostri prelievi di sangue. Per errore un campione di sangue è stato testato due volte.'

'Va bene. Nessun problema. Gli esami del sangue sono

i miei preferiti,' disse Eva cinicamente.

'Come sta la signora Austin?' chiese Liz, preoccupata.

'Sta sorprendentemente bene. Con il numero di farmaci che la donna ha in corpo, è un miracolo che sia ancora viva. Domani potete andare a trovarla. Ha chiesto di te. Non sapevo che avessi una zia, Christine?'

Christine si sentiva malissimo nel mentire a Daulton dopo tutto quello che lui aveva fatto per loro. Lanciò una rapida occhiata a Steve e sperò che non avesse sentito nulla. Senza Daulton, la signora Austin sarebbe ancora nella casa di cura. Si limitò a sorridere a Daulton ed evitò la domanda.

Daulton non si rese conto del silenzio imbarazzante e continuò a bere la sua birra come se nulla fosse accaduto. La serata si rivelò un successo. Dopo tutte le orribili esperienze e le ferite subite nelle ultime settimane, Christine ed Eva riuscirono a dimenticare i loro problemi per un po'.

'È stata una serata meravigliosa, ma purtroppo devo andare,' disse Daulton. 'Domani inizio presto al lavoro.'

'È già mezzanotte. È meglio che me ne vada anch'io,' disse Steve e si alzò. Eva andò alla porta e lasciò uscire Daulton e Steve.

'Allora, dove dormo questa sera?' chiese Liz.

'Per prima cosa, ho pensato con me. Ma poi abbiamo visto che il divano ha un letto estraibile,' disse Eva. 'Spero sia comodo.'

'Sono sicura che è perfetto. Sono esausta. Dormirò ovunque.'

'Non sei la sola. Metteremo a posto domani mattina.'

'Buonanotte, Liz.' Christine ed Eva andarono nelle loro nuove camere da letto.

Liz si raggomitolò nel divano letto e si addormentò non appena la sua testa toccò il cuscino. All'improvviso fu svegliata da orribili urla provenienti dalle camere da letto.

'Cosa diavolo ... ?? !!' Liz era nel panico. Non sapeva

cosa fare; accendere la luce, scappare dalla finestra, cosa? Alla fine, decise di aprire la porta del soggiorno in modo molto silenzioso.

'Christine ...? Eva ...? State bene?' chiese Liz a bassa voce dalla sala.

'Stiamo bene. Abbiamo appena avuto un incubo.'

Christine entrò nella camera da letto di Eva. 'Accidenti, Chris. Stanno peggiorando sempre di più,' disse Eva, ancora senza fiato.

'Lo so.'

'Vuoi dormire con me questa sera?'

'Perché pensi che io sia qui? Spostati.' Liz era in piedi sulla soglia, con un lenzuolo intorno a sé. 'Va tutto bene, Liz. Questo è l'incubo di cui stavamo parlando con la signora Austin. Puoi stare nella mia camera da letto stasera,' disse Christine. 'Questo è stato di gran lunga il peggior incubo che abbia mai avuto,' disse Christine, mentre si sdraiava accanto ad Eva.

'Ho solo una domanda per entrambe. Cos'è questo gioco *Chaser Blazer*?'

Christine ed Eva risero. 'Funziona così. Prendiamo una pila di riviste e in quindici minuti dobbiamo trovare la migliore pubblicità e, dopo, spieghiamo perché.'

'Sembra un gioco strano per due quindicenni,' commentò Liz.

'Può essere. Ma ci piaceva e ci piace ancora giocarci.'

***

'Di cosa diavolo stai parlando?' La faccia del dottor Johnson era rossa per l'imbarazzo e il terrore. Alla fine, riuscì a parlare con il dottor Patterson verso le quattro di quel pomeriggio, quando si recò alla casa di cura. 'Perché mai dovrei scrivere una lettera del genere?' Il dottor Patterson urlò e sbattè la lettera sulla scrivania.

Matthew Patterson camminava avanti e indietro davanti al banco della reception. Miranda stava guardando i due uomini e decise di tenersi il più lontano possibile da entrambi. Matthew Patterson sollevò la cornetta del telefono ma, dopo un secondo, la sbattè più volte sulla base del telefono. 'Dove l'hanno portata?' chiese a Miranda.

'Hampstead,' sussurrò Miranda.

Matthew Patterson si avvicinò a Daniel Johnson e si fermò a un centimetro dal suo viso. 'Qualcuno pagherà per questo disastro!' Matthew Patterson si precipitò fuori dalla casa di cura, salì sulla sua Mercedes e partì a tutta velocità.

Il dottor Daniel Johnson rimase fermo impalato; i suoi piedi erano inchiodati a terra. Sapeva di essere in guai seri. Era ben consapevole di ciò di cui erano capaci il dottor Patterson ei suoi soci. 'Miranda, sarò fuori per il resto della giornata.'

'Buona giornata, dottor Johnson,' disse, non sapendo cos'altro dire.

Decise di andare direttamente a casa, preparare la valigia e lasciare il paese dopo aver svuotato il suo conto in banca.

40

Anni prima:
la metà degli anni '80

Jennifer Earl era una donna bella e brillante. All'età di trentacinque anni, era giunta alla conclusione che le mancasse qualcosa. Sapeva che quel qualcosa era un figlio. Non aveva mai trovato un uomo adatto perché si era sempre concentrata sulla sua carriera, piuttosto che sperare che arrivasse l'uomo giusto. Quindi, aveva deciso di avere un bambino da sola.

Jennifer era una delle direttrici pubblicitarie di maggior successo della città. Era una donna forte e indipendente che, dopo molti anni di successi, si era guadagnata il rispetto dei suoi colleghi e aveva fatto carriera in un mondo interamente fatto di uomini. Aveva dimostrato più e più volte che, sebbene fosse una donna, era tosta, più tosta della maggior parte dei suoi colleghi uomini. Aveva quel qualcosa in più; poteva captare i segnali come una macchina.

Tuttavia, non era stato un percorso senza intoppi per Jennifer arrivare dov'era adesso. Era una donna attraente e questo aveva portato molti uomini a tentare di sedurla o sminuirla. All'inizio della sua carriera, Jennifer si ripromise di non uscire mai con un suo collega o con nessun altro uomo nel settore della pubblicità. L'emancipazione femminile era ancora agli albori e Jennifer era consapevole che se avesse voluto fare carriera, non avrebbe dovuto essere brava quanto i suoi colleghi uomini, ma dieci volte di più. E avrebbe dovuto stare attenta a non fare passi falsi.

Aveva lavorato sodo e, all'età di trentacinque anni, si rese conto che se avesse voluto avere figli avrebbe dovuto farlo al più presto. Era già considerata vecchia. La maggior parte delle donne negli anni '80 si erano sposate all'età di ventuno anni e avevano avuto figli a ventidue. Era fortunata ad avere un reddito sufficiente per assumere una tata a tempo pieno e continuare a lavorare nella settore della pubblicità.

Jennifer aveva contattato diversi medici. Tuttavia, tutti l'avevano rigettata a causa della sua età. Uno dei medici l'aveva persino rimproverata e le aveva detto che avrebbe dovuto prendere in considerazione l'idea di avere figli in età molto più giovane, come tutte le altre donne.

Era stata presentata al dottor Patterson da alcuni amici. Le avevano detto che era un pioniere nel campo della fecondazione in vitro. Questa procedura era ancora agli inizi, ma decise di provare. Non era sicura che il dottor Patterson l'avrebbe presa in considerazione a causa dell'esperienza negativa avuta con gli altri medici, essendo una donna single di trentacinque anni.

Jennifer aveva aspettato a lungo per avere un appuntamento con il dottor Patterson. Quando cercò di rintracciarlo per la prima volta, stava lavorando con una equipe medica che faceva beneficenza in Sud America. Una volta al mese tornava a casa per vedere i pazienti. Jennifer era felicissima di sentire che il dottor Patterson dedicasse il suo tempo e il suo talento per aiutare i meno fortunati.

Spesso, lei avrebbe voluto fare qualcosa per aiutare gli altri. Tuttavia, il suo lavoro non consentiva tali 'lussi.' Ci si aspettava che raggiungesse obiettivi e standard elevati ogni mese.

Non vedeva l'ora di incontrare il dottor Patterson ed era entusiasta quando le diedero finalmente un appuntamento il 7 febbraio.

Il dottor Patterson aveva un piccolo studio in periferia. Lavorava con sua moglie, Marlene, che lo assisteva in una varietà di ruoli. Era la sua receptionist, segretaria e assistente medica.

Quando Jennifer giunse allo studio, si sedette nella sala d'attesa composta da due sedie di plastica e un vecchio tavolino da caffè nero. Marlene uscì dall'ufficio per assicurarsi che Jennifer fosse a suo agio.

Jennifer rimase sorpresa di vedere una donna come Marlene in uno studio medico. Marlene era stupenda. Era alta e snella con lunghi capelli biondi raccolti in una coda di cavallo. Aveva gli zigomi definiti, le labbra carnose e gli occhi di un azzurro penetrante. Jennifer pensava che Marlene dovesse stare sulla copertina di una rivista di moda o al braccio di un ricco milionario, non in uno squallido studio medico.

Dopo una decina di minuti, Marlene la chiamò nello studio. L'ufficio del dottor Patterson era una piccola stanza vecchia con una minuscola scrivania marrone scuro che era, senza dubbio, di seconda mano, due sedie e un tavolo ginecologico con staffe. La stanza aveva una piccola finestra coperta da una tenda verde per la privacy.

Jennifer si presentò al dottor Patterson. Era un uomo alto con capelli castano scuro e occhi castani indagatori. Jennifer non lo considerava bello, ma aveva una certa arroganza naturale che faceva sì che tutti gli prestassero attenzione. *Che strana coppia*, pensò Jennifer. Cercò immediatamente di scrollarsi di dosso quei pensieri sospettosi.

Dopo avergli spiegato i suoi piani, l'esaminò e prelevò diversi campioni di sangue. Le disse che l'avrebbe contattata il mese successivo quando tutti i test sarebbero stati completati. Disse che avrebbero discusso la procedura di inseminazione e fissato una data quando si sarebbero rivisti.

Il dottor Patterson le somministrò dei farmaci per stimolare la produzione di ovuli ed evitare l'ovulazione precoce del follicolo. Le disse che si sarebbe potuto verificare un aumento di peso, ma sarebbe stato un buon segno. Le mise una mano sulla spalla e disse: 'I bambini devono crescere nella pancia di una donna sana.' Jennifer lasciò lo studio entusiasta di aver trovato un medico che era disposto ad aiutarla.

Non appena Jennifer se ne andò, il dottor Patterson prese il telefono. 'Penso che abbiamo trovato il soggetto perfetto,' disse alla persona dall'altra parte. 'Marlene ha fatto un controllo sul suo passato. Non ha parenti in vita all'infuori di una zia di novantadue anni. Farò i test, ma penso che possiamo procedere.' Mise giù il telefono e guardò sua moglie in piedi sulla soglia.

'Finalmente. Almeno non dovremo più usare questo orribile ufficio come copertura. Odio venire qui,' disse.

Matthew annuì con un grande sorriso stampato in faccia. 'È giunto il momento, Marlene. I nostri sogni diventeranno realtà.'

Un mese dopo, Jennifer ricevette una telefonata da Marlene Patterson. 'Jennifer. Sono Marlene Patterson. Come stai?'

'Marlene, ciao. Sto molto bene grazie.'

'Abbiamo i risultati dei tuoi test e mio marito vorrebbe discuterne con te.'

'Sicuro. Spero che sia tutto a posto.'

'Non preoccuparti. Va tutto bene. Piuttosto che incontrare Matthew allo studio, vogliamo invitarti per il fine settimana. Matthew e io abbiamo recentemente acquistato una proprietà a nord della città. Potrai rilassarti e goderti la fantastica vista.'

'È molto gentile, Marlene. Sei sicura che non ti crei troppo disturbo?'

'Assolutamente no,' mentì Marlene. Jennifer acconsentì e annotò l'indirizzo.

Jennifer arrivò nella casa di campagna dei Patterson quel fine settimana. Rimase sbalordita dalla bellezza della proprietà. Lo studio sembrava così trasandato che non si aspettava una proprietà così bella e grande. La casa in campagna era un sogno. Fu accolta da un giovane che si presentò come Harry Theakston. Sua moglie, Sarah, era in cucina a preparare la cena per quella sera.

'Jennifer, benvenuta,' disse Marlene, scendendo le scale. Si avvicinò a Jennifer e le diede un abbraccio e un bacio. Jennifer fu leggermente sorpresa da quella confidenza. 'Per favore, lascia che ti accompagni al cottage di Matthew. Gli piace avere privacy quando lavora.'

Marlene la accompagnò in macchina fino a un piccolo pittoresco cottage. Il dottor Patterson era nel suo studio al primo piano e salutò Jennifer con lo stesso entusiasmo di Marlene.

Jennifer era lieta di aver trovato il dottor Patterson e sua moglie. Non l'avevano giudicata e sembravano veramente felici della sua decisione di crescere un bambino da sola. Il dottor Patterson fece cenno a Jennifer di sedersi con lui sul divano.

'Jennifer, sono contento di dirti che tutti i tuoi test sono a posto. Devo solo farti altre domande.'

'Spari,' disse Jennifer.

Le fece alcune domande sulle *malattie ereditarie* della sua famiglia e su eventuali malattie infantili di cui aveva sofferto. Jennifer rispose alle domande al meglio delle sue conoscenze. Il dottor Patterson sembrava soddisfatto.

Dopo aver finito con i suoi appunti, si sedette e disse a

Jennifer che c'era qualcos'altro di cui voleva discutere con lei. 'Come sai, svolgo attività di beneficenza in Sud America. Cile, per essere precisi.'

'Sì. Lo so,' rispose Jennifer.

'Vengo subito al punto. Vorrei che ti unissi a me. In questo modo posso seguire da vicino la tua gravidanza. Devo essere onesto: non ho mai eseguito la fecondazione in vitro su una donna della tua età. Inoltre, sei single. Anche se credo che non ci saranno assolutamente problemi e tu sei in buona salute, mi sentirei più felice se fossi un po' più vicina per darti la mia totale attenzione.'

'Non ne sono sicura, dottor Patterson. È un po' improvviso. Ho un lavoro, un appartamento e molti amici qui.'

'Inutile dire che posso offrirti un posto amministrativo in ospedale. Ciò ti consentirebbe di coprire i costi per un appartamento. Ma non parliamone adesso. Torniamo a casa. Sono sicuro che la cena sia pronta.'

Durante la cena, Marlene Patterson parlò delle sue esperienze in Cile. Raccontò di come aveva lavorato al fianco del marito in ospedale e della grande soddisfazione che provò nell'aiutare le donne del luogo. Ma, in realtà, Marlene Patterson era stata in Cile solo una volta e aveva rifiutato di stare vicina alle donne del posto.

Parlarono a lungo e alle nove e mezzo Marlene suggerì di accompagnare Jennifer nella sua stanza.

'Grazie ad entrambi per avermi invitata qui. Questo posto è magico,' disse Jennifer e si ritirò nella sua stanza.

'Jennifer, Matthew e io abbiamo poco tempo per venire qui. Sei più che benvenuta e puoi usare la casa quando vuoi. Telefona a Sarah prima del tuo arrivo e lei preparerà tutto.'

'Sei troppo gentile, Marlene. Sono davvero toccata dalla tua generosità.'

Matthew e Marlene si guardarono l'un l'altro quando

Jennifer lasciò la stanza. 'Verrà in Cile. Ricordati le mie parole,' disse Marlene mentre fumava una *Lucky Strike.*

'Come fai ad esserne così sicura?'

'Lei è una di quelle persone troppo buone. L'ho capito già guardandola da lontano.' Matthew guardò sua moglie con un sorriso sul volto.

Jennifer si svegliò il giorno dopo e fu sorpresa di sentire che Marlene era partita per la città per prendere i bambini. Sarah Theakston le disse che il dottor Patterson stava lavorando nel cottage. Aiutò Sarah a ripulire. Le due donne andavano d'accordo come vecchie amiche. Sarah invitò Jennifer a pranzo nel loro piccolo cottage.

Marlene Patterson tornò nel tardo pomeriggio con i suoi due figli. I due bambini erano vestiti in modo impeccabile. Jennifer si presentò. Erano estremamente educati.

'Sono dei bellissimi bambini,' disse Jennifer a Marlene.

'Eh si. Se vuoi scusarmi, Jennifer, vado in camera mia a riposare.' Marlene si fece vedere a malapena per il resto del fine settimana. Disse a Jennifer che soffriva di forti emicranie e aveva bisogno di stare in una stanza buia. Jennifer trascorse il resto del fine settimana a giocare con Steven e Daulton.

Il giorno dopo, i tre pranzarono dai Theakston. Fu un pomeriggio fantastico. Camminarono in riva al lago e giocarono a nascondino finché entrambi i bambini non furono esausti.

'Jennifer, è stato bello averti qui con noi. Rimaniamo in contatto.' Sarah abbracciò Jennifer. Era domenica sera e lo splendido fine settimana era finito.

'Spero di tornare presto.'

'Ciao, Jennifer,' disse Harry e le diede un abbraccio.

'Ci vediamo, Harry. Prenditi cura della tua adorabile moglie. Puoi salutare Marlene e i ragazzi da parte mia?' chiese Jennifer a Sarah. 'Non voglio disturbarla.'

'Lo farò. Non preoccuparti. Guida con prudenza.'

***

Jennifer sedeva alla sua scrivania presso l'agenzia pubblicitaria Butch Everest. Aveva appena terminato un incontro con un cliente che stava lanciando sul mercato un nuovo prodotto per la pulizia. Doveva creare una campagna pubblicitaria per il prodotto. Prese il campioncino dello spray che le era stato dato e lo spruzzò nell'aria. L'odore potente la fece quasi soffocare. Corse alla finestra, l'aprì e mise la testa fuori per prendere una boccata d'aria fresca. 'Che diamine…? Come dovrei fare a vendere un prodotto come questo?' gridò, indignata.

Andò nell'ufficio del signor Everest; uno dei titolari dell'agenzia. 'Signor Everest, posso parlare con lei?'

'Cosa vuoi?'

'Ho un problema con il nuovo spray detergente. Penso davvero che sia un prodotto orribile.'

'Jennifer, vorrei ricordarti che non ci occupiamo di giudicare i prodotti. Siamo qui per venderli.'

'Signor Everest, questo prodotto farà finire le casalinghe dritte in ospedale. Ecco quanto è potente.'

'Fai il tuo lavoro,' disse e le fece cenno di lasciare il suo ufficio.

Jennifer ci pensò per un momento e decise che il signor Everest avrebbe dovuto provare il prodotto. Quindi, lo spruzzò nell'aria.

Il signor Everest iniziò a tossire fortissimo. 'Apri la finestra ORA!' gridò.

Stava ancora tossendo quando la sua segretaria entrò di corsa con un bicchiere d'acqua. Diede un'occhiataccia a Jennifer. Il signor Everest era furibondo e sbatté il pugno sulla scrivania. Jennifer rimase scioccata dalla sua reazione. Non era sua intenzione turbarlo così tanto.

'Ti avevo detto di commercializzare quel maledetto spray! Se non puoi farlo, ti suggerisco di cercare un lavoro altrove!'

'Mi dispiace signor Everest, ma lavoro all'agenzia da otto anni e sono uno dei suoi migliori dipendenti. Forse ne so qualcosa su cosa si può vendere e cosa no.'

'Non fare la bambina, Earl. Fa il tuo lavoro! Voi donne siete così emotive! '

Mentre Jennifer tornava alla sua scrivania, pensò a quello che era appena successo. Nel corso degli anni, aveva visto i suoi colleghi di sesso maschile scoppiare di rabbia per questioni meno significative. Ma, poiché era una donna, lei era emotiva. Dopo pochi secondi, prese il telefono e chiamò il dottor Patterson per dirgli che era pronta a trasferirsi in Cile.

41

Come iniziò tutto

Fine anni Ottanta, Anni Prima

Jennifer Earl viaggiò con due dei colleghi del dottor Patterson, il dottor Bernard e il dottor Abrahams, verso l'ospedale in Cile. Quando finalmente raggiunsero l'ospedale nel profondo delle Ande cilene, era esausta. I tre voli che avevano preso erano stati terribili; ma niente in confronto all'orribile viaggio in macchina sulla strada accidentata e instabile che portava all'ospedale Barros Rosario di Santa Tecla. Dovevano aver viaggiato per almeno trenta ore. Jennifer si sentiva a pezzi.

Mentre guidavano nella piccola città di Santa Tecla, Jennifer rimase piacevolmente sorpresa. Le case erano dipinte in bei colori tenui blu e rosa. Le strade erano asfaltate e pulite. Diversi negozietti vendevano cibo e articoli per la cura della casa. Mentre percorrevano la strada principale, alcune persone del posto salutavano l'auto che passava come se fosse arrivato un funzionario del governo. Jennifer si sentì imbarazzata, ma fece comunque un cenno di saluto alle faccine felici.

Si fermarono fuori dall'ospedale. Era piccolo, ma molto carino; un edificio dipinto di bianco con un tetto rosso e grandi finestre ad arco. C'era una strada perfettamente asfaltata che portava all'ospedale. L'ospedale era circondato da alberi di coihue sempreverdi e, nella parte anteriore, i cespugli di mirto erano in piena fioritura. L'intero villaggio era un'oasi.

Jennifer era stupita che i turisti non avessero inondato il posto. Era ancora più sorpresa perché aveva viaggiato molto ma non aveva mai sentito parlare di Santa Tecla. Scese dalla jeep e stiracchiò le braccia e le gambe. Il suo corpo era dolorante per essere stato sballottato nelle infinite strade rocciose.

Si voltò e vide in lontananza le cime delle colline coperte di neve. Il dottor Abrahams e il dottor Bernard andarono avanti. Jennifer li seguì rapidamente dentro l'ospedale.

Sebbene avessero appena trascorso le ultime trenta ore insieme, sentiva di non sapere nulla di loro. Durante il viaggio avevano letto riviste mediche o dormito. Nessuno dei due aveva fatto alcun tentativo di conversazione, a parte le domande fondamentali.

Quando entrò nell'area della reception, si sentì a casa. Non sembrava un ospedale di campagna cileno. Sembrava un albergo a quattro stelle. Il banco della reception in legno aveva cinque faretti a soffitto rivolti verso il basso sulle bellissime stampe locali esposte sulla parete di fondo. Dietro la scrivania c'era un'infermiera in un'uniforme bianca immacolata. La sua targhetta riportava *Pilar Gonzales*. Sorrise quando Jennifer entrò, 'Signorina Earl, la stavamo aspettando.'

Jennifer fu sorpresa di sentire il suo nome. 'Grazie. È così gentile.'

'Il nostro facchino sta portando i suoi bagagli nel suo alloggio. Se vuole seguirmi.'

Sebbene Pilar avesse un forte accento spagnolo, il suo inglese era perfetto. Jennifer la seguì fuori e si diressero nel lato destro dell'ospedale verso un piccolo complesso di appartamenti che si affacciava sulla strada con vista sulle splendide montagne innevate che Jennifer aveva ammirato in precedenza.

'Alloggerà al secondo piano,' disse Pilar, e salì le scale. 'I medici occupano gli appartamenti al primo piano in caso di emergenza'

'Vieni dal villaggio?' chiese Jennifer, cercando di fare conversazione.

'No,' rispose brevemente Pilar. Non era interessata a dire a Jennifer da dove veniva. Jennifer pensò che fosse meglio non fare altre domande.

Pilar aprì la porta e accese la luce. L'appartamento era delizioso. Era arredato con arte e materiali locali che gli conferivano un'atmosfera calda e invitante.

'Qui ci sono la camera da letto e il bagno. Come può vedere, c'è un piccolo angolo cottura, ma tutti preferiamo mangiare al ristorante dell'ospedale.'

'C'è un ristorante?' chiese Jennifer, sorpresa.

'Sì. Tutto il personale passa la sua pausa lì tutti i giorni per pranzo e cena. La cena viene servita alle sette, quindi ha un po' di tempo per disfare le valigie e riposare.'

'Il dottor Patterson è qui?'

'Sì. Il dottor Patterson è arrivato tre giorni fa. Ci vediamo a cena.'

'Ci sarà anche lei questa sera?' chiese Jennifer.

'Ovviamente. Le ho detto che tutto il personale dell'ospedale mangia insieme.'

'Oh, sì, giusto.'

'Lascio le chiavi sul bancone della cucina. Arrivederci, signora Earl.'

Jennifer si sedette sul divano sorprendentemente comodo. Si guardò intorno soddisfatta del piccolo appartamento. Tutti i mobili erano in legno di pino. Il divano era rivestito da un telo di lana con un design indios. Un colorato arazzo dipinto a mano copriva quasi un'intera parete. Jennifer aprì le persiane nere e trattenne il respiro quando vide il bellissimo panorama dalla sua finestra.

Guardò l'orologio e si rese conto che aveva un'ora prima della cena con il dottor Patterson e il personale dell'ospedale. Entrò nel piccolo bagno e fece una doccia. Si sentì molto meglio. L'acqua calda ammorbidì i suoi muscoli rigidi.

Quindi, scese al piano di sotto in cerca del ristorante. Entrando nella grande sala da pranzo, vide il dottor Patterson seduto con il dottor Bernard, il dottor Abrahams, Pilar e un altro gentiluomo.

'Jennifer, sono così contento che tu sia qui.' Il dottor Patterson balzò in piedi quando la vide entrare.

'Salve, dottor Patterson. È bello vederla.'

'Hai fatto un viaggio piacevole? O meglio, hai fatto un viaggio decente? So che la strada dall'aeroporto a Santa Tecla è terribile.'

'Beh, diciamo che non è stata una delle migliori esperienze della mia vita, anche se Santa Tecla è fantastica. È come un'oasi inaspettata.'

'Sono contento che ti piaccia. Abbiamo speso molti soldi per rendere il posto così com'è adesso. Ne è valsa la pena. Noi, gli altri medici e io, passiamo più tempo qui che a casa.'

'Beh, penso che lei abbia fatto un lavoro fantastico,' sorrise Jennifer.

'Jennifer, lascia che ti presenti il dottor Alamilla e sua moglie, Pilar, che hai incontrato prima.' Il dottor Patterson la prese per un braccio. 'Hai fame?'

'A dirle la verità, sto morendo di fame.'

'Lascia che ti mostri il buffet. Abbiamo uno chef eccellente che prepara piatti meravigliosi.'

Dopo aver gustato un pasto sorprendentemente buono, Jennifer si rese conto di essere esausta.

'Jennifer, se vuoi scusarmi,' disse il dottor Patterson, 'domani mi aspetta una lunga giornata. Mi piacerebbe vederti domattina per discutere della procedura. Nessuna fretta, quando vuoi.'

'Nessun problema. Verrò nel suo ufficio domani mattina. Buonanotte, dottor Patterson.'

'Per favore, Jennifer, siamo tutti amici qui. Chiamami Matthew.'

'Bene, in questo caso, buonanotte ... Matthew.' Quando Jennifer diede la buonanotte agli altri dottori, questi quasi non la considerarono. Fece una breve sosta in cucina per ringraziare lo chef e tornò nella sua stanza.

Si sentì sopraffatta dalle emozioni. Amava quel posto e sapeva che sarebbe stata felice a Santa Tecla. Si addormentò con un sorriso sul viso nel grande letto di legno. Sapeva che tutto sarebbe andato a meraviglia. Non vedeva l'ora di aiutare altre donne meno fortunate di lei e, ciliegina sulla torta, il dottor Patterson le avrebbe dato un adorabile bambino sano.

***

Jennifer era a Santa Tecla da otto mesi e si era innamorata del pittoresco villaggio antico. Lavorava come assistente amministrativa in ospedale, il che consisteva solamente nel raccogliere informazioni dai pazienti; un lavoro che poteva richiedere giorni. Nelle zone rurali, passaporto o documenti di identità erano rari.

Jennifer si era immersa nella sua nuova vita. Studiava spagnolo ogni volta che poteva e si assicurava di parlare ai pazienti e alla gente del posto nella loro lingua madre ogni volta che il suo vocabolario lo permetteva. Presto divenne una persona amata nel villaggio. Un gatto randagio aveva scelto lei come sua nuova proprietaria. A Jennifer piaceva avere l'animale in giro. Ogni volta che tornava dal lavoro, Lola, il nome che aveva dato al gatto, la aspettava, facendo le fusa sul divano. Jennifer lasciava sempre una finestra aperta, così Lola poteva andare e venire a suo piacimento. Aveva sempre desiderato avere un animale, ma con il suo lavoro trovava ingiusto lasciare un animale da solo rinchiuso in un appartamento nel centro di Londra.

Ogni giorno, prima di iniziare la sua giornata lavorativa, Jennifer vedeva il dottor Patterson per un controllo sanitario generale e un semplice esame del sangue. 'Buongiorno, Jennifer. Ho una notizia meravigliosa. Siamo pronti per procedere con il trattamento,' le disse quella mattina. 'Per favore, siediti e ti spiegherò la procedura nel dettaglio.' Jennifer si sedette. Aveva un enorme sorriso sul viso.

'Ti somministreremo un potente anestetico in vena. Quindi, non sarai cosciente durante la procedura di recupero degli ovociti. Non sentirai alcun dolore.' Il dottor Patterson le sorrise e condivise il suo entusiasmo. 'Il recupero di solito è semplice, con crampi da lievi a moderati per alcune ore. Successivamente, gli ovuli vengono conservati in laboratorio in una provetta (in-vitro). Circa quattro ore dopo aver recuperato i tuoi ovuli, lo sperma viene iniettato individualmente in ognuno. Come ti ho detto, i nostri donatori rimangono anonimi. Tuttavia, posso dirti che il tuo donatore è un maschio bianco sano con un quoziente intellettivo di 130.'

'Grandioso. Non sono sicura di cosa rispondere, a parte che condividiamo lo stesso quoziente intellettivo,' disse Jennifer e sorrise di nuovo.

'La mattina seguente, esaminiamo gli ovuli per cercare prove di fecondazione. Gli embrioni vengono coltivati in laboratorio per altri due o cinque giorni prima che uno o più vengano inseriti nell'utero mediante la procedura di trasferimento dell'embrione.' Il dottor Patterson continuò a spiegare: 'E poi, quattordici giorni dopo il prelievo iniziale degli ovuli, cerchiamo la prova della buona notizia che tutti speriamo. Per fare questo, cerchiamo nel tuo sangue l'HCG (gonadotropina corionica umana - l'ormone della gravidanza). Se c'è, sei incinta.'

Mentre Jennifer ascoltava, guardava il dottor Patterson con le lacrime agli occhi. Questa era precisamente la notizia che aveva sperato di sentire.

Il giorno seguente, Jennifer entrò in ospedale. Aveva dormito un po' troppo a causa di tutta l'eccitazione. Si cambiò in un camice blu da ospedale e raggiunse la sala d'esame. Quando entrò, fu sorpresa di scoprire che anche il dottor Abrahams, il dottor Alamilla, il dottor Bernard e il dottor Eastman erano nella stanza ad assistere il dottor Patterson.

'Ciao, Jennifer. Oggi sarò assistito da altri medici.'

'Buongiorno a tutti. Non mi aspettavo un pubblico.'

Il dottor Patterson le sorrise calorosamente e Jennifer si stese sul lettino e appoggiò le gambe sulle staffe. Le somministrò il farmaco anestetico e aspettò che si addormentasse. Il dottor Patterson inserì uno speculum e poi un catetere attraverso la sua cervice. 'Tutto fatto,' disse. 'Abbiamo preso alcuni dei tuoi ovuli. Verranno inseminati e tra due settimane saranno rimessi nel tuo grembo.'

'Già? Non avevo idea che la procedura fosse così rapida.'

'Beh, non abbiamo ancora finito. L'ultimo passo deve essere compiuto. Dopo aver fecondato gli ovuli e averli posizionati nell'utero, aspettiamo di vedere se si annidano nella parete dell'utero nel rivestimento dell'endometrio.' Jennifer sentiva di aver capito abbastanza bene la procedura.

Due settimane dopo, il dottor Patterson disse a Jennifer che gli embrioni erano pronti per essere inseriti nel suo grembo. E, una settimana dopo, Jennifer tornò dal dottor Patterson. Le disse che avevano trovato l'ormone della gravidanza nel suo sangue. Jennifer era incinta. 'Ricorda il nostro discorso, Jennifer. Essere troppo preoccupati influenzerà la procedura. Provoca stress inutile in un momento in cui dovresti fare del tuo meglio per rilassarti. Quindi, continua con la tua vita e prenditi una pausa ogni volta che ti senti stanca,' disse, e poi continuò: 'Ovviamente, ci sono i soliti divieti: niente alcool e niente fumo. Ho la sensazione, però, che questa sarà una grande gravidanza.' Detto questo, il dottor Patterson si tolse i guanti chirurgici e li lasciò a una delle infermiere.

'Grazie, dottor Patterson. Grazie, dottor Abrahams, dottor Alamilla, dottor Bernard e dottor Eastman,' riuscì a dire Jennifer mentre i medici lasciavano la sala operatoria. Questa volta le fecero un cenno e un freddo sorriso.

Jennifer si cambiò e andò al suo alloggio. Mentre si trovava davanti allo specchio in camera da letto, si accarezzò delicatamente la pancia. Lola si strofinò contro le sue gambe, 'Avremo un bambino, Lola.'

42

Sorelle

Christine ed Eva arrivarono all'Ospedale di Hampstead subito dopo la loro visita all'ispettore McMillan. Andarono al banco informazioni e chiesero di Daulton. Quando Daulton arrivò, erano nel negozio dell'ospedale a comprare cioccolatini e fiori per la signora Austin. Aveva un look molto sofisticato nel suo camice da dottore. I suoi folti capelli neri erano più lunghi di quelli di Steve e contrastavano magnificamente con il suo camice bianco.

'Pronte per gli esami del sangue?' chiese.

'Certo,' rispose Christine.

Le accompagnò al laboratorio. 'Questa è l'infermiera Jones. È la migliore dell'ospedale per i prelievi di sangue.'

'Yoo-hoo,' rispose Eva.

'Etichetterò i campioni io stesso,' disse Daulton all'infermiera.

Christine distolse lo sguardo quando l'infermiera inserì l'ago. 'Possiamo vedere la signora Austin oggi?,' chiese.

'Non appena avremo finito qui, vi ci porterò io.' Non parlò mentre erano in ascensore e Christine ed Eva si sentirono leggermente a disagio. Entrambe furono sollevate quando la porta si aprì. Mentre uscivano, il cercapersone di Daulton si attivò. 'Mio padre è nel mio ufficio. Farò meglio a vedere cosa vuole. La signora Austin è nella stanza 415.'

'Daulton,' Christine toccò il braccio di Daulton mentre

usciva dall'ascensore. 'Posso chiederti un favore senza che tu mi faccia domande?' Christine stava tenendo la porta dell'ascensore. 'Per favore, puoi provare a bloccare tuo padre il più a lungo possibile? Se vuole vedere la signora Austin, non lasciarlo avvicinare a lei,' la supplicò Christine.

'Vedrò cosa posso fare,' rispose Daulton senza fare altre domande.

Christine ed Eva si ritrovarono davanti alla stanza 415. Questo era il momento della verità. Entrambe le ragazze stavano tremando. 'Speriamo bene,' disse Christine ansiosa.

La signora Austin stava dormendo quando entrarono nella stanza. Giaceva su una montagna di cuscini e sembrava fragile. La stanza era tipica di un ospedale, impersonale e sterile. Erano felici di aver portato dei fiori per rallegrare la stanza. La signora Austin aveva un ago attaccato a una flebo inserita nella mano.

Eva la guardò e si rese conto che, per la prima volta da quando l'avevano incontrata, aveva un'aria serena. Ciascuna prese una sedia pieghevole bianca e si sedettero su entrambi i lati del letto. La guardarono per diversi minuti, senza svegliarla. La signora Austin iniziò lentamente a muoversi e aprì gli occhi. Sorrise quando vide le ragazze sedute accanto al suo letto.

'Come si sente, signora Austin?' chiese Eva mentre si avvicinava al letto. La signora Austin annuì e prese il bicchiere d'acqua poggiato accanto al suo letto. Sorseggiò l'acqua con una cannuccia finché il bicchiere fu vuoto. Le tre rimasero sedute in silenzio per alcuni istanti fissandosi l'un l'altra, incerte su come iniziare la conversazione.

'Sono contenta che siate tornate. Ho bisogno di parlarvi dei vostri incubi. So che è difficile, ma potete dirmi di nuovo di cosa si tratti?' Christine guardò Eva e le fece un rapido cenno con la testa.

Eva iniziò meccanicamente a descrivere l'incubo.

Quando ebbe finito, si avvicinò al distributore d'acqua per versarsi un bicchiere d'acqua. Quando tornò, la signora Austin mise la sua mano sulla su quella di Eva.

'Non sono sicura di come voi possiate avere questo incubo. Questo incubo è mio. È un'esperienza che ho vissuto in Cile.'

Eva guardò Christine. Questo era il momento. Ora o mai più.

'Abbiamo bisogno di capire cosa significa,' disse Christine con decisione. 'Altrimenti, non saremo mai in grado di riprenderci dagli incubi.'

La signora Austin si mise a sedere e Christine rapidamente sprimacciò i cuscini e li rimise a posto dietro la sua schiena.

'Vi racconterò l'intera storia dall'inizio alla fine...' La signora Austin fece un respiro profondo e iniziò a raccontare loro di come aveva disperatamente desiderato un figlio e dell'incontro con il dottor Patterson e Marlene. Raccontò del suo successivo soggiorno a Santa Tecla.

'Come potete immaginare, ero elettrizzata quando ho scoperto di essere incinta. L'inseminazione aveva funzionato immediatamente. Ero una di quelle donne fortunate che soffrivano di poca nausea e che avevano un aspetto migliore durante la gravidanza.' La signora Austin sorrise mentre ricordava.

'Anche altre donne, tra cui Diane Eastman e Carmen Aguilar, erano incinte e stavamo bene tutte insieme. Durante quel periodo, mi ero avvicinata notevolmente a queste donne. Condividevamo le nostre esperienze e sentivamo i nostri bambini scalciare. Gioivamo l'una per l'altra ogni volta che facevamo un'ecografia dei nostri bambini. Ricordo di aver visto la mia bambina muoversi e di aver sentito il suo battito cardiaco.'

La signora Austin si fermò e guardò le ragazze.

'Eravamo tre donne, ciascuna incinta del nostro primo figlio. Tutti i medici dell'ospedale ci trattavano come delle regine, specialmente Carmen, una donna del posto, e me. Verso il nono mese la tensione in tutto l'ospedale era alle stelle. Sarebbe stata un'esperienza fantastica. Durante quel periodo, mi è stato detto che la mia bambina era nella posizione di nascita sbagliata e, secondo il dottor Patterson, sarebbe stato più sicuro praticare il taglio cesareo.'

L'espressione della signora Austin cambiò. 'Carmen, che aveva problemi come me, e io avevamo l'operazione programmata nello stesso giorno.'

Christine poteva vedere che faceva fatica. Le labbra della signora Austin tremavano e i suoi occhi erano umidi. Sembrava così incredibilmente vulnerabile. Tutto quello che Christine voleva fare era abbracciarla. 'Possiamo fare una pausa e magari continuare un'altra volta.'

La signora Austin guardò Christine e le accarezzò la guancia. 'Voglio continuare. Ricordo di essere stata preparata per l'operazione. Pilar era la caposala e il dottor Patterson e il dottor Alamilla mi hanno operata. Il dottor Bernard e il dottor Abrahams hanno operato Carmen.'

La signora Austin si fermò di nuovo e chiese dell'acqua. Christine si alzò e riempì di nuovo il bicchiere. La signora Austin continuò: 'Ricordo di aver augurato buona fortuna a Carmen. Mi ha detto *Buena suerte, hasta luego* quando l'hanno portata in sala operatoria. Non l'ho più vista. È morta durante l'operazione.'

Fece una pausa e poi continuò: 'Il Dottor Patterson mi ha detto che tutto sarebbe stato fantastico e mi ha messo una maschera per anestesia sul viso. Ho iniziato a sentirmi assonnata. È allora che è successo. Ero a malapena cosciente, ma potevo sentire il tavolo operatorio muoversi e sapevo che le cose intorno a me stavano cominciando a cadere. Cominciai ad andare nel panico ma, a causa dell'anestesia, non riuscivo a muovermi. L'ultima cosa che ricordo era una luce blu, quasi ultravioletta, che veniva posta sui miei occhi. Non potevo guardare nella luce; era troppo luminosa. Ho chiuso gli occhi ma potevo ancora vedere la luce blu che penetrava tutto intorno a me.'

'Signora Austin, penso che dovremmo fare una pausa,' disse Eva.

'Sono d'accordo. È troppo per lei in questo momento.' Christine si alzò dal suo posto.

'No. Fatemi finire, per favore.'

'È sicura, signora Austin?' Christine tornò a sedersi.

'Questa è l'ultima cosa che ricordo. Quando mi sono svegliata, il posto era in rovina. C'era una terribile confusione. La gente piangeva e cercava i propri familiari. Sono stata portata fuori dalla sala operatoria e messa su un'ambulanza. Il dottor Patterson si sedette accanto a me mentre partivamo. Mi sono svegliata di nuovo in un altro ospedale a Iquique, una grande città nel nord del Cile. Il dottor Patterson è venuto a trovarmi quel pomeriggio. Mi ha detto che c'era stato un terremoto mentre mi stavano operando e che la mia bambina, Carmen e il suo bambino non erano sopravvissuti.'

La signora Austin chiuse gli occhi e le lacrime le scesero lungo la guancia. Quando inspirò, il suo corpo sussultò. 'Non racconto questa storia da anni, ma fa ancora male,' disse, singhiozzando.

Eva guardò Christine. Aveva le lacrime agli occhi. Christine si alzò e abbracciò la signora Austin. La tenne stretta e rimasero così per diversi minuti. La signora Austin alla fine rilasciò Christine e si sdraiò sui cuscini. Chiuse gli occhi e respirò profondamente.

'Torneremo più tardi, signora Austin. Deve riposare adesso,' disse Eva a bassa voce. Eva si alzò dal suo posto, ma la signora Austin le afferrò il polso.

'C'è dell'altro che dovreste sapere.' La signora Austin

sembrava esausta ed Eva si sentì dispiaciuta per lei. Si risedette e la lasciò continuare.

'Dopo aver recuperato le forze, sono tornata a casa e ho ripreso la mia vita di tutti i giorni. Ero sposata con un uomo veramente buono che, purtroppo, è morto giovane. Un giorno ho ricevuto una telefonata da Diane Eastman. Mi ha detto che doveva parlarmi del Cile. Non volevo che mi venisse ricordato quel momento e ho rifiutato. Ha continuato a chiamare e, un giorno, si fece trovare fuori dall'ufficio in cui lavoravo. Mi ha implorata per cinque minuti. Mi ha detto che aveva alcune informazioni che voleva condividere con me. Ho accettato a malincuore. Mi ha detto che era sicura che il mio bambino non fosse morto.'

La signora Austin sembrava stanca e spossata. Un'infermiera entrò nella stanza e disse loro che l'orario delle visite era finito.

'Torneremo questo pomeriggio,' disse Christine alla signora Austin.

***

Rimasero in piedi nel corridoio, senza sapere cosa pensare della storia. 'Non capisco. Cosa c'entra questo con noi?' chiese Eva.

'Non ne ho assolutamente idea. Forse è solo una coincidenza.'

'Christine, per favore. Una coincidenza? Tre donne che hanno lo stesso incubo.'

Daulton uscì dall'ascensore e si avvicinò a loro. 'Mi direte di cosa si tratta?' chiese a Christine.

Christine prese il caffè dalla macchina e lo mescolò lentamente, cercando di guadagnare un po' di tempo. 'Ti fidi di me, Daulton?'

'Sì. Ma questo non mi aiuta a capire perché mio padre

318

mi sta quasi per uccidere, vuole vedere la signora Austin. Inoltre, non capisco perché voi cercate così disperatamente di tenerlo lontano.'

'Daulton, ho bisogno che tu ti fidi di me ... di noi ...' guardò Eva. 'Ti dirò esattamente cosa sta succedendo non appena lo sapremo. Tutto quello che sappiamo è che tuo padre non ha a cuore il bene della signora Austin.'

Daulton fissò Christine per un momento e annuì. 'Avete tempo fino a domani. Dopodiché, non riuscirò più a trovare scuse ragionevoli per tenere lontano mio padre.' Fece una pausa per un momento. 'Ho bisogno che tu ed Eva veniate nel mio ufficio. C'è qualcosa riguardo ai vostri esami del sangue di cui devo parlarvi.' Daulton si allontanò bruscamente, senza aspettarle.

Christine ed Eva si guardarono disperate. 'Chris, non posso reggere nient'altro ora. E se qualcosa non va?'

'Lo so ... Ascoltiamo cosa ha da dire Daulton.'

Quando raggiunsero il quinto piano, videro Daulton entrare nel suo ufficio. Le ragazze rallentarono un po' ed entrarono pochi secondi dopo. 'Cammini veloce. Devi essere il dottore più in forma dell'ospedale,' disse Eva.

Daulton ignorò la sua osservazione e prese un fascicolo. 'Come sapete, sono stato io a etichettare i vostri esame del sangue, quindi niente errori questa volta.' Le guardò per un secondo prima di continuare, 'Tuttavia, i risultati sono gli stessi di prima.'

Eva si stava infastidendo per il ritardo. Non aveva tempo per i giri di parole. Era già abbastanza stressata. 'E ci darai i risultati o ti siederai lì e ci farai indovinare?' chiese Eva con impazienza.

Daulton sorrise al carattere schietto di Eva. 'Mi dispiace, ma questo potrebbe essere un grande shock. Gli esami del sangue mostrano che voi due siete imparentate.' Daulton fece una pausa per lasciare che le sue notizie arrivassero alle ragazze. Christine ed Eva lo guardarono con espressioni scettiche. 'Non solo mostra che siete imparentate, ma siete anche gemelle. Le vostre analisi del sangue sono così simili che siete praticamente identiche.'

Daulton le fissò, aspettando una reazione.

'È ridicolo. Sicuramente se questo fosse vero, tuo padre l'avrebbe scoperto anni fa ...' disse Christine. 'Tuo padre ...' sussurrò pochi secondi dopo.

Nel frattempo, Eva era seduta sulla sua sedia con uno sguardo perplesso sul viso. Non era in grado di elaborare ciò che aveva detto Daulton. 'Non possiamo essere identiche. Christine ha circa una settimana più di me,' Eva non parlava con nessuno in particolare.

'E chi ce l'ha detto?' disse Christine.

'Sei assolutamente, senza ombra di dubbio sicuro di questo?'

'Non ci sono dubbi,' rispose.

Eva si alzò e si avvicinò a Christine. La abbracciò con fermezza. Le lacrime le scorrevano sul viso. 'Ciao sorella!'

Anche Christine, sopraffatta dalla notizia, si mise a piangere. 'Lo sapevo. Abbiamo sempre saputo che c'era un legame profondo tra di noi. Ti voglio bene, sorella mia, Eva.'

***

Eva e Christine erano sedute nella mensa dell'ospedale. Decisero di aspettare in ospedale piuttosto che tornare a casa. Volevano rivedere la signora Austin e stavano aspettando che iniziasse l'orario delle visite pomeridiane.

'Cosa ne pensi di tutto questo?' chiese Christine.

'Non ne sono sicura,' disse, alzando le spalle. 'Non fraintendermi, sono entusiasta che siamo sorelle. Ho sempre sentito una connessione potente tra di noi. Ci sono troppe cose in atto in questo momento. Mi sento confusa e vorrei che

320

qualcuno potesse spiegarci tutto. Voglio essere felice. Voglio fare i salti di gioia. Ma, con tutto ciò che sta accadendo, sento che le mie emozioni hanno raggiunto il limite.'

'Anch'io ho paura. E sento che se non tengo duro, perderò completamente la testa,' disse Christine, tenendo la mano di Eva.

'Sbrigati, abbassati!' Eva si tuffò sotto il tavolo.

'Cosa stai facendo?'

'C'è il dottor Patterson. È nell'atrio d'ingresso,' sussurrò Eva.

Christine si voltò e abbassò il corpo nel momento in cui lo vide camminare verso l'ascensore. 'Dove sta andando? Non può andare nella stanza della signora Austin. Christine, dobbiamo fare qualcosa,' disse Eva.

'Forse sta andando da Daulton al quinto piano,' disse Christine, e prese Eva per mano.

Si nascosero e aspettarono che il dottor Patterson entrasse nell'ascensore. Nel momento in cui le porte dell'ascensore si chiusero, corsero e iniziarono a premere i pulsanti di chiamata per i due ascensori adiacenti. Sembrò passare un'eternità prima che una delle porte dell'ascensore si aprisse. Saltarono fuori al quarto piano e corsero verso la stanza della signora Austin. Quando aprirono la porta, tirarono un sospiro di sollievo quando la videro dormire pacificamente.

'L'orario di visita non è ancora iniziato,' disse un'infermiera di passaggio.

'Ci scusi. Ce ne stiamo andando,' rispose Christine. Christine si voltò e si accovacciò contro il muro. 'Grazie al cielo non l'ha trovata.'

'Torniamo alla mensa.'

Tornarono indietro e si sedettero di nuovo allo stesso tavolo al quale erano prima. L'ospedale era tranquillo, l'orario delle visite era terminato e le famiglie e gli amici dei pazienti erano tornati tutti a casa. I pazienti in vestaglia andavano in giro; alcuni di loro uscivano addirittura a fumare. Christine vide Eric che entrava in ospedale. Si alzò e si diresse verso di lui.

'Eric, ehi. Cosa fai qui?'

'Ho parlato con Steve e mi ha detto che eri in ospedale; qualcosa riguardo una tua zia. Non sapevo nemmeno che avessi una zia. Non mi hai mai parlato di lei,' disse Eric, abbracciandola.

'Sono con Eva in mensa. Vuoi unirti a noi?' Eric annuì e seguì Christine. Mentre si sedeva, ricevette una telefonata sul cellulare. Rispose e subito, si alzò, si avviò verso la porta scorrevole ed uscì.

'L'ufficio...' disse quando tornò. Christine gli fece un piccolo cenno del capo, come se capisse cosa intendesse. 'Perché non andiamo a trovare Daulton?' chiese Eric.

'Non sapevo che conoscessi così bene Daulton?' chiese Eva.

'L'ho incontrato alla festa e siamo andati molto d'accordo.'

'Va bene. Non vedo perché no. Forse dovresti chiamarlo prima, potrebbe essere in giro per l'ospedale,' si affrettò a dire Christine.

Il fatto che Eva ed Eric non andassero d'accordo la rendeva sempre nervosa. Ma sapeva che avrebbe preferito fare qualcosa piuttosto che sedersi in mensa con loro due.

'Sono sicuro che ha tempo per noi,' disse Eric e si alzò.

'Non ne ho voglia. Resterò qui,' disse Eva ostinatamente.

'Eva, per favore. Vieni con noi. Cosa farai qui da sola?'

Eva era sorpresa. Eric stava cercando di convincerla a venire. Christine guardò Eric e si voltò lentamente verso Eva. Anche lei era sorpresa. Era convinta che Eric non volesse Eva intorno. 'Starò bene, Eric. Grazie comunque.'

'Torno tra una decina di minuti. Sono sicura che Daulton ed Eric possono recuperare in quel lasso di tempo,' disse Christine.

***

Eva decise di chiamare Steve. Voleva sentire la sua voce. Andò verso i telefoni pubblici.

'Steve, sono io. Come stai?'

'Alla grande. Mi manchi.'

'Eric è appena arrivato. Lui e Christine sono saliti a salutare Daulton.'

'Che cosa vuole Eric da Daulton?' chiese Steve, perplesso.

'Eric ha detto che si sono conosciuti alla festa da tua madre e che sono andati molto d'accordo.'

'A Daulton non piace affatto Eric.'

'Cosa intendi?'

'Daulton mi ha persino chiesto chi fosse il *mostro* durante la festa.'

'Ora devo andare.' Senza aspettare una risposta. Mise giù il telefono e corse all'ascensore. Premette incessantemente il pulsante. *Dai dai.*

Corse nell'ufficio di Daulton. La sua porta era chiusa a chiave. Si guardò intorno senza sapere cosa fare. Iniziò freneticamente a bussare alla sua porta.

'Cosa pensi di fare?' Un'infermiera si precipitò verso di lei.

'Devo vedere il dottor Patterson!' gridò senza fermarsi.

'Il dottor Patterson sta facendo il suo giro tra i pazienti. Questo è il motivo per cui il suo ufficio è chiuso. Per favore, calmati e torna alla reception. I visitatori non sono ammessi su questo piano. Per favore, non farmi chiamare la sicurezza.' L'infermiera la prese saldamente per il braccio e la allontanò

323

dalla porta.

Eva si liberò e corse verso le scale. Quasi cadde quando inciampò correndo giù per le scale fino al quarto piano. Il suo cuore le batteva all'impazzata. Mentre correva verso la camera della signora Austin, vide che la porta era aperta. Si fermò sulla soglia e si rese conto che il letto della signora Austin era vuoto.

'Dove l'hanno portata?' gridò istericamente.

'Un dottore e il suo assistente l'hanno portata in un altro reparto,' rispose una delle infermiere. 'Sono sicura che ci fosse una ragione perfettamente valida per trasferire la signora Austin. Per favore calmati.'

'E mia sorella? Era con loro?'

'Non era qui. Solo il dottore e l'altro uomo. Perché non ti siedi e ti calmi,' le disse l'infermiera.

'Ho bisogno di usare un telefono. Per favore, è importante.'

'Puoi usare quello nella stanza. Ma solo per una chiamata veloce.'

Eva ringraziò l'infermiera, corse al telefono e compose il numero. 'La signora Austin non è nella sua stanza e Christine è scomparsa.'

'Dove sei?' le chiese con calma l'ispettore McMillan.

'All'Ospedale di Hampstead.'

'Sto arrivando.'

***

Eva rimase immobile. Le girava la testa. *Dove avrebbe potuto portare la signora Austin il dottor Patterson? E dov'era Christine?* Tornò di corsa nel corridoio. Non avendo la pazienza di aspettare l'ascensore, Eva iniziò a correre giù per le scale, facendo diversi gradini alla volta. Ne mancò uno e cadde sul pianerottolo. Il suo ginocchio iniziò a sanguinare abbondantemente ed ebbe difficoltà ad alzarsi. La caviglia che si era ferita nella casa di cura iniziò a pulsare, non riusciva a camminare bene. Cercò di non pensare al dolore mentre si alzò e continuò a scendere le scale. Quando arrivò al piano terra, corse verso il banco della reception.

'Per favore ... può chiamare il dottor Daulton Patterson?' ansimò.

La receptionist, una donna dall'aria distaccata sulla cinquantina, si limitò a guardarla. 'Hai bisogno di assistenza medica?'

'*Chiami il dottor Daulton Patterson immediatamente!*' Eva sbatté il pugno sul banco della reception.

Proprio in quel momento, un giovane addetto alla sicurezza si avvicinò alla scrivania. 'Qualche problema qui?' chiese.

Eva lo ignorò e si rivolse alla receptionist. 'Devo parlare con il dottor Daulton Patterson. *Devo* parlargli, *adesso*.' Era china sulla scrivania. L'addetto alla sicurezza la tirò indietro per le spalle.

'Perché non vai a sederti e un membro dello staff medico si prenderà cura delle tue ferite a breve.'

Eva si voltò arrabbiata. 'Non mi tocchi!' gridò. '*Devo* vedere il dottor Daulton Patterson.' Eva sentì la guardia giurata parlare alla sua radio. Quando si voltò verso la receptionist, vide che la donna non aveva neanche tentato di chiamare Daulton e non stava nemmeno per farlo. Eva gridò alla receptionist con le lacrime che le rigavano il viso. 'Le ho chiesto di chiamare il dottor Daulton Patterson! Mi ha sentito?!! Qual è il suo problema? *Ho bisogno di vedere il dottor Daulton Patterson ORA!*'

A questo punto, stava piangendo ed era isterica. Quando si voltò, era circondata da cinque guardie giurate. Uno di loro la tirò bruscamente per le spalle. Eva si sentì senza speranza e non reagì quando sentì che i polsi che le venivano ammanettati.

'Va bene così, signori. Ce ne occuperemo noi da qui.' Mentre Eva alzò lo sguardo, vide il volto fidato dell'ispettore McMillan accompagnato da due detective. Le si avvicinò e le tolse le manette. 'Cosa è successo?' chiese, guardando il suo ginocchio ferito e il sangue sui suoi pantaloni.

'Ha preso la signora Austin e Christine è scomparsa!' Pianse Eva sulla sua spalla. Devo parlare con Daulton Patterson. Forse sa dove le ha portate.'

'Ha sentito la signorina. Chiami il dottor Daulton Patterson, *adesso*,' disse McMillan. La receptionist si alzò di scatto e compose un numero. Entro dieci secondi squillò il telefono e Daulton rispose.

'Dottor Patterson. Mi dispiace tanto disturbarla,' disse l'addetta alla reception.

Eva si sporse e le strappò di mano la cornetta del telefono. 'Daulton? Sono Eva. Tuo padre ha preso la signora Austin e Christine è scomparsa. Non so dove siano.'

'Rimani dove sei. Sarò lì tra un minuto.'

'Sta arrivando,' disse Eva all'ispettore McMillan e lanciò la cornetta del telefono verso la receptionist, sperando vivamente di colpirla in faccia.

Daulton entrò di corsa nell'atrio. Guardò il ginocchio di Eva, ma non fece commenti. Si rivolse a McMillan e si presentò rapidamente. 'Quando l'ha portata via?' chiese Daulton a Eva.

'Non ne sono sicura. Penso circa quindici minuti fa,' disse. 'Eric si è presentato. Ci ha detto che era un tuo buon amico e ha portato Christine a trovarti.'

'Un mio buon amico?'

'Quando ho trovato il tuo ufficio chiuso, sono andata nella stanza della signora Austin e una delle infermiere mi ha detto che un dottore e un altro uomo l'avevano portata in un altro reparto. Christine non era con loro.'

Daulton pensò per un momento. 'L'unico posto in cui posso pensare che la porterebbero è a casa di mio padre. Portare la signora Austin e Christine altrove attirerebbe troppa attenzione. Cosa sta succedendo? Cosa vuole mio padre dalla signora Austin e Christine?'

'Andiamo,' ordinò l'ispettore McMillan ai suoi due detective, ignorando le domande di Daulton. Sapeva che non avrebbero potuto perdere un minuto se avessero voluto salvare la signora Austin e Christine.

'Veniamo anche noi.' Daulton prese Eva per mano e li inseguì.

<h1 style="text-align:center">43</h1>

Come si è risolto tutto

'Non mi sarei mai aspettata di rivederti, Jennifer. O dovrei dire, signora Austin,' disse Marlene Patterson dirigendosi verso Jennifer Austin. Si chinò in avanti e il suo naso quasi toccò quello di Jennifer. 'Non sei invecchiata molto bene. Dev'essere stato tutto quel sole sudamericano. Avresti dovuto usare la protezione solare.' Marlene girò intorno a Jennifer come se fosse un cavallo in vendita.

Jennifer Austin era troppo esausta per rispondere. I suoi occhi, tuttavia, erano pieni di odio. In ospedale, Eric aveva iniettato a Christine un sedativo e l'aveva accompagnata fuori dall'ingresso posteriore, l'aveva caricata nella sua macchina e le aveva messo del nastro adesivo sulla bocca. Christine teneva d'occhio Eric che, fino ad ora, aveva evitato qualsiasi contatto visivo con lei.

'Eric,' disse Marlene, mentre si versava da bere. 'Perché non rimuovi il nastro adesivo dalla bocca della tua ex fidanzata?'

Eric si avvicinò a Christine e le strappò brutalmente il nastro dalla bocca. Christine urlò e sentì sapore di rame. Il nastro aveva tirato via un piccolo pezzo di pelle del suo labbro, che sanguinava abbondantemente.

Christine, ancora intontita dal sedativo, chiese: 'Eric ...

perché?'

'Dolce, innocente Christine. Davvero pensavi che potessi scegliere una donna come te?' rispose. 'Stavo con te, fingendo di preoccuparmi per te, per tenere d'occhio te ed Eva.' Le accarezzò la guancia mentre parlava.

A ogni parola che diceva, Christine si sentiva sempre più nauseata. Lo fissò negli occhi freddi e si rese conto che non solo non gli piaceva, ma la disprezzava.

'È stato così facile ingannarti. Tutto quello che dovevo fare era fare una faccia triste e tu tornavi di corsa, come un cane maltrattato. Hai idea di quanto sei noiosa?'

'Una fastidiosa spina nel fianco,' disse Marlene ridendo.

'Marlene e io vi chiamiamo i due conigli. Ogni volta che pensavamo di avervi ucciso, saltavate via velocemente.'

'I conigli blu. Quei ridicoli incubi. *Oh, dottor Patterson, c'è una spaventosa luce blu.*' Marlene la stava prendendo in giro. 'I nostri due piccoli conigli blu boo-hoo-hoo.'

Christine sentiva gli occhi riempirsi di lacrime. Cercò di resistere. Non voleva dare loro soddisfazione. 'Allora, sei stato tu a manomettere la barca nella casa di campagna?' chiese Christine a Eric, cercando di non mostrare emozione.

'La barca, la fuga di gas e, non dimentichiamolo, l'incidente d'auto,' disse orgoglioso Eric. 'Ora, e posso iniziare a uscire con donne vere.'

Christine si sentì profondamente umiliata. Questo era l'uomo con cui pensava di passare il resto della sua vita. Dopo diversi minuti, la porta si aprì e il dottor Patterson entrò in soggiorno. Aveva diverse siringhe in una mano e con l'altra spingeva un supporto per flebo.

'Salut, signore,' disse. Aveva un grande sorriso sul viso.

Christine lo guardò e, per la prima volta, lo vide per quello che era, un essere umano decisamente pazzo.

'Marlene, fai la brava e preparami da bere,' disse, mentre spingeva il supporto verso la signora Austin. 'Jennifer, come ti senti?' le chiese, scherzoso, mentre le passava accanto.

'Stai lontano da me, malvagio figlio di ...% $ # @%!' Jennifer sussultò quando il dottor Patterson cercò di toccarla.

'Da brava. Non c'è motivo di insultare mia madre.' Il dottor Patterson rise alla sua patetica battuta.

Andò al divano e si sedette accanto a Marlene ed Eric. I tre sorseggiarono i loro drink come se fossero ad una festa.

'Eric, hai detto a Christine che il fidanzamento è annullato?' chiese il dottor Patterson.

'L'ho fatto. È stato così doloroso,' disse Eric, prendendo in giro Christine. 'Dovrò iniziare a cercare un'altra fidanzata; forse Annabel Malmesbury. Cosa ne pensi, Marlene?'

'Ottima scelta, Eric. Annabel è una scelta eccezionale. Se solo i miei figli avessero il tuo gusto impeccabile. Ma invece, uno di loro sta uscendo con l'altro dei due mostri.'

Dimmi cosa hai fatto a mia figlia,' chiese Jennifer Austin. La sua voce era ferma ma distaccata.

'Jennifer. Lascia che ti spieghi alcune cose.' Il dottor Patterson prese una sedia della sala da pranzo e la mise di fronte a lei. 'Jennifer, sei stata scelta, o forse dovrei dire, eletta. Marlene ha fatto molto bene il suo lavoro quando ha indagato su di te. Nel momento in cui sei entrata nello studio, io e Marlene sapevamo di aver trovato la nostra paziente perfetta.' Si voltò e sorrise a Marlene. 'Volevi avere un bambino disperatamente. Non avevi parenti in vita e, ultimo, ma non meno importante, eri così volenterosa di fare del bene nel mondo. Avevamo bisogno che venissi a Santa Tecla, e sapevamo che se ti avessimo detto che avresti potuto aiutare la gente del posto, avresti colto l'occasione al volo. Dopo aver completato gli esami del sangue, abbiamo deciso che saresti stata perfetta per il nostro esperimento.'

'Cosa intendi con *esperimento*?'

Il dottor Patterson ignorò la sua domanda. 'Se solo quella stupida Diane Eastman avesse tenuto la bocca chiusa, niente di tutto questo sarebbe necessario. Avresti potuto vivere felice e contenta. Invece hai deciso di ascoltare quella ridicola donna isterica e guarda dove sei finita.' Prese il suo drink e ne bevve un sorso. 'Pensandoci ora, avremmo dovuto sbarazzarci di te lì. Ma il fatto è Jennifer, che mi piaci. Mi piaci davvero.'

'Hai ucciso Diane Eastman?'

'Non io. Per quello puoi ringraziare Eric.'

'Ma è stato anni fa.'

'Sì. Eric è con noi da anni. Suo padre lavorava per noi come giardiniere. Dopo il suo tragico incidente, abbiamo deciso di tenere Eric. Non viveva con noi, ma ci siamo presi cura di lui come un figlio. Eric è sempre stato il figlio che non abbiamo mai avuto. Impara velocemente e ha sempre compreso le priorità di questa famiglia.' Marlene annuì in segno di assenso. 'Alla tenera età di dieci anni, Eric tagliò personalmente i freni dell'auto degli Eastman.' Sollevò il bicchiere e disse: 'A te, figliolo.' Eric sorrise e alzò il bicchiere.

'Siete tutti matti. Dovrebbero portavi al manicomio criminale,' disse disgustata Jennifer Austin.

Christine non poteva credere alle sue orecchie. Conosceva queste persone da tutta la vita ed era stata molto vicina ad Eric in così tante occasioni. Non aveva notato nemmeno una volta la loro follia. Ecco il dottore che le aveva curato il raffreddore e l'influenza e che lei considerava un padre surrogato e l'uomo che pensava sarebbe stato il padre dei suoi figli. Tutta la sua vita era stata una bugia. Avrebbe voluto urlare. Avrebbe voluto prendere a schiaffi Eric. Come avevano potuto farle questo?

'Allora, che mi dici della mia bambina? Cosa hai fatto con la mia bambina? Prima di uccidermi, puoi almeno dirmi cosa le hai fatto.' Jennifer rimase seduta immobile, aspettando una risposta. Era sorprendentemente calma.

'*La mia bambina, la mia bambina,*' la imitò il dottor Patterson con voce infantile. 'Il giorno in cui hai partorito, abbiamo dovuto agire in fretta. I bambini nati quel giorno erano perfettamente sani. Era tutto ciò di cui avevamo bisogno. In passato abbiamo avuto un certo successo con le donne del luogo, ma i bambini avevano sempre avuto qualche difetto dal giorno in cui erano nati. Di solito si trattava di problemi respiratori, quindi non ci servivano. I bambini quel giorno, invece, erano perfetti. È sempre stata un'idea di Marlene quella di usare una donna occidentale in buona salute e, come sempre, aveva ragione.'

'Matthew, per favore,' iniziò a dire Marlene, 'mi stai imbarazzando.' Si accarezzò la gonna per rimuovere le pieghe invisibili.

'Abbiamo dovuto coprire le nostre tracce. Il dottor Alamilla aveva un cugino che poteva aiutarci con le esplosioni. Nel momento in cui abbiamo saputo che i bambini erano sani, abbiamo fatto saltare in aria l'ospedale.'

'Ma il terremoto?' chiese Christine.

'Non c'è mai stato un terremoto,' disse con orgoglio il dottor Patterson. 'Eric ha messo un piccolo articolo con una foto su Internet, per precauzione. È sempre stato perfetto nel limitare i danni.'

'E la luce? Perchè la luce blu?'

'Oh, sì. La famosa luce blu. È stato un incidente. Dopo il parto, abbiamo riportato Carmen nella stanza per riprendersi dall'intervento, insieme a Jennifer. Quando è avvenuta l'esplosione, la luce ultravioletta usata per uccidere i batteri ti è caduta addosso. Il cugino del dottor Alamilla ha innescato l'esplosione un po' troppo presto. Tuttavia, sono molto deluso.' Si voltò verso Christine. 'Mi sarebbe piaciuto studiare un po' di più te ed Eva. È interessante come entrambe abbiate gli stessi incubi di quell'unica esperienza.'

Christine si spostò un po' indietro. L'espressione del dottor Patterson era diventata spaventosa. Rivolse la sua attenzione alla signora Austin. 'Abbiamo portato i bambini a casa e ti abbiamo detto che Carmen ed entrambe le tue bambine erano morte,' disse il dottor Patterson con le mani che ondeggiavano in aria come se avesse appena eseguito un trucco magico. 'Beh, Carmen è morta. Lei non ci serviva molto.'

'Allora, dov'è la mia bambina adesso? Hai ucciso anche lei?'

'Non ancora. Ma lo faremo a breve. A proposito, Jennifer sono bambine, non bambina.'

'Cosa intendi? Ho avuto due gemelli? Non è mai apparso dall'ecografia?' Jennifer era perplessa.

Il dottor Patterson scoppiò a ridere e si rivolse a Marlene. 'Non è incredibile? Non ne ha ancora idea.' Marlene scosse la testa incredula. 'Ti abbiamo clonata. Stupida donna! Abbiamo intrapreso il trasferimento nucleare delle cellule somatiche (SCNT). Questo tipo di clonazione prende il DNA di un campione adulto e lo riproduce in modo da creare un embrione con lo stesso DNA. Un embrione è stato posto dentro te, l'altro dentro Carmen. Ecco perché una delle tue figlie è leggermente più scura dell'altra. Ha preso anche un po' delle caratteristiche latine: grida un po' troppo.' Affermò il dottor Patterson, come se stesse parlando di una cucciolata di gattini.

'Di cosa stai parlando, pazzo psicopatico?' Jennifer Austin raddrizzò la schiena.

'WOW, Jennifer! Sei ottusa. Christine, ecco tua madre. Jennifer, ti presento tua figlia,' disse velocemente il dottor Patterson, muovendo le mani dall'una all'altra, come se stesse vendendo due diversi tipi di cipolle. Penso che possiamo dirlo, no? Non sono sicuro di come ci si riferisce ai cloni.'

Matthew Patterson si rivolse a Marlene; il suo viso si riempì di divertimento.

***

La signora Austin e Christine si sedettero e fissarono incredule Matthew Patterson.

'Ora, dobbiamo trovare quell'altra tua figlia. Quindi, possiamo lasciarci tutto questo alle spalle. Lo sai che nessun altro bambino ha vissuto tanto a lungo quanto i tuoi?' disse a Jennifer. 'Sono sane come pesci. Ricordi quella ridicola pecora, Dolly, che hanno clonato in Inghilterra? Quel clone è vissuto solo per sei anni. Invece, le tue bambine sono perfettamente sane e stanno ancora andando forte.'

'Allora perché ucciderle?' chiese Jennifer.

'Non avremmo dovuto, ma si sono insospettite. Quando hanno rubato la foto dal mio ufficio nella casa di campagna, mi sono preoccupato. Poi, quando ti hanno trovata nella casa di cura, ho capito che dovevamo agire. Ti ricordi la casa di campagna, Jennifer? Ci siamo divertiti così tanto. *Bei tempi. Bei tempi .*'

Mentre parlava, inclinò la testa all'indietro e sul suo viso apparve un sorriso. 'Bei tempi, bei tempi.' Si svegliò dal suo piccolo sogno ad occhi aperti. 'Sono deluso quanto te. Davvero, lo sono. Volevo studiarle di più. Ho trovato gli incubi così affascinanti. Avresti dovuto fidarti di più di me, Christine. Avresti dovuto accettare di sottoporti all'ipnoterapia. Come soggetto di prova, ti avrei tenuta in vita per anni. L'ipnoterapia sicuramente avrebbe riportato alla mente alcuni ricordi, ma ricordi di cosa? Dopotutto, l'incubo era di tua madre. Non vedevo l'ora di aprire i vostri tre crani. In questo modo, sarei potuto diventare il più grande esperto di clonazione.'

Christine era scioccata. Non poteva credere a quello

che aveva appena sentito. Guardò la signora Austin e, all'improvviso, vide la somiglianza tra loro ed Eva.

La signora Austin sentì il suo sguardo, la guardò dritto negli occhi e le rivolse il sorriso più caldo e più triste che avesse mai visto. 'È stato un dono di Dio incontrarti finalmente. Qualcosa dentro di me ha sempre saputo che eri viva.'

'Anch'io lo sapevo,' sussurrò Christine. Non era in grado di dire nient'altro.

'Matthew, per favore. Puoi finire il lavoro? Adesso stanno diventando tutte sdolcinate. Non vedo l'ora di essere finalmente libera da loro e andare avanti con la mia vita,' disse Marlene in fretta. Si alzò e riempì di nuovo il bicchiere.

'Hai ragione, amore mio.' Il dottor Patterson iniziò ad aprire le siringhe.

Christine iniziò a piangere e implorò il dottor Patterson di smetterla. La guardò con un sorriso inquietante sul viso. Christine diede un'ultima occhiata a Eric, che stava guardando la scena di fronte a lui come se fosse al cinema. Con suo orrore, Christine si rese conto che si stava divertendo. Lasciò cadere la testa; sapeva che sarebbe morta.

***

'Si faccia da parte!' La porta del soggiorno si aprì e l'ispettore McMillan entrò con la pistola puntata.

Marlene Patterson cercò di superarlo ma fu fermata alla porta da Daulton. 'Vai da qualche parte, madre?'

'Daulton. Devi aiutarmi. Per favore. Sono tua madre.' Marlene stava dando la migliore interpretazione di recitazione della sua vita. 'È sempre stata un'idea di tuo padre. Davvero, Daulton. Non puoi credere che ne faccia parte.'

'Ho sentito tutto quello che hai detto. Da oggi non sei

più mia madre. Hai anche messo in pericolo la vita di Steve,' disse Daulton, e gettò sua madre sulla sedia.

Il dottor Patterson si alzò e guardò l'ispettore McMillan. Guardò Jennifer e Christine con gli occhi pieni di arroganza. 'Dottor Patterson, con la presente la dichiaro in arresto...' iniziò a dire McMillan. Ma, prima che potesse continuare, il dottor Patterson si iniettò il cocktail mortale destinato a Christine e Jennifer. Cadde a terra, privo di sensi. Due minuti dopo era morto.

'Signora Patterson, signor Eric Woodland, vi dichiaro in arresto.'

La porta si aprì ulteriormente ed entrò Eva. Andò molto lentamente da Christine e dalla signora Austin e le liberò. 'Siamo tutti al sicuro adesso,' disse dolcemente.

Le tre donne sedettero insieme, tenendosi per mano. Nessuna di loro parlò.

EPILOGO

Era una bellissima giornata di ottobre. Christine ed Eva stavano camminando insieme in silenzio, godendosi gli ultimi raggi di sole del pomeriggio. I rami dei cipressi si protendevano come se volessero creare un tetto. Gli alberi di cachi e i ciliegi avevano perduto la maggior parte delle loro foglie, lasciando un bellissimo tappeto rosso e arancione sul terreno sotto di loro. Il vento si stava alzando e cominciava a fare freddo. L'atmosfera era pacifica. L'unico suono era quello degli uccelli che cantavano le loro ultime melodie prima di ritirarsi per la notte.

'James, per favore stai lontano dall'erba. Cammina sul sentiero,' gridò all'improvviso Christine. Il ragazzino si voltò e guardò sua madre, deluso. Era un tipico bambino di otto anni. Amava sporcarsi e andare in posti in cui non gli era permesso andare. Era un bel bambino. I suoi capelli biondo miele ricci ondeggiavano nell'aria. Il suo naso, coperto da una manciata di lentiggini, lo faceva sembrare sia affettuoso che monello.

Christine stava spingendo suo figlio di tre anni, Anthony, in una carrozzina a tre ruote di colore blu brillante. Anthony era l'immagine sputata di suo fratello maggiore, senza le lentiggini. Eva lo guardò e sorrise. Adorava i suoi nipoti. Li viziava ogni volta che ne aveva la possibilità. Christine fingeva di non gradire, ma segretamente amava il forte legame tra i suoi figli e la loro zia.

Eva si accarezzò la pancia. Era incinta di cinque mesi e aveva sentito il primo calcio del bambino una settimana prima. 'Ha scalciato di nuovo?' chiese Christine quando vide Eva che si teneva la pancia.

'No. La stavo solo confortando.'

'Perché non possiamo avere figli senza tutto il disagio e la pancia sempre più rotonda?' disse Eva. Christine sorrise e continuò a camminare. 'No davvero. Siamo state molto sfortunate; la nausea mattutina che dura tutto il giorno, l'aumento di peso e, per non parlare dei piedi gonfi e dell'aria nello stomaco.'

'Non puoi farci niente. Quindi, smettila di lamentarti.'

Eva raggiunse Christine. 'Questi ormoni. Giuro che mi fanno impazzire. Sono diventata la donna che ho sempre odiato. Ogni volta che vedo una carrozzina, mi ci tuffo dentro e comincio a fare versetti ridicoli da bambina.'

'È il tuo istinto. Sarai una mamma fantastica.'

Eva guardò James giocare: non vedeva l'ora che nascesse sua figlia. Il dottore le disse che avrebbe avuto una bambina ed Eva non vedeva l'ora di tenerla in braccio.

'Come sta Steve?' chiese Christine.

'Sta bene. È ancora più patetico di me. Sono sicura che dopo la nascita della bambina, non mi noterà nemmeno più. Questa bambina diventerà la piccola principessa di papà. Sono sicura che passerà la maggior parte del suo tempo a lavorare da casa,' disse Eva.

Aveva sposato Steve sei anni prima. Tre anni prima, Eva aveva finalmente lasciato il suo lavoro presso l'agenzia di modelle e si era presa un anno di pausa per decidere cosa volesse fare del resto della sua vita. Con l'aiuto di Steve, aveva aperto una piccola boutique nel centro della città. Vendeva i vestiti di *stilisti emergenti* che avevano un disperato bisogno di una pausa. Anche se il negozio non l'avrebbe mai resa milionaria, Eva lo adorava. Amava aiutare i giovani designer e adorava quando un cliente soddisfatto lasciava il suo negozio con uno dei modelli esclusivi.

'E Daulton?' chiese Christine.

'Sta molto bene. Sai com'è fatto, ambizioso come sempre. Ha aperto la sua clinica e sta rapidamente diventando il medico numero uno della città. A proposito, si sposerà presto. Sono sicura che riceverai a breve l'invito.'

'Bene. Sono elettrizzata per lui.'

'Come sta Andrew l'eremita?'

'Lavora troppo come al solito. Vorrei che rallentasse un po', ma ama il suo studio e ama i suoi pazienti,' disse Christine. 'A volte sto un giorno intero senza vederlo, e abbiamo lo studio a casa nostra.'

Christine aveva sposato Andrew nove anni prima. Lo aveva incontrato in biblioteca. Era un medico di famiglia che era andato una volta in biblioteca per fare ricerche su alcuni documenti.

Dopo aver incontrato Christine, continuò a tornare e ogni giorno per chiedera un libro da consultare. Continuò finché Christine non accettò di uscire con lui. Ci vollero parecchie settimane per convincere Christine.

Il dolore del tradimento l'aveva paralizzata. Non solo perché era uscita con Eric, ma anche perché aveva sempre difeso e si era fidata del dottor Patterson. Lentamente, ma inesorabilmente, Andrew riuscì a farla avvicinare a lui e lei non esitò quando le chiese di sposarlo. James arrivò undici mesi dopo.

Andrew aveva aperto un ambulatorio in un piccolo villaggio di campagna e apprezzava il suo stretto contatto con la comunità locale. Christine amava essere una mamma casalinga e si divertiva a lavorare nel loro grazioso giardino in stile inglese. Amava la sua vita e prendersi cura di suo marito e dei figli. Aveva tutto ciò che aveva sempre desiderato nella vita.

'James! Vieni qui!' gridò a suo figlio, che era rimasto indietro di nuovo; senza dubbio in cerca di guai.

Eva aspettò che il ragazzino la raggiungesse, lo prese per mano e seguì Christine e Anthony. Svoltarono a sinistra su un sentiero più piccolo e si fermarono davanti alla terza lapide:

Qui giace Jennifer Austin, la nostra amata madre e nonna.

Christine ed Eva rimasero a fissare la lapide. Jennifer Austin era morta due anni prima per un ictus.

'Ciao, mamma,' disse Christine e mise un mazzo di gigli sulla lapide.

Gli ultimi dieci anni erano stati un periodo magico. Le tre si erano avvicinate molto. Condividevano insieme una bella casa in città e, per la prima volta in assoluto, avevano sperimentato la vera vita familiare. Nessuna di loro aveva mai parlato della clonazione. Erano una famiglia; quello era tutto ciò che importava. Il giorno in cui si erano riunite, i loro incubi erano cessati.

Eva abbracciò Christine. Le due rimasero in piedi, fissando ancora la lapide. Christine si liberò dall'abbraccio di Eva.

'James. Saluta tua nonna.'

Il bambino si avvicinò alla lapide e mandò un bacio. 'Ciao, nonna Jennifer.' Christine lo prese per mano e gli baciò la testa.

Eva sentì la sua bambina scalciare e sorrise. 'Anche la bambina dice *ciao*.'

Christine prese la mano di Eva. Quando le due donne si guardarono, provarono la vera felicità.

I.V. Everts

I.V. Evers è una emergente autrice di talento.

Nata nei Paesi Bassi ma ha trascorso gran parte della sua vita nel Regno Unito, in Francia e in Sud Africa. Attualmente, vive a Roma, in Italia, con suo marito ed il suo Golden Retriever Texel.

Ha creato questo thriller pieno di suspense e spera che tutti i lettori apprezzino la sua storia tanto quanto lei si è divertita a creala.

Ha pubblicato anche un libro, "Golden Tales : Havoc in Rome," sulle sue esperienze con la sua amata Golden Retriever, Texel. Questa è una raccolta di storie esilaranti e commoventi. Il libro include anche molte della famose e imperdibili attrazioni della Città Eterna.

C' è molto altro in arrivo, quindi non vediamo l'ora di vedere i suoi prossimi lavori letterari creativi!

www.ingramcontent.com/pod-product-compliance
Lightning Source LLC
Chambersburg PA
CBHW030709190726
48286CB00001B/237